さやかに
星はきらめき

村山早紀

Murayama
Saki

早川書房

さやかに星はきらめき

装画・挿絵／しまざきジョゼ
装幀／岡本歌織（next door design）

目次

第一章

守護天使

十二月中旬のとある夜の七時過ぎ。透明や半透明の天蓋の下、月面に光を放って広がる都市の群れの、そのひとつ〈新東京〉の一角で。

キャサリン・タマ・サイトウは、お気に入りのアンティークの書き物机に寄りかかり、これもお気に入りの大きな窓から、緑の瞳で空を見上げる。

高層階の窓からは、青い地球がよく見える。

机の木の手ざわりが、薄桃色の肉球に心地よく、長毛の銀の被毛が、マホガニー色の古い机に触《ふ》れる感じが、これも心地よい。かすかに漂う木の香りも素敵だと思う。

もし自分がその先祖のように、原始的なサイズのイエネコならば、この机の上で丸くなったりするのだろう、と髭《ひげ》を上げて微笑む。

キャサリンは、この時代の太陽系に多く存在している、二足歩行の猫、猫人《ネコビト》である。いまやずいぶんその数が減ってしまった、偉大なる地球文明を築いた存在、地球の主《あるじ》だった、いわゆるヒト――「古き人類」の身長とほぼ同サイズなので、どんなにお気に入りでも、書き物机の上で丸くなることはできない。

職業は書籍の編集者だ。過去にノンフィクションのベストセラーを編集したこともあるけれど、文芸書を作ることが好きで、それを自分の生きる意味だと密かに自負してもいる。

よりよい環境を求め、また冒険心から、いろんな出版社を渡りあるいてきた。キャリアを重ねてからは実績を買われ、編集長として呼ばれることが増えてきた。つい最近も、これから創業の新しい版元《はんもと》〈言葉の翼〉社に、そうして迎えられたばかりだった。

仕事柄、また子どもの頃から読書が何よりの趣味なので、部屋中に本棚と紙の本が、所狭しと並んでいる。字、そして文章というものがとりつかれたように好きなので、何かしら惹《ひ》かれる要素のある書物を見つけると、買わずにはいられないのだ。たまに、紙の本のページの匂いを嗅いで、陶然《とうぜん》としてしまうこともある。いまの時代の紙は、実は成分としては合成樹脂がほとんどだけれど、ひんやりとした滑らかな感触や、その匂いは、かつての紙の本とそっくりなのだそうだ。

ほぼ公用語とされている英語や中国語、そして父祖の言葉である日本語を中心に、昔の地球の言語は、いくつか読めるし、綴《つづ》ることもできる。人間の言葉を発音するのには、口蓋《こうがい》のかたちが不向きなので、仕事で誰かと会話する時は、脳波に反応して発音してくれる機械の助けを借りることになる。けれど、それさえあれば、思考するのとほぼ同じ速度で、ジョークを交える程度には会話もできた。著者や画家と打ち合わせすることも、原稿の催促をすることも得意である。

キャサリンには自他共に認める多彩な才能がある。ネコビトという種族はもともと、器用で賢いひとびとでもあった。そのあたり、先祖から受け継いだものなのだろうと思う。興味のある分野に向ける情熱と集中力、瞬発力は凄いもので、たとえばキャサリンの興味は本に向いたけれど、同じネコビトの友人知人や知り合いは、それぞれの分野や職種で能力を発揮している。まあ、その代わり、興味のないことには知らんぷり、まるで目が向かないのは、先祖代々の彼ら彼女らの欠点で、キャサリンの場合、数字と数学にまるで興味がない。適当と大ざっぱとどんぶり勘定で、勘と情熱を武器に今日まで本を作り続けてきたところがある。

さて。この部屋の本棚や、物入れ、その他の家具も当然のようにアンティークの地球風のもので、これはもう、彼女の趣味、働く意味といえないこともなかった。少女時代や若い頃は、それっぽい模造品で我慢したり、まがい物を摑《つか》まされたりした時期もあったけれど、年を重ねて、そこそこ良いものがわかるようになった、と自分では思っている。

部屋にある品々の中でも新入りの机は、はるかな昔、二十一世紀に、いまはなき国家日本国の一流の職人の手で作られたものだ、と目利きの骨董屋《こっとうや》で聞かされて買ったものだ。それを聞く前に一目惚《ぼ》れもしていたけれど、あとで、父祖の血が呼んだのかと思ったものだ。キャサリンはその名字に記されているように、先祖は日本国由来の存在だと両親から聞いて育っている。遠い昔に日本人の「飼い主」から、家族として名字をわけてもらった存在だと。キャサリン自身も近い祖先たちも、地球の日本で暮らしたことはない。イエネコとしての暮らしも経験したことはないけれど、その国の名前を聞けば、なんともいえない切なさと懐かしさが胸に溢《あふ》れるのだった。

書き物机は、それはそれは高かったけれど、即決した。新しい職場への転職祝いに、と、自分に気合いを入れるために買ったところもある。転職祝いというならば、この高層階の部屋だって、それに近いところがあるかも知れない。少しでも空の近くに住みたくて、選んだ部屋だった。

月にはいくつもの都市がある。キャサリンが生まれ育った、ここ〈新東京〉はその中のひとつだ。その地下に広がる、広大な洞窟の内部から地上まで、無数にある建築物の中で、キャサリンは、少しでも上へ、高く高くと、働き始めた若い日から、それを望んでここまで来た。

内見《ないけん》して、夜の窓から見える青い地球を見て、こちらも即決した。まるで地球から見つめられているようだった。家賃？　そんなのはどうでもいいのだ。働いて稼げばいい。キャサリンはもう若い娘ではないけれど、まだ年寄りというわけでもない。いっちゃなんだけど、脂がのった美味しいところだと自分では思っている。今日の晩ご飯にと、さっきデパートの食品売り場で買ってきた、ちょっと高級で香ばしい鮭《さけ》（月の地下水で育てられた、とびきり新鮮な鮭で、キャサリンの大好物。おまけに今日は安くなっていた）みたいなものだ。

キャサリンは、夜空を――正確にいえば、窓の向こうの高い空を覆う、限りなく薄く、でも充分に強靱《きょうじん》な樹脂の天蓋《ドーム》越しの夜空を見上げる。そこには今日も地球が、丸く、青く、ぽっかりと浮かんでいる。

自分たちネコビトの、はるかな祖先が生まれ、長い長い間、人類のそばで暮らし、まだ発達していなかった頃の小さな脳で、喜怒哀楽を感じ、ささやかに大切な記憶を持ち、ひたむきに命をつないできた星。やがてひとに伴われて、星の海へと旅立った、その長い旅の始まりの場所。

その知識があるからだろうか、あの青い星を見るたびに、恋しさと憧れで胸がきゅっと痛むように思えるのは。一度も降り立ったことがない場所なのに、無性《むしょう》に帰りたくなるのは。だから、キャサリンは上へ上へと住居を変えてきたのかも知れない。少しでも、あの星の近くへと。故郷のそばへと。

ここ月に於《お》いては、人口の大部分は、地下の街で暮らしてきた。その開発は地下から始まった、という歴史があるからだ。月の地下に広がるいくつもの大洞窟。そこで暮らし、少しずつ〈人工重力〉を使える範囲を広げてゆきながら、掘り進めることから、人類は月に都市を造り始めたのだ。

大気を持たない月の環境は過酷だ。太陽から降りそそぐ灼熱《しゃくねつ》の炎に焼かれる一方で、日差しのない場所は、凍り付く厳寒の地となる。宇宙から放射線が降りそそぎ、時に隕石《いんせき》の雨も降る。だからひとびとは、隠れるように地下に住んだ。けれどいつまでも地下で暮らすことはできない。ふたたび空の下に立つことを夢見た。地上に、月面に都市を築いてそこで暮らすために、都市の上空は透明度を切り替えられる、樹脂の天蓋に覆われるようになった。

しかし、その巨大な天蓋をして月全体の表面を覆うほどの技術力はまだ人類にはなく、地表に、生あるものが住める面積は狭い。天蓋《ドーム》の下には高層のビルの群れが、無数に並ぶようになった。空を目指して、無数の腕が伸びていくように。

ビルとビルの間には、中層階に通路があって、移動できるようになっているけれど、外側をぐるりと透明な天井と壁に覆われた回廊も巡っていて、ちょっと水族館で見た蛙《かえる》の卵みたいだわ、と、キャサリンはたまに思う。

そういった回廊を歩くひとびとが、たまに空を見上げているのを見ることがある。何を思うやら、少しだけ切ない目をして、いつも同じ場所にある地球を見上げるひとびとに気づくことも。たぶん自分もあんな表情で空を見上げているんだろうな、とキャサリンは思う。

(帰巣本能みたいなものなのかしら)

かつてあの星の空を飛んでいたという、そしておそらくはすでに絶滅したであろう渡り鳥たちが、季節には空を渡り、帰るべき地を目指したように。同じように絶滅したであろう天然物の鮭たちが、故郷の川の上流を目指すように、ネコビトである自分の体の中に、方位磁石のようなものがあって、あの地に帰りたくなるのかも。

キャサリンは肉球のてのひらで、冷たい窓ガラスに触れ、マズルの短い顔でため息をつく。先祖譲りの顔立ちは、チンチラ・ペルシャのそれなので、鼻は低い。もうちょっと高い方が良かったな、と密かに思っている。

帰りたくても、帰れないのが、あの星だ。

遠い遠い昔、まだ西暦が使われていた時代に、地球は二度と生き物が住めないだろうといわれる星になってしまった。地球全体を同時期に襲った天変地異と、それをきっかけに始まった、世界的な大恐慌、それを引き金にした、数々の内乱と民族紛争、ついには大国間の戦争によって、地表は放射能に侵され、あるいは生物兵器のウイルスが蔓延《まんえん》し、そこここに毒ガスが漂う場所へと変化してしまった。

不幸中の幸いというべきか、その頃には、ある劇的なきっかけがあって、宇宙開発の技術が飛躍的に進んでいた。宇宙の海へと飛び立ち、地球を離れて暮らせるほどのレベルには達していたので、人類のうち生きのびた者達は、死の星と化した地球をあとにすることができたのだった。ネコビトの祖先の猫たちも、「飼い主」とともに、そのときに地球を離れたのだ。お伽話《とぎばなし》のように、遠い昔のこと。数百年も昔の出来事だ。

人類が最初に降り立ち、本拠地としたのが、月、及び、月と地球のまわりを回る宇宙ステーションだった。少し時間をおいて、火星、それから時を経て、木星の衛星、金星、と人類はひとの住める環境に星々を作り変え、移り住んでいった。大きな移民船をしつらえて、太陽系の外へと旅立った国々もあった。人類が宇宙に出てそうたたなかった時代の、その頃には、国家という概念がまだ存在していた。とても古い時代のことだ。

星々や宇宙を開拓するにあたって、国同士は協調しつつ時に対立し、他の国々より少しでも多くの安定と利益を得ようと、争った時代もあった。地球人類が滅びかけるほどの長い戦争の後のこと、助け合わなければいけないとみなが思っていただろう。少なくとも、公《おおやけ》には。けれど、数え切れないほどの遺恨も、まだひとびとの記憶の中には残っていたのである。

けれどそれから長い時を経て、多くの苦難の果てに、人類の間に国家という概念はなくなった。その頃には、太陽系を中心とした「太陽系同盟」と後《のち》に呼ばれるようになるひとつの同盟が存在していて、人類のみなが、そこに帰属意識を持つようになっていた。消滅した国家や民族の歴史は、自《みずか》らのからだに流れる血や文化のルーツとしてそれぞれのひとびとに記憶され、忘れられることはなかった。ただそれは、対立を生むためのものではなく、互いに歩み寄り、古《いにしえ》の文化や文明を懐かしみあうための大切な思い出となった。

その頃には、帰らなかった幾隻《いくせき》かの移民船に乗っていたひとびと以外は、みなが太陽系、主として月と地球のそばへと戻り、暮らすようになっていた。特に人気なのは、月、そして、月と地球のそばを回る、無数の宇宙ステーション、そしてスペースコロニー群だった。住環境が良いと好まれ、もっとも人口が多いのはコロニーで、その数はいまも増えつつあり、住居用、産業用、大学を始めとする研究施設に農場、工業地帯、などなど、はては遊園地や劇場、博物館や植物園に至るまで、いろんな用途を持って、太陽の光を受けて、宇宙に浮かんでいた。

月は、開拓の歴史が古かったこともあって――その代わり、すでに都市の老朽化も嘆かれ始めているのだけれど――地球に次ぐ第二の故郷として、いまの人類に思慕される地となっていた。新ニューヨーク、新ソウル、新東京、と呼ばれるような、各国のかつての大都市や首都を模した都市が造られ、地球での華やかな日々をここに再現しようとするような、政《まつりごと》の機関や企業の本社が建ち並び、やがて新しい歴史を作っていった。

キャサリンが見上げる地球は、一部が欠けて見える。地球からはここ月が満ち欠けして見えるらしいけれど、月からは地球が満ち欠けして見えるのだった。その暗く見える部分、地球が夜となっている部分は、かつては夜なお輝く都市の灯《あか》りできらめいて見えたという。けれどいまの、文明も途絶え、都市に灯《とも》りを灯す者が存在しないだろう地球では、そのきらめきは見えない。ただ闇が海のようにわだかまる。

月から、コロニーや宇宙ステーションから、火星や金星、木星の衛星たちから、たくさんの瞳が遠く近く、いつも、母なる星を見守っている。いつかあの星に帰る日が来るのだろうか——そんな思いが、きっといつもあの青い星を取り巻いている。

太陽系同盟の本拠地はこの月にあり、何人《なんぴと》も地球に降りたいときは、その許可を得なくてはいけないとされている。——けれど、それを定めて以来、地球へ向かおうとしたひとびとは時に存在していても、一度たりとも許可が下りたことはなかった、とされている。その地はまだ危険で、生命あるものが降りるべき場所ではないからだ、と、そういわれているのだった。

けれど、危険なはずのその場所は、今日も宝石のように青く、美しかった。

銀の毛並みがふさふさとした手首につけている、腕輪の形をした端末の裏側から、軽くノックするような感覚があった。端末は真珠色に発光して、チャイムを鳴らす。

妖精の姿をした立体映像が、光の羽をたなびかせるようにしながら、手首の上にふわりと浮き上がり、にこりと笑う。

『あと十分で夜の八時。まもなく打ち合わせの時間です』

腕輪は、この部屋のコンピュータから情報を引き出し、キャサリンの意思を伝えるための端末だ。コンピュータとは会話することができるが、部屋に配置したカメラが常にキャサリンの姿を追っているので、彼女の視線やジェスチャーに反応することもできる。

妖精に擬似的な人格はあるけれど、実体はない。けれど、毎日、日常を共にし、スケジュールやらニュースやらを教えてもらいつつ、あれこれ会話していると、そういう存在——物語に出てくるような、本物の小さな妖精と同居しているように思えるところが面白かった。ついでにいうと、猫としての本能、狩猟本能も刺激されてしまうあたりは、やや問題ではある。

キャサリンは、妖精の羽に爪を引っかけたくなる思いをかみ殺すように長い髭を動かし、

「ありがとう」

と、妖精に告げる。

『どういたしまして』

光の残像だけ残して、妖精は消えた。

打ち合わせは、同じ版元の副編集長とだった。

近いうちに編集会議にかける本の企画について、彼の考えを知っておきたかった。

親会社である新聞社からの命令、というか、この新しい出版社の使命として、作らなければいけない、大切な本があった。今日はふたりとも休日だったのだけれど、互いに多忙なため、今日の、それも夜のこの時間しか空いていなかったのだ。

ちなみに時刻は、いまの時代の月面の都市に於いては、かつての地球で使われていた東部標準時、ニューヨークの時間を基準にして定められている。月の一日の長さは、地球のそれとは違う。しかし多くの市民が地下で暮らしてきたここ月面では、地球の時刻に従って暮らすのも難しいことではなかった。遠い過去に滅びた都市であるニューヨークの、その夜明けや日没の時間の通り、月の都市は時を過ごす。時間に合わせた照明が、街を、ひとびとを照らし、夕闇が優しく包み込

む。

月、及び火星に於いては、初期に開拓の中心になったのがアメリカだったこともあり、ニューヨークの時間で時を重ねることになったけれど、宇宙ステーションやスペースコロニーになると、その建設に多くの国家や企業が中心になって関わったため、それぞれ、いろんな国や街の時間で生活していたりする。一方で、太陽系内の他の惑星や衛星の場合は、各国間の話し合いの末、グリニッジ標準時が使われていた。

いまの時代の人類たちは、滅びた文明からそのようにして時を受け継いだ。そして、暦《こよみ》——カレンダーをも、受け継いでいた。

これはスペースコロニーで顕著なことなのだけれど、地球での季節を再現するように太陽の光をとりいれ、日照時間を操作する。人工の四季の中で、ひとびとはかつての行事やイベントを再生させ、楽しみ、いくらか変容もさせながら、受け継いでいるのだった。季節の中で生きた、先祖たちの暮らしをしのび想いを馳せながら。

なので、ここ月の都市に於いても、先々月の終わりにはハロウィンがあり、子どもたちが仮装して菓子をもらい、若者を中心に仮装したひとびとが楽しげに街を歩いたりパーティを開いたりした。いまは十二月。じきにクリスマスが来るけれど、サンタクロースは月にも来ることになっている。当然、空飛ぶ橇《そり》は、太陽系の星々の中を、光より速く駆けるのだ。子どもたちの枕辺《まくらべ》に贈り物を配るために。それがサンタクロースという存在なのだから仕方がない。地球が滅びようとも、勇者のように、トナカイの橇は星空を駆ける。時を越え、時代を越えて橇は行く。

窓の向こうに、幻のように、空を行く橇が見えたような気がして、キャサリンは緑色の目を細めた。

キャサリンはもう子どもではないので、きっと今年のその夜にサンタクロースがこの部屋を訪れることはないけれど、この部屋にもクリスマスツリーは置いてあって、静かに灯りが点滅を繰り返している。玄関の扉にはリースも飾ってあった。


扉をノックするような音が、スピーカーを通して、部屋の空間に軽く響く。

『レイノルド・ナカガワです。こんばんは。お邪魔してもよろしいでしょうか？』

落ち着いた男性の声の人工音声が、日本語で挨拶をする。

打ち合わせの相手、副編集長だった。彼もまた「日系」の——日本国に先祖の縁がある人物で、ネコビトとイヌビトの違いはあるとはいえ、最初に名前を聞いたときから、親しみを感じていた。互いにその方が楽なので、社外では日本語で会話をすることも多い。

キャサリンは仕事机の前の椅子（当然これも、アンティークの素敵なものだ）に腰をおろしたまま、部屋の一角を振り返る。

「いらっしゃい。どうぞ」

クリップで片方の耳に留めたヘッドセットのマイクに言葉を吹き込み、招き入れるジェスチャーをする。コンピュータがそれを認識して、部屋の一角にドアを模した形の映像が映し出され、開いた。人工音声のドアベルが、軽やかに鳴る。——同時に、キャサリンの声は、日本語を話す、聞き取りやすい女性の声になり、客人の元へと届いているはずだった。

開いたドアの向こうに、人影が立つ。

『あらためまして、こんばんは。お休みの日のこんな時間に、すみません』

壁に描かれたドアの枠の向こうにいるように見えるのは、こちらも片耳にヘッドセットを留めたレイノルド。〈言葉の翼〉社の三人いる副編集長のうちのひとりだ。

同じ空間の、すぐそこにいるようだけれど、実は彼もまた、彼の自宅にいる。同じ月の都市でも、端の方の街に住んでいると聞いた。その街は小さくてちょっと不便だけれど、地球の出が見えるそうだ。キャサリンが住む、そして出版社があるこの新東京までリアルで移動すれば、地下鉄でどれほどかかるだろう。月のメインの交通網はかなりの超高速だけれど、それでも一時間くらい？ もっとかかるかも。通勤は少しだけ手間だけれど、いつも地球の出や地球の入りが見られるなら、うらやましいと思った。そればかりは、この月面のどこからでも見られるものではないのだ。

彼とは同時期に同じ会社に転職してきた仲間だということもあって、仲が良い。他の編集者たちにも仲間意識はあるけれど、ひときわ気が合った。何より本の趣味が合う。互いに耳が良い生まれつきでもあるし、いずれ翻訳機の手伝いなしに直《じか》の音声で会話ができるようになるかもね、とキャサリンは思っている。

（その方が仕事もやりやすそうだし）

キャサリンに促されるまま、自らの部屋の椅子（洒落《しゃれ》たひとり掛けのソファだ）に腰をおろす彼、レイノルドは、犬から進化した新しい人類、イヌビトだ。

古風なデザインのスーツの上に、ジャーマンシェパードの大きな頭が載っている。ベストのポケットには懐中時計の鎖が光っていた。長い鼻面の口元は軽く開いている。笑顔なのだ。

イヌビトの人口もネコビトと同じくらいに多い。小学校の頃からクラスメートにもたくさんいたので、彼らの喜怒哀楽には慣れているし、イヌビトの友人知人もいるけれど、それでもイヌビト独特の、牙と舌がのぞくあの笑顔は少しだけ怖い。本能というものは、数百年くらいじゃ変わるものでもないのね、と、キャサリンはそっと肩をすくめる。

ネコビトとイヌビトは、人類が地球を離れ、太陽系の外に出た頃、移民たちが連れていた犬猫から進化した、という歴史がある。代を重ねるごとに脳と頭部が大きくなり、それにともなって知能が上がり、言葉を操るようになり、体軀《たいく》が大きくなり、やがて直立して歩くようになった。寿命も延びた。いまでは「古き人類」――ヒトと同じほどに生きる。

なぜ、犬猫が同じタイミングで、急に進化を遂げた（あたかも魔法が働いたかのような速度で）のか、その理由は長年研究されていて、いまやネコビトイヌビト当事者の科学者も研究に加わっているけれど、いまだ何も解明されていなかった。謎のままかも知れないともいわれていた。もともと、進化というものには謎が多い。いま太陽系に広がる、すべての生命が地球にいた頃からそうだったのだ。まるで誰かが粘土をこねて生き物を作り変えてきたようだ、と、キャサリンは時に思う。ただ、その、神様のような手を持つ存在は、地球発祥の生き物、特に古き人類に対しての愛情があるのかも知れない、と思ったりもする。

ネコビトとイヌビトの誕生によって、元々の地球の人類——古き人類はおそらくは救われた。地球の環境が変わったこと、その地を離れたことで、彼らの人口は恐ろしいほどに減り、文化も社会もその生活も維持できなくなる危険があった。その人口減を補ったのが、新しい人類、強靭な肉体と人類への尽きない愛情を持つ、ネコビトとイヌビトだったのだ。

そしてまた、故郷を失い、宇宙空間にあてもなく進出しなくてはいけなくなった古き人類にとって、新しい人類であるネコビトとイヌビトは、その心細さと孤独を和《やわ》らげてくれる何よりの友となったのだった。未知の宇宙空間での様々な危険から、彼らは、古き人類を守り、そのそばに寄り添おうとした。どんな危険な場所へも、行動を共にし、身を挺《てい》して守り戦った。

その想いは、彼らの遠い子孫であるキャサリン自身にもあるから理解できる。この無限の古き人類への愛は、おそらくは遺伝子に組み込まれているもので、詩的な言い方をするならば、時を越えて続く、彼らとの間に結ばれた、尊い契約なのだ。

遠い遠い昔、猫と犬は、ひとのそばで暮らすために、その野性を捨てた。火のそばで眠り、食べ物をわけてもらい、名前を呼んでもらい、撫《な》でてもらい、あたたかな寝床でともに眠るために。その契約がいまも、もしかしたら、たぶん永遠に生きているから、ネコビトとイヌビトは人類を愛し続ける。

キャサリンは時に、街角でヒトの幼子が転びそうになりながら楽しそうに走っていたり、両親と手をつないで幸せそうに歩いている姿などを見かけると、愛しさに目を細めたりする。なぜだか泣きたくなったりも。いまではネコビトやイヌビトの方が数が多く、自分たちの方が強靭な体軀や安定した精神を持ち合わせているとわかっていても、きっと自分たちは、ヒトのそばを離れられず、見守り続けるだろう。

とはいえ――「ペット」としての過去を持つ彼らが昔からの支配者、古き人類の真の友人として、その社会に受け入れられ、認められるようになるまでには、長い時間がかかった。ネコビトやイヌビトが同じ人類として尊ばれ、その権利が認められるようになるまでには、不幸なことも多く、様々な悲劇も続いた。

けれど結局は時間がすべてを解決した。ネコビトイヌビト、そしてヒトは、同じ人類として並び立ち、尊敬し合い、支え合って、この新しい世界で暮らすようになった。もっとも、いまもネコビトイヌビトを同等の存在と見なさないひとびとはいるし、ネコビトイヌビトの方でも、不幸な時代に起きた様々な事件や出来事を忘れない者たちはいる。その時代、多くの者たちが傷つき、命を奪われたのだ。

ただ、いまの大部分の人類は、平和に穏やかに暮らしている。やがて不幸な歴史もその記憶も、地球にある海の波のように、時がすべてを流し去るだろう、とキャサリンは思っている。悲劇は受け継がれ、大切に記録されながらも、深い哀しみや傷は癒やされる日も来るだろう。さらに理解し合い、愛し合える日が、きっと来ると信じたかった。

この冬もじきにクリスマスを迎える、月面の都市。子どもたちは、尻尾のあるものもないものも、ともにサンタの訪れを待ち、おとなたちは、サンタの代わりを務めるために、子どもたちが喜ぶものを探したり、何が欲しいと思っているのだろうと思案したりするのだ。そう、尻尾のあるものもないものも。

自宅にいるのに、それに夜なのに、副編集長はちゃんとした格好をしている。足下こそはスリッパを履いているようだけれど。

（わたしもきちんとした格好をするべきだったかしら？）

せめて何か衣服を身にまとうべきだったか？　休日なので、それなしで過ごしていた。豊かな被毛に包まれたからだは、本来は衣服を必要としない。

キャサリンのその表情が読まれたのか、

『今日はちょっと調べ物があって、中央図書館に行ってきました。さっき帰ってきたばかりなんです。いつ行っても凄いですね、あそこは。本の城か、博物館のようで』

レイノルドは、木の実の色をした、穏やかな目を輝かせる。腰のあたりで、ふさふさとした尻尾が揺れているのが見える。『ぼくはコロニー育ちで、大学も前の就職先もコロニーだったので、本がたくさんあるって、それだけで感動しちゃって』

それにしても、と、レイノルドは、キャサリンの部屋の方を見遣《みや》り、ふと嘆息を漏らす。

『編集長のお部屋の本の数も、相当凄そうですね。まるで図書館の一角のようだ。いいなあ、うらやましいです』

コロニーでは、伝統的に、というか慣習として、物が増えることが嫌われる、とキャサリンは聞いたことがある。住民たちの持ち物も。企業や店舗の在庫までも。

いまは途方もない体積を持つ、巨大なコロニーもあると聞くけれど、まだコロニーが小さく、少なかった時代は、住民同士、遠慮し合ったり、互いを牽制《けんせい》し合ったりしていた時期もあったと聞いた記憶がある。それなら図書館も、あまり大きなものは作れなかったのかも。レイノルドも、子どもの頃から、家に大きな本棚は置けなかったのかも知れない。

それはそれとして、月の新東京の中央図書館が巨大な図書館であるのは事実だった。キャサリンだって大好きな場所だ。

「ああ、あそこ、凄いわよね。何回行っても、ため息が出る。まるで洪水みたいに、溢れるみたいに本が並んでて」

吹き抜けのフロアに並ぶ無数の本棚を、見上げても見下ろしても、背表紙が続いている。とてもとても数えきれない。無限に続くのでは、と思えるほどの本の波。一生かかっても、ここにある本は読みきれないなあ、と陶然として思ったことがある。

紙の本の背表紙だけでも、圧倒されるほどの数が並んでいる。この月の都市の、地下の深い階から生えるように伸び、そびえ立っている建物の、地上はるか上の高層階まで、本棚が続く。各フロアにある書庫も凄い。四次元に続いてるのではないかと思えるほど尽きない蔵書を収納する書庫を持つ、巨大な図書館だった。もちろん、物理的な書物だけでなく、データとしての本も館内のコンピュータ群に、ぎっしりと収蔵している。

月育ちのキャサリンも子どもの頃から足繁く通っている場所で、その頃、かわいがってくれた司書に聞いた話では、この図書館はかつて地球で出版された本の、ほぼすべてのデータを持っているそうだった。内容そのものすべてまではさすがに無理でも、昔、こんな本があった、という書誌情報は持っているのだとか。

欠けていたり、消えていたデータも時間をかけて何代何十代もの図書館員の手によって修復し、復元していったのだとか。そもそもは、昔、地球上に人類が住めなくなったとき、当時あった図書館の本やそのデータを抱えて宇宙に避難した関係者たちが、世界中の図書館にいたそうで——そのひとびとの功を語る時の司書の目が感動と尊敬で潤《うる》む、それが素敵だとキャサリンは思っていた。いつかその辺のことも調べて本にしたいなあ、と、おとなになったいまは思っている。

月の図書館は地球の歴史を引き継いで続いている。文化と文明を、人類の記憶をこの宇宙から消滅させないために。本は手に取れるかたちになった、叡智《えいち》と夢と歴史の結晶なのだから。


「図書館に行ったたって、今度の企画のことで?」

『それもあります。ここ数日、通ってるんです。何かヒントになるものがないかなって』

「何かあった?」

『いやあ、特には。悩んじゃいますよね。作らなきゃいけない本のテーマが壮大すぎて』

「ああ、まあ、そうよねえ」

つい、苦笑してしまう。——けれど。

作るべき本のテーマが壮大で、ロマンチックだからこそ、キャサリンは興味を持った。前の職場から、なかば引き抜かれるようにして、キャサリンはこの仕事を選んだのだ。

新しい出版社ができるにあたって、最初に作るべき本のテーマが与えられていたから。そのテーマに、心惹かれたから。

「――『愛に満ちた、人類すべてへの贈り物になるような本』ですものねえ」

〈三日月新報〉という名前の、大きな新聞社がある。

本社はここ月にある。現在太陽系ではほぼ唯一といっていい、太陽系同盟に属する星々や周辺の宇宙空間の、その全領域をカバーしている歴史の古い新聞社である。高速の亜空間通信を使って、ほぼリアルタイムでいまの宇宙のニュースを届ける。

キャサリンたちの属する、〈言葉の翼〉社は、その新聞社の子会社のひとつで、三百周年記念事業として興《おこ》されることになった出版社だった。最初の本として、その記念になるような本を作ること、と定められていた。

その本のテーマがつまり、『愛に満ちた、人類すべてへの贈り物になるような本』なのだった。これまでの人類、特に地球を離れ、宇宙空間に出てきてからの、ここ数百年の人類の歴史を踏まえ、新聞社関連の出版社としての、普遍性や文学性、知性を感じさせつつ、子どもからおとなまで、誰もが手に取りたくなるような、そんな本を作らねばならないらしい。

「読むと幸せになるような本がいいですね」

と、三日月新報社の偉いひとから、キャサリンは面接の時に笑顔でいわれたのを覚えている。

「クリスマスの贈り物になるような本がいいなあ。装幀《そうてい》も美しくて、宝物にしたくなるような、本棚に大切に置かれ、飾られるような。そんな本を、ぜひ」

「あれこれリクエストする側は、楽よねえ」

キャサリンはため息をつく。「クリスマスの贈り物になるような本で、装幀も美しくて、宝物にしたくなるような本――」

というと、ちょうどいまの時期、書店の店頭に飾られていて、贈り物として選ばれ、綺麗《きれい》な包装紙に包まれ、リボンをかけられるような本か、とその情景を想像してみる。

「本の刊行時期はいつでもいいっていわれてるけど、とりあえずは来年をめざすとして、ベタにクリスマス前の十一月の本にしましょうか。――内容は……」

キャサリンは狭い額に手を当てる。

「『子どもからおとなまで、誰もが手に取りたくなるような本』って、どんな本かしらね？」

ずっとそこで悩んでいた。「装幀が綺麗な本、ってことは、まあ決まってるんだから、子どもでも読みやすいようにページ数は少なめにして、内容もあまり難しくない感じで。でも文学的というと、童話とか詩集とか、そんな感じかなあ」

『綺麗な写真をたくさん添える、エッセイ集、という手もあるかも知れませんね』

写真、といいつつ、いまの時代の「写真」は、ページを開くごとに立体的に立ち上がる。大昔の本でいうポップアップ絵本を映像で実現しているようなものだ。BGMや効果音をつけることもできる。小さなカプセルに香料を入れて、ページに香りも仕込める。癒やし系の綺麗な本にはなるかも知れない。

「エッセイねえ。予算もあるし、いまからなら時間もあるから、公募で原稿を募るとか……」

思い出話のエッセイや父祖から聞いた生活の記録を募りつつ、それが人類の、庶民の歴史の記録になるような、そういう編集はできるだろう。読者の共感も呼び、マスコミの話題になるような、いい本になりそうだけど。何より、新聞社ゆかりの版元の本「らしい」感じがするし。

自分でいいながら、うーん何か違う、と首をかしげる。何かこう、「小さい」のだ。こぢんまりしていてつまらない。レイノルドも同じ気持ちなのか、腕組みをして、うつむき、唸《うな》っていた。イヌビトなので、低い声で唸られると微妙に怖かった。

『待てよ、そうか、クリスマス。──ああ、クリスマスだ』

急に、レイノルドが顔を上げた。

目が輝いている。『いろんな時代の、クリスマスの伝説を集めるというのはどうでしょう? クリスマス伝説集……昔話集──いや、物語集かな、みたいな感じで』

「──クリスマスの、物語集?」

『ぼく、ここ数日、中央図書館で、企画のヒントを探しつつ、本をあれこれ手にするうちに、気がつけば、子どもの時好きだった、いろんな伝説や昔話をまとめた本を探して読んでいたんです。あまりにも記憶の中の本たちがみんなあるものだから、懐かしくて嬉しくて、つい。

編集長。人類が宇宙空間に出てきて以来、数百年の間に、月やコロニーや移民星や宇宙空間で、いつの間にか生まれ、語り伝えられてきた、民間伝承──昔話や伝説ってたくさんあるじゃないですか？　ほら、昔々にほんとうにあったことのような、でもどこかの誰かの作り話かも知れないというような――そんなたくさんの、親しまれ、愛されてきた、みんなが知ってるお話が。

ぼく、子どもの頃からそういうお話が大好きだったんです。昂《こう》じて、大学もそちらの――いわゆる、星間民俗学の方に進みましたし』

火星の古い都市にフィールドワークに行って、地元の古老から昔話を聞いたりしたんですよ、とレイノルドは得意そうに笑った。話を聞きながらご馳走《ちそう》になった火星のサボテンのテキーラで酔っちゃって、と頭をかく。

『心に残っていた、大好きな昔話には、意外なほどクリスマスの話が多かったんです。で、余計に感動したんですよ。だってほら、クリスマスってその言葉を思うだけで幸せになるでしょう？　そのクリスマスがテーマや舞台のお話なんて幸せの結晶みたいなものじゃないですか？

まあ、ぼくはもともとクリスマスが大好きですし、図書館もいま、クリスマスの飾り付けが綺麗だったせいもあって、余計に目についたのかも知れませんが。だけど本一冊分作れるほどの物語の数はありそうですし、むしろ選ぶのに困るほどかも』

「あら、ちょっと面白いじゃない。続けて」

いわば新時代の民間伝承、伝説や民話のようなものがたくさんあることを、キャサリンも知っていた。他愛ないものもあれば、痛切なものも、文学そのもののような、美しいお話もある。この数百年、故郷である地球を離れなくてはいけなくなり、寄る辺《よるべ》ない思いを抱いた人類は、いつの間にやら、口々に物語を語った。辺境の惑星で。はるかな星空を渡る交易船の二段ベッドで。

青い地球を、帰れない故郷を見下ろす宇宙ステーションで。そしてここ、月の樹脂の天蓋の中で。

夢や憧れや不安や、旅する想いや、家族や友人への愛や、人類そして地球への想いや――それが結晶していったような物語がいくつもひとびとの口や通信網に上り、伝えられていった。

そういった物語は、いままでも本の形をとって出版されてきてはいるけれど、思えば、現時点での集大成的な本はまだないような気がする。――選りすぐった物語を、上質な文章を書ける著者に依頼して、この機会に活字にするのは良いことかも知れない。

ひとびとの中から生まれた言葉や、物語を、ここまで伝えられてきたお話たちを、この先の未来へも残るような形にする。それは編集者として、とても素敵な仕事じゃないだろうか。

その本はきっと、時を越えて残る、宝物になる。

レイノルドは言葉を続ける。

『ねえ、編集長。クリスマスって、みんな幸せな気持ちになる日じゃないですか？　その時期を舞台にした昔話も、どれもそんな感じの優しいお話が多かったんです。一冊の本にまとめたら、それこそ、贈り物にしたいような、優しいあたたかい本にならないでしょうか。少なくともぼくは、読んでみたいです』

「わたしも、読んでみたい」

胸のどきどきが止まらない。絶対素敵な本になる。そんな予感がした。

いまからすでに、その本の活字と字組と装幀が見えるような気がする。できあがった本が、クリスマスの飾りとともに、月の都市の大きな書店のショーウインドウに華やかに飾られる情景までもが見えるような気がした。

「——いくつくらいのお話を入れることになるかはわからないけれど、けっこうぎっしり字が詰まった本になるかもね」

そして、薄い本にはならないだろう。

『二段組みとかもありだと思いますよ。でも、多少厚くしてもいいんじゃないかな。特別感が出るような気がしますし。読み応えというか、この本の場合、一息では読み切れないような、字がたくさん詰まっている本でいいんじゃないでしょうか。子どもが手にした場合も、本が好きな子はどれだけ字が小さくても読むでしょうし——ぼくもそうでしたから——そうでない子は、家族と一緒に読むのも楽しいような気がします。難しい言葉には注釈をつけたり、お話の合間には、解説を兼ねて、軽い読み物——気の利いたコラムをつけたりするのもいいかも知れない』

「そうね。予算は大丈夫っていわれてるから、何でもできそうだしね。その辺も気が楽ね」

紙を薄くしてページ数の多さを誤魔化す、という手もあるけれど、今回はむしろ、上等な厚い紙を使って、ずしりと重い本に仕上げる、というやり方もあるかも知れない。カバーには金銀の箔《はく》を押して。本文の文字も多色刷りにしようか。なんといっても、クリスマスの本、贈り物になるような素敵な本なのだから。

なんて楽しい仕事なんだろう、と、胸が躍る。

「ねえねえ、レイノルド。あなたは、たとえば、この本にどんな話をどんな順番で並べようと思うの？」

『そうですねえ。古い時代の話から、だんだん新しい時代――いまに近づいてくるような構成でもいいですし、順不同で並べるのも、面白いかも知れません。――でも個人的には、まずは昔懐かしいようなお話がいいかな、と。お伽話っぽい作品から入るのが良いような。たとえば、ほら、編集長もご存じじゃないですか？　ずっと昔の、遠い星の開拓民の小さな女の子と、彼女を愛した犬と猫のお話』

「あっ、神様とお話しする女の子の話？　そっか。あれ、クリスマスのお話だったわね」

かなり昔の物語だ。キャサリンは絵本で子どもの頃に読んだことがある。お伽話のような、実話のような、不思議なお話。ほんとうの出来事だったとしても、どのあたりの星系で起きた出来事なのかさえも、いまではわからないような、遠い遠い昔のお話。

「いいかも。というか、あのお話、わたし大好きだわ」

キャサリンは、その手を握りしめる。肉球が熱い。

人類が地球を離れて、数百年。そのごく最初の頃。すみかとなる惑星を求めて、多くの国の、多くの宇宙船が移民船団として、星の海へと繰り出していた時代があった。まだ国という概念が残っていて、国家間の競争意識が、移民船団の旅立ちに影響を与えていた、そんな時代の出来事だ。宇宙空間に拠点を作ろうとするのではなく、根付くべき土地を探そうとしたのは、故郷である地球を失った、そのことへの哀しみと焦り故《ゆえ》のことだったのかも知れない、とキャサリンは思う。帰るべき土地を、新しい故郷を、とひとびとは旅立ったのだ。

いまよりもずっと、科学技術が未熟だった時代、宇宙船――移民船団は、みなが片道だけの旅のつもりで、太陽系に別れを告げて、遠い星の海へと旅立った。その旅の中で、ある移民船団の旅人たちが出会い、開拓した星があり、そこで起きたという物語。

　元は星々や宇宙ステーション、コロニーの間を往き来する交易船や、郵便船の船乗りたちの間で語り伝えられていたお話だったらしい。どこそこの星域のあの星のあたりで、こんなことがあったらしいよ、と。あまりに昔の話すぎて、舞台となったとされる星の名前もいつか抜け落ちて、いまでは実話なのか作り話なのか、それすら定かではない。ただ、遠い昔にあり得たかも知れない出来事の、その伝え語りとして、いまの時代も多くのひとびとに親しまれている物語だった。

　キャサリンやレイノルドのような、ネコビトやイヌビト――祖先が猫や犬である人類の場合は、この物語に特に愛着があるかも知れない、とキャサリンは思う。

　いまははるかに遠い時代に、まだ脳が小さく、ずっと寿命が短い、無邪気な動物だった頃の自分たちの先祖が、それでも愛するものを守ろうとして戦った物語。そして起きた、奇跡の物語。

　古き人類と猫や犬との間の、愛と友情の記録として、最初に置くのも素敵だろう。その関係は変わったけれど、いまも変わらない思慕の念を抱き続けている、自分たちから、古き人類への、永遠の贈り物として。

守護天使

昔々、いまよりずっと昔のこと。

辺境の植民星で、助け合って暮らし、こつこつと開拓を進めていたひとびとがいた。はてしなく長い宇宙の旅の果てに出会えたその惑星は、気温こそ低く、冷たく強い風が時に嵐のように吹き荒れる地であったけれど、地球と環境がとてもよく似ていた。空の色が地球の懐かしい青色と違い、少し緑色がかっていたし、海の色もやはり緑がかっていたけれど、故郷に帰ってきたような、優しい懐かしさをひとびとは感じていた。

風に乗って、高い空にうっすらと広がる雲の美しさや、砂浜に寄せる波の音が、地球のそれと似ていたからかも知れない。目を閉じれば、地球に帰ってきたようだ、とひとびとは懐かしい表情になり、笑い合った。失われた地球での暮らしの記憶が、まだかすかに残っていたり、親世代から聞かされて知っていたような、そんなひとびとがその船には乗っていたのだ。

ひとびとは、四枚の羽根で空を舞う、鳥に似た生き物の群れを見上げ、海で跳ねる、ガラスのように透き通った姿の魚のようなものに目を見張り、沖の方で、朝夕に長い首を伸ばしてうたう、海竜としかいいようのないものの歌声に耳を傾けた。

静かな星だった。

この星の主《あるじ》と呼べるものはいないようで、まるで移民たちを待っていてくれたかのように、その星はそこにあったのだった。

星に辿り着くまでの間に、移民船のいくつかは損なわれた。事故があり、船内での病の流行もあった。先のない旅に絶望して、自ら死を選んだ者たちもいた。太陽系へ帰ろうと試みて、船団に別れを告げた船もあった。

長く辛い旅の果てに、わずかな数の船と、その乗員たちだけが、その静かな星に辿り着いたのだった。

ひとびとは風に吹かれながら空を見上げ、星々に——神のような存在に感謝した。船のコンピュータや作業ロボットたちに助けられながら、この星を新しい故郷、みなが骨を埋める場所にしようと開拓を始めた。


移民たちは、頑張った。歯を食いしばって、生きるための環境を作り上げようとした。

奇跡的な偶然から、その星の大気は、地球人類がそのまま呼吸しても生存できる内容のものだった。その上、地球の生き物の飲用に適する成分の、清らかな水が大量にあり、空からは恵みの雨が降った。しかし困ったことに、人類が食する野菜や果物を育てるには、土が痩せていて、足りない元素が多すぎた。この星の表面を覆う植物らしきものは、大きなマリモのような形をしていて愛らしかったけれど、その葉も茎も固く、棘《とげ》があり、さらには毒になる成分も持っていたので、食用には向かなかった。その植物は風に吹かれて、大地の上を転がりながら移動する。つかまえて葉をとろうとするとひとの声に似た声で悲鳴を上げるので、食用にするべく毒抜きをして加工するのもためらわれた。

土壌を整え、肥料を作り、痩せた土地をなんとか改良して、地球の植物を育てるための田畑を作ることになった。土は硬く、岩石も混じっていて、ロボットたちの助けを借り、機械を使っても耕すのに骨が折れた。

けれど、それもこれも贅沢《ぜいたく》な悩みだと、移民星のひとびとは語り合い、うなずきあった。

この星には大気がある。宇宙からの放射線から生き物を守り、主星である恒星が放つ熱をほどよく遮《さえぎ》ってくれる、優しい大気が。恒星との距離もほどよかった。近すぎれば焦がされ、飲み込まれるところを、あたかも故郷の地球のように、ほどよい距離で離れ、あたたかさの恵みだけを受けていたのだ。欲をいうなら、主星に対する軸の傾き具合から予測される、冬の時期の寒さと長さが気がかりだったけれど、それでも、熱さに焦げるより良いとひとびとは思った。大丈夫だ。寒いならあたたまれば良い。みんなで寄り添いあえば良い。

地球よりわずかに体積が小さいせいか、重力は弱かった。けれど、移動も作業もしやすいと、ひとびとはむしろそれを幸運だと思った。軽く駆けるだけで、遠くまで行けるのだ。

こんなに恵まれた星と出会えたことを、ひとびとは感謝した。母なる星にはもう帰れない。このまま銀河をあてもなくさまようのだろうかと思いながら、長いさすらいの旅を続けてきた、そんな自分たちを迎えてくれた星に、感謝した。

ひとびとはその星での日々を重ねた。緑の空と、海竜が鳴く海を愛した。子どもたちは透明な魚と海を泳ぎ、四枚羽根の鳥を追いかけ、転がる植物をつついて荒野で遊んだ。おとなたちは、そんな子どもたちを見て、笑ったりした。

その星の夕空は、緑の光がまるでエメラルドのように澄んで美しかった。ひとびとは庭に椅子を出して、吹きすぎる風に身を震わせながらも、温室で育てたコーヒー豆で作った、熱いコーヒーを楽しみながら談笑し、透きとおる空を飽きずに見上げたりしたものだった。

けっして豊かとはいえない日々でも、ひとびとの暮らしには笑いがあり、穏やかな時間が流れた。そしてそのそばにはいつも、遠い故郷からともに旅してきた、ふわふわの毛皮を持つ古き友人たち――犬と猫がいた。

彼らは、常に冷たい風が吹くその地で、ひとびとの心とからだに寄り添い、あたためてくれた。愛らしい仕草で笑わせてくれた。この星の未知の生き物が集落のそばをうろつくときには、犬たちが、その接近をいち早く知らせてくれ、勇敢な騎士のように追い払って、ひとびとを守ってくれた。

異星の、ねずみに似た小さな害獣が、収穫物を狙って倉庫に忍び込んでこようとしても、光る瞳を持つ猫たちが、それを許さなかった。

また猫たちは、空を飛ぶ鳥のような生き物を器用に狩り、くわえて帰ることもあった。残念ながら、この星の生き物の血液には、地球の生き物にとって毒になる成分があり、危ないからと獲物はすぐに猫たちから取り上げられた。けれど、「鳥」たちの皮膚は加工すると、丈夫でなめらかな皮革《ひかく》になり、ひとびとはこの星と猫たちに感謝して、その革で子どもたちのための防寒着や靴を縫ったのだった。

凍えるような風が吹く夜、犬と猫は、ひとびとともに眠った。その風の音がどんなに恐ろしくても、樹脂で作られた華奢《きゃしゃ》な家々が風で吹き飛ばされそうに思えても、穏やかな犬の寝息と、猫の喉を鳴らす音がそこにあれば、きっと大丈夫だとひとびとは信じることができた。きっといつかこの風はやむ。あたたかな明るい、光に満ちた朝が来ると。はるか昔、遠い故郷の星で、人類の先祖が犬や猫とともに暮らすようになったその頃にもあったろう、辛く寒い夜と同じように。寄り添い合う優しくあたたかな眠りの、その繰り返しで、ひとびとと犬猫はその星の夜を乗りこえていったのだった。

しかしいかんせん、その星の環境は過酷だった。

残酷なほどの冬の寒さと果てしない長さは致命的だった。冬が巡って来るたびに、その星は凍り付いた。やっと育った作物は枯れ、ひとびとは弱い者から命を落としていった。巡り来る冬は、死の季節となった。ひとびとは冬の訪れに怯《おび》えるようになった。

不幸なことに、この星には人類にとって貴重な資源は——たとえば宇宙船の燃料になるものや希少な金属など、住民以外にも尊ばれ、喜ばれるような資源は何もみつからなかった。なのでその星は、移民たちがなんとか自給自足してゆくだけでやっとの星、暮らしてゆくだけで精一杯の貧しい惑星となった。

その頃には、開拓用のロボットたちの部品も古くなり、故障が増えていた。豊かな海の塩分の悪影響もあった。やがてロボットたちはそれぞれの主を案じながら動かなくなっていき、そして、新しいロボットを買うための資金を、移民星のひとびとは持っていなかった。

その時代、恒星間を旅するための技術が幾度も飛躍的に進歩していった。それに伴い、交易船が星々の間を定期的に通うようになった。けれど、この星は他のいくつかの移民星から距離があったこともあって、交易船には、ほぼたち寄ってもらえなかった。

ひとびとは孤立し、忘れられていった。それでも、その辺境の移民星のひとびとは、こつこつと星を耕し続けた。ひとびとがその星に辿り着いてから、いつしか長い年月が流れ、子どもたちも生まれ育ち、緑色の空と海のその星を、みなが新しい故郷として、愛するようになっていたからだった。


けれどその星には、さらに不幸が続いた。風土病が発生したのだ。住民たちの懸命な研究の末、病は克服されたけれど、蔓延《まんえん》した時期に人口がひどく減った。

その上に、ある冬から、水晶のような鱗《うろこ》に全身を覆われた、巨大な双頭の熊のような猛獣が姿を現すようになった。その獣は、ふだんは人里離れた遠くにいて、数年に一度、決まって真冬に、ふらりとやってくるのだった。そうして鱗がきしむ音をさせながら、移民たちの村を襲い、倉庫の食料をあさった。彼らが持つわずかな武器では防ぎようがない、まるでこの星の氷の嵐が形になったような獣だった。ひとを襲い、喰らい、亡骸《なきがら》をさらってゆくことまであった。

獣の襲来以来、その星の冬はさらに恐ろしい季節になった。住民の命がなんとか守られても、倉庫が被害に遭えば、春までの間の食べ物が足りなくなり、ひとびとは飢えた。

もはやこの星は諦《あきら》めた方が良いのではないか、という思いが胸をよぎった住民は多かった。けれどかつて星の海を渡った移民船たちは村の片隅で静かに眠りについていた。どれもみな錆《さび》つき、エンジンを起動してもやがて止まった。この星を離れることはできなかった。何より、あてもなく宇宙を旅してきた、遠い日の思い出と、これまで苦労して耕した土地への愛着が、荒野に並ぶ先に逝ったひとびとの墓標が、諦めることを許さなかった。

ただひとつ、通信を行うための機器だけが、変わらずメッセージを発信することができた。といっても亜空間通信が可能になる以前の、古い時代の通信機器だ。星を遠く離れてまでは、誰かに言葉を届けることはできなかった。

それでも万が一のときは遺言くらいは残せるね、とひとびとは静かに微笑みあった。

さて。彼らが暮らす集落のそばに、正方形に切り取られたような形をした小さな深い湖があった。そのほとりに、ひとつの不思議な物体があった。抱えられるほどの大きさの、素材のわからない、黒く四角い箱のようなものが、台座のような数本の棒の上に置かれ、風吹く野原にぽつんと立っているのだ。触れるとひんやりする、その箱には継ぎ目もなく、金属のように頑丈そうで、空と湖を映して、つやつやとしていた。雨風に晒《さら》されているのにわずかも汚れず、たったいまそこに置かれたばかりだというように輝いていた。

その箱を抱え、持ち上げてみようとしたものもいたけれど、それはずっしりと重く、少しも台座から持ち上がらなかった。

住民の中で、特に学《がく》のあるものが、それはもしかしたら、古《いにしえ》にこの星で暮らしていた異星人——本来のこの星の住民が拝んでいた神の祠《ほこら》なのではないか、と仮説を立てた。

そういわれるとたしかに、その箱にはえもいわれぬ、神秘的な雰囲気があった。とにかくそれはただの箱には見えなかったのだ。近寄りがたい気配もあった。畏《おそ》れ、という感情が一番近かったかも知れない。その心の動きをうまく説明できる者はいなかったけれど。

ある幼い子どもが、箱をじっと見つめて、

「中に、こっちを見ているひとがいる」

といった。「怖いひとじゃなく、優しいひとだよ」とも。

いわれてみればたしかに、箱にはこちらをそっとうかがうような気配が感じられたりもした。子どもがいうように怖くはない。穏やかでどこか慕わしげな、そんな視線を感じるのだ。

不思議な箱の中には、優しい昔の神様がいて、自分たち移民を見つめてくれている——そう想像することは、移民星のひとびとにとって、どこか救われる空想となった。

この星に昔、神様を祀《まつ》り拝むことができるような住民がいた時代があったとして、ではそのひとたちはどこに行ったのだろう、と住民たちは考えた。——もしかしたら、優れた文明を持っていたのに、文化や文明ごと、滅び去ってしまったのだろうか。自然だけを残して。あるいは厳しい環境を憂えて、どこかに旅立っていった？　自分たちのように、母なる星を捨てて。

彼ら移民はそのひとびとと出会うことはできなかった。そもそも長い宇宙の歴史の中で、ふたつの文明が同じタイミングで栄え、交流できるレベルで出会うことはきっと難しい。星と星の間の距離ははるかに遠く、生命が育ち、生き延びることができる環境を持つ星は少ない。こうしてこの星に彼ら移民が訪れたように、ふたつの文明がもしかしたら出会える可能性があったとしても、そのときには、過去にこの星で暮らしていたかも知れない文明の名残は、この箱以外には見当たらない――。

寂しいことだ、とひとびとは思った。かつてこの、美しい惑星で暮らしていた「ひとびと」に対して、自分たちが、こうしてやってきて勝手に棲《す》み着き、大地を耕していることへの申し訳なさを感じ、同時に深い親しみと寂しさを感じた。

会ってみたかった、と思った。せめて、彼らの残した「神様」を大切にしようと思った。きっと神様も寂しいだろう。

ひとびとはその箱に朝夕の挨拶をし、語りかけた。作物ができれば供え、菓子や茶もどうぞ、と供えた。子どもたちは箱のそばで遊び、おままごとをし、荒野に咲く花で花冠を作って、箱に飾ったりした。箱はいつも輝いて、空や水を映していたけれど、ひとびとがそんな風にそばにあるとき、いちばん美しく、楽しげに輝いているように見えた。

美味しい酒ができたときは、箱に少しだけかける者がいたりもしたけれど、そんな酔っ払いのいたずらさえも、箱は不思議と楽しんでいるように見えたものだった。

風土病や冬の寒さで、そして食べ物が足りなくて住民が倒れてゆく中、箱の前に額《ぬか》づき、涙して思いを語るものもあった。この星で長く暮らしてきた、その日々の思い出を笑みを浮かべて語る婦人もいたし、言葉もなく古いハーモニカを奏でて、遠い昔の地球の曲を聴かせる老人もいた。

若者や少女たちが、初々《ういうい》しい恋心や、生まれたばかりの未来への夢を語ることもあった。

そんなとき、箱は静かに耳を傾けてくれているような、そんな気配をたしかにひとびとは感じた。箱は言葉を返してくれないけれど、湖のそばを立ち去るときは、不思議と勇気づけられ、心が軽く楽しくなるのを、みなが感じていた。

犬猫さえもが、箱には懐いていた。彼らは箱のそばで眠り、立ち上がって、箱の表面の匂いを嗅ぎ、ときに舐《な》めてみたりもした。箱に話しかけようとするように、吠えたり鳴いたりすることもあった。子犬や子猫は、箱のそばで見守られるように遊んだりもした。もしかしたら、犬猫には箱の中にいるものが見えているのかも知れない、とひとびとは噂《うわさ》した。

「神様」の箱はそんな風にして、住民みんなに愛されていたのだけれど、いちばん長く箱のそばにいたのは、星でいちばん幼い少女だったかも知れない。星の環境が悪いので、子どもはあまり生まれず、生まれても育たない中、久しぶりに授かったその子は、みなに大切に見守られ、育てられていた。いわば、星の宝物のような幼子だった。不思議な箱までもが、少女を見守っているように、見えた。

少女は、おとなたちがふと気がつくと、湖の箱のそばにいた。仲の良い老いた犬猫をお伴に、箱のそばの枯れた草むらにしゃがみこみ、箱に語りかけるように、歌をうたったりしていた。犬猫も、何を思うやら、神妙な顔をして少女のそばに控えていて、その様子を見た住民たちは、愛らしく思うやらおかしいやらで、笑ってしまったりもしたのだった。

やがて訪れたある年の冬。その冬の寒さは特にひどく、一度滅びたはずの風土病が蘇《よみがえ》り、また集落の中で流行した。

寒さと冬の獣の襲来を恐れて、身を寄せ合うように閉じこもっていたひとびとは、この恐ろしい冬に、いちどきに倒れ、力尽きていった。その間際《まぎわ》に住民のひとりが、移民船から助けを求めるメッセージを虚空に向けて発信したので、誰かが気づいてくれれば、救助の手がさしのべられるだろうと、彼らは信じ、祈った。宇宙のありとあらゆる神に、何より湖のほとりの「神様」に。そうして、みなの亡骸の中に残してゆくことになるだろう、いちばん幼い少女を案じ、その幸運を祈りながら死んでいった。少女だけがみなの想いに守られたように奇跡的に元気だったのだ。

佇《たたず》む少女のそばには、老いた一匹の犬と一匹の猫がいつものように控えていた。彼らは彼らなりの知性で、死んでいったひとびとから少女を託されたことを理解していたので、少女を守ろうと思った。この星にいた犬や猫たちもまた、その頃には死に絶えていたので、少女は犬猫にとっても、自らの子どものような、大切な存在だった。

彼らは、幼い少女を養おうとした。吹雪《ふぶ》く中に出かけていき、農場から鶏をくわえてきたりした。生きている鶏を連れてこられても、少女に食べることはできなかったけれど、部屋の中を駆け回って鳴く鶏と、それを追いかける犬猫が面白い、といって少女は笑った。なので、犬猫は自分たちも楽しくなり、それからは鶏も部屋で暮らすようになった。

鶏は毎日卵を産み、少女は調理用の機械で卵を調理することができたので、結果的には幸運だったのかも知れなかった。

少女は、住民たちの住んでいた村のその一角の、古びた小さな家で、犬猫や鶏とともに暮らし始めた。親兄弟や顔馴染《かおなじ》みの大好きなひとびとが、みんな眠ってしまったようなので、起きてくれるまで、いい子で待っていよう、と思った。まだ死を理解できない少女のために、以前おとなの誰かが死者をさして眠ったのだと教えたことがあった。幼い記憶の片隅にその言葉が残っていた。

きっとみんな寒すぎて眠ってしまったのだ。あたたかい春になれば起きてくれるに違いない、と少女は思った。自分はまだ眠くないから、ひとりで起きていなくては、と。吹雪の中、犬猫とともに村の家々をめぐり、横たわるみんなの寝床の布団をかけ直してあげたりした。

いちばん幼い者としていつもみんなに愛されてきた少女は、自分がそうされてきたように、眠るひとびとを見守り、そっと話しかけて、優しく世話を焼いた。

犬や猫のご飯や、自分のご飯がどこにあるかは知っていた。鶏にはみんなのご飯を少しずつ分けてあげれば良い。新鮮な水はいつだって井戸から汲《く》むことができた。

それぞれの家にある暖炉では、おとなたちが時間をかけて集め、蓄えていた、化石化したこの星の古い植物たちが、燃料として燃えていた。

春までは充分持つよと誰かがいっていたことを少女は覚えていた。それならみんなは眠ったまま凍ってしまうことはない。よかったと少女は思った。それでもときどき震えが来るほどに寒かったけれど、犬や猫、それから鶏と一緒に火のそばで毛布にくるまっていれば、あたたかかった。

しかし、悪いことは重なるもので、あの恐ろしい、双頭の熊のような生き物が、鱗に覆われた体に雪を積もらせながら、村を、少女たちがいる家を襲ってきた。

樹脂でできた壁は、獣の大きな腕で、あっけなく、おもちゃのように打ち壊された。家の中に、吹雪が吹き込んできた。風の中に鱗がきしむ音をさせて獣が立っている。大きな口に並ぶ牙は氷柱《つらら》のようだった。少女は怯え、けれど、獣からみんなを守らなくてはと思った。みんな眠っているから、逃げられない。みんなが食べられてしまう。自分がなんとかしなくては。だけど、震える小さな子どもに何ができるだろう。

犬と猫が、少女を守るために、唸り声を上げて、獣に飛びかかっていった。けれど、どれほど心が燃えていようとも、老いた小さなからだの、その爪と牙に、どれほどの力があったろう。獣の腕のひとふりで、犬猫のからだは裂けて砕け、床にたたきつけられた。それでもなお、犬猫は、たったひとり残った幼い子どもを守ろうとして、這《は》うように、そのそばへ戻ろうとした。

少女は、血まみれの犬と猫を抱きよせ、抱きしめた。

「神様」と、叫んでいた。「神様、助けて」と。

吹き込む風の中で、少女の声は、高く響いた。

その星のそばを偶然通りかかった小さな交易船が、少女を助けに来たのは、その船の時間では、クリスマスイブの日だった。船内には、クリスマスカードやリースが飾られていて、古いクリスマスソングが流されていた。そんな様子で、船は悲劇の星に降りていったのだった。

若い乗組員たちは、船の時間からすると数日前に受信した哀切極まる通信の内容で事態がわかっていたので、風土病に感染しないように気をつけつつ、生き残った少女を見つけだして助け、眠るひとびとに黙礼したまま、いったんはこの移民惑星を離れることにした。少女もまた、病気に感染しているかも知れないのだし、どこか大きな病院のある星へ連れて行った方が良いだろう。

少女はこの星のひとびとがもう生きていないということに気づいていないようだった。なのでみんなに頼まれたからきみを連れにきたのだと話して、少女を説得した。「きみが風邪をひいたらいけないから、あたたかいところへ連れて行ってと頼まれたんだよ」と。眠るひとびとに束の間の（と彼女は思ったらしい）別れを告げるこの子が、いずれ事実を知ったときのことを思うと、乗組員たちは心が痛んだ。

ひとりきりになった少女のために、せめて良かった、と思ったのは、友達であるらしい犬と猫が少女とともに生き残っていたということだった。少女は犬猫を固く抱きしめ、片時も離そうとしなかった。それは犬猫も同じで、離れようとしなかったので、乗組員たちは犬猫も連れていくことにした。なぜか鶏も一羽、あとを追ってきたので、鶏も。死で覆われたあの移民星を見れば、生きているものすべてが尊く、愛しくてたまらなく思えた。

少女がいた家の前には、雪に埋もれるようにして、全身を固い鱗に覆われた双頭の異星の獣の死骸があった。サメのように裂けた口と、二重に生えた牙、長く鋭い爪が並ぶ二本の太い腕を持つその獣は、倒れていても見上げるように大きかった。

この獣が襲ってきたのだと、幼い少女はいった。しかし、自分の親友である勇敢な犬猫がやっつけてくれたのだ、と、得意そうに言葉を続けた。

異星の猛獣はひどく傷ついていた。恐ろしい力を持つ何者かにいたる所を嚙《か》まれ、嚙み砕かれたように。顔面や喉を切り裂かれ、肉を削《そ》がれ、骨が折れていた。背筋が寒くなるような無残な有様で、あたりの雪は一面、獣の茶色い血に染まり、剝《は》がれて砕けた鱗が散らばっていた。

少女に抱きしめられた犬猫は——それはつやつやとした毛並みを持つ、若々しい犬と猫で、とても元気そうだったけれど——少女の言葉に耳を傾け、同じように得意そうに、乗組員の方を見て笑った。——たしかに、笑ったような気がして、若い乗組員はそんな馬鹿な、と、目をしばたかせた。犬や猫というものは、こんなに賢そうな顔をした生き物だったろうか？

それにしても、目の前にいる、可愛い犬と猫が、この巨大な人食いの猛獣を「やっつけ」られるとは思えない。きっと恐怖に怯え、混乱した少女の妄想なのだろうと乗組員は思った。

しかし、この巨大な猛獣をこんな様子で倒せるような存在がどこかにいるのなら、早くこの星を離れた方が良さそうだと乗組員たちはうなずき合い、急いで離陸することにした。

小さく古い交易船には、狭いながらも、床に絨毯《じゅうたん》を敷いた、居心地の良い客室があった。そこに通すと、幼い少女は、「あたたかい」と笑みを浮かべた。ココアをいれてやり、毛布を渡すと、少女はお礼をいった。毛布にくるまってココアを飲んでいると思ったら、いつの間にかうつむいたまま、眠っていた。犬猫もまた、少女に寄り添うようにして目を閉じ、身を横たえていた。鶏も、その中にちゃっかり入り込み、眠っている。

交易船の船長が、身をかがめ、眠る子どもと動物たちの様子を見守って、笑みを浮かべた。

「いやまったく、俺たちの船が、そばを通りかかって良かったなあ」

この子を残して逝かねばならなかった星のひとびとのことを思うと、ただやるせない。それは

乗組員たちも同じで、ひとびとは言葉もなく子どもたちを見つめ、遠い昔のクリスマスソングだけが静かに船内に流れていた。

あてもなく宇宙空間に放たれた星の住民の声を、交易船のひとびとは忘れない。自分たちが耳にした最期の言葉を。

あたたかいところへ、安全なところへ、誰かあの子をつれていってください——住民の声はそう訴えていた。ふりしぼるような声で祈っていた。神様、と。

祈りが自分たちの船に届いたのは奇跡——クリスマスの奇跡だろうかと、乗組員たちはそれぞれに思っていた。クリスマスソングの歌声に静かに耳を傾けながら。

さて、交易船の乗組員が知らない、気づかなかったことがひとつあった。——実は犬や猫のからだには、かつて異星に文明を築いた者たちが共生していたのだ。

異星のひとびとは、犬と猫のからだに溶け込み、その命とともに生きながら、離陸しようと上昇を始めた交易船の心地よい揺れを楽しんでいた。

彼らはあの遺跡——そう、湖のほとりの小さな箱に住んでいた、砂粒ほどの大きさの、小さな小さな生命体だった。地球人類とは違う進化を辿り、輝かしい繁栄を遂げ、文明は栄え、成熟し、長い歴史の後、ある時期から、子どもが生まれなくなり、そのゆるやかな滅びの時を迎えようとしていたのだった。あの箱は彼らの最後の都市であり、ここを死に場所と決めた、静かに永遠の眠りにつくための棺《ひつぎ》の箱でもあった。

彼らの文明は、もう極限まで進歩していたので、みなが穏やかに達観していて、滅びを避けようとはせず、すべてを時間に任せようとしていた。みながこのまま死に絶えて、宇宙に還《かえ》るのもまたよし、と。命はそうして永遠に巡っていくものなのだから。命は消滅することはない、再生を繰り返してゆくだけだと、彼らは考えていた。

そこにふいに訪れた（彼らからすれば）異星の入植者たちを見て、彼らは久しぶりに好奇心を感じた。その言葉や感情を分析するのはたやすかった。まだ若い文明に生きる、地球人の喜怒哀楽や、生き生きとした夢や希望は、先住の彼らにとっては、遠い過去に忘れてきた、懐かしい熱い感情だった。いまは落ち着き、達観した生命体であろうとも、かつては若く、熱く、冒険心を持ち、無邪気な日々を過ごした時代があったのだ。

異星のひとびとはいつか、親戚の幼子を見守るような気持ちで、地球人たちを見守るようになった。細かな文化や、感情の発露は、彼らのものとは違うこともあった。けれど見守っているうちに、理解が深まり、共感の度合いが増していった。

彼らは箱の中で暮らしていたけれど、そこから精神だけを飛ばして、居住地や移民船にいるひとびとの様子を「見て」、「見守る」こともできた。いわば見えない、愛情溢れる隣人たちが、いつも移民たちのそばにいて、ひっそりとその暮らしを見守っている、そんな日々がその星では続いていたのだ。

特にいちばん幼い少女と、そのそばにいる、忠義な犬猫が彼らのお気に入りだった。少女はその幼さ故に、犬猫は純粋な心故に、自分たち異星の小さな民を「見る」ことができ、心も通じる。

そのせいもあって、ひときわ思い入れがあったのだ。

この年の寒い冬、移民たちが死んでゆき、ついにおとなたちが病で死に絶えたとき、彼らは自らの家族を亡くしたような深い悲しみを覚えた。死を恐れ悲しむなどという文化も感情もとっくに超越し、手放したはずの生命体だったのに。幼子と犬猫だけが残され、そして猛獣が襲ってくるのを「見て」「感じた」とき、少女が助けを求めたとき、彼らの中に熱い感情が蘇った。

砂粒のような彼らには、戦うための爪や牙がない。なのでとっさに死にかけた犬猫のからだに入り込み、細胞のひとつひとつと一体化して傷を癒やし、弱った体を「みんな」の力で支えながら、猛獣を倒した。そしてそのまま、犬と猫のからだと心に溶け込んでいった。彼らが離れれば、犬も猫も死に、子どもはひとりぼっちになってしまう。それはだめだ、と瞬時にみなが思った。

自分たちがもう少し早く介入していたら、死に絶えずにすんだろう集落のひとびとのことを思い、彼らはこのまま暮らしていこうと決意した。いつまでも、この少女のそばで。

あの星で懸命に生きたひとびとの思いを継いで。


そして、交易船の中で、古《いにしえ》の宇宙人たちは、うっすらと開けた犬と猫の瞳を通して、窓から遠ざかる母星を見る。はるかに遠い昔、あの星——生まれた星で、陸地を離れ、空を飛び海を渡った過去はあったけれど、宇宙船に乗り、星の世界へと赴《おもむ》くのは彼らの文明にとって初めてのことだった。久しぶりに、ほんとうに久しぶりに、冒険心が蘇ってくるのを感じるのだった。

故郷を離れて、遠い世界を目指す、そんな生き方をはるかに遠い昔に卒業してきた文明だったけれど、いままた自分たちは旅立ったのだ。守るべき、愛しい幼子とともに。

いまや犬猫と完全に溶け合った異星の小さな生命体は、眠る子どもの頬《ほお》を舐める。深い愛情を込めて、そっと舐めた。

眠りながら少女はくすぐったいと笑い、そして交易船の乗組員たちは、優しげなまなざしで少女を見守る犬猫の姿が、ふかふかの毛皮を着た守護天使のようだとささやきかわすのだった。

「あれを見ろよ。あの優しい目を。まるで絵本か、クリスマスカードの絵の、幼子を守る天使様みたいじゃないか？」

キャサリンは、うっとりとしたため息をつく。

「遠い遠い昔のお話よね。ずっと昔のお伽話。いまじゃもう、太陽系外への移民なんて、まずないし」

『ですよね。植民惑星、という考えそのものが古い時代のものになってしまいましたし』

当時の人類は多分、失った地球の代わりになる場所を探すのに必死だったのだろう、とキャサリンは思う。このお話の場合、平和的な移民になったけれど、移民船によっては、幸せに暮らしていた先住民を襲い、その星を奪い去る、という非道もあったと学校の歴史の時間に学んだこともある。

その後、地球人類は太陽系外で、異星の知的生命体が集う銀河連邦に招じ入れられたこともあって、他の星系に開拓に行くことはなくなってしまった。

すでにある星の大地を地球人にとって良いように開拓——作り替えることは、いわば侵略であるし、もともとそこにあった自然を改変し、悪くすると滅ぼすことにもなってしまう。

この物語——辺境の星と優しい異星人たちの物語は、古い時代だからこそ、成立し得たお伽話だといえるのだった。

「これがもし、遠い昔にほんとうにあったお話だとしたら、その後、女の子と猫と犬は、どうなったのかしら。幸せに生きたのかな」

キャサリンは呟《つぶや》く。「何かで読んだ気もするんだけど」

レイノルドが、優しい声でいった。

『子どもの頃、ぼくが読んだ本には、女の子は成長したのち、星の海を旅する素敵な冒険者になった、と書いてありましたよ。小さな宇宙船を操って、銀河系をはるかに旅する、勇気ある旅人になったと。傍《かたわ》らにはいつも、いちばんの親友である犬と猫がいた、と』

「ああ、そうね。そうだったわ」

昔読んだある本によると——キャサリンは思い出す。

少女とその友である猫と犬は、はるばると宇宙を旅して、困っている者があれば救いの手をさしのべたとか。また彼らは遠くの異星由来であるという、不思議な知恵や力を持っていて、未知の病に苦しむ星をいくつも救ったとか。太陽系文化圏には、いまの時代の文明には原理のわからない魔法のような科学技術がたくさんあるのだけれど、そのいくつかは古《いにしえ》の旅する少女がこの宇宙にもたらしたものだといわれているとか。

そして一説によるとネコビトイヌビト発祥の謎にも、どうやら彼らは関わっている、なんて、どきどきする話もあるのだ。突然の変異の原因は彼らにあるのだと。


キャサリンも、レイノルドも、自分たちの中に、遠い先祖と同じ感情があることを知っている。柔らかな手を持つ、愛らしいヒト——古き人類の幼子を守り、そのそばで過ごす時間の喜びを。音楽のように愛らしい声で笑う幼子とともに、遊んだり跳ねたり、そしてその眠りを守りながら、傍らで眠ったりする、あたたかく幸せな時間も。

いまは猫も犬も、地球人類の一員となった。その誇りを持ち、ヒトと肩を並べて歩く。かつてのように無邪気に戯《たわむ》れることも、頭をなでられることもなく、首輪をつけることもない。けれど、遠い昔に失ったぬくもりを、大切な記憶とする自分がいることを知っている。

(ずっとそばに)

キャサリンは、窓越しの青い故郷を見上げる。

昔々、あの星で生まれた猫と犬の先祖は、野生の自由な暮らしを捨て、ひとの傍らで生きる運命を選んだ。その日から、ヒトの——古き人類の、命や大切なものを守りながら、ずっとそばにいた。地上を離れ、月までも火星や金星までも、星の海までも、ともに旅するようになった。

(わたしたちは、きっと旅の道連れ)

地球でうまれた古き人類の、いちばんの、そして永遠の親友。

「いいわね。これを最初のお話にするの、賛成」

おっと、ついふたりで先に話を進めちゃったけど、あとは編集会議で一応はみんなの反応を見ないと。いけないいけない。

（ネコビトはこれだからだめなのよ）

キャサリンはピンク色の舌をぺろっと出した。

第二章

虹色の翼

二月のその日、仕事が終わったあとの夕刻。

〈言葉の翼〉社編集部のみなが、打ち合わせや取材で出払ったあとの、静かで広々とした部屋の自分の席で。ネコビトの編集者キャサリン・タマ・サイトウは、社外の校正者アネモネと、ゲラをはさんで、立ったまま、熱い打ち合わせを続けていた。

薄い茶色のサングラスをかけたアネモネとは、お互いが若い頃からの仕事仲間なので、どうしたって話が弾むし、目の前のゲラは素晴らしく面白く良い出来で、磨き甲斐《がい》があり、ふたりとも最高に上機嫌だった。

いま作っているのは、ティーンエイジャー向けの冒険物語のシリーズの、その最初の一冊。ふたりともどんなジャンルの作品も愛することができる、年期を経た活字マニアだけれど、この手のお話は、作り上げる上で特に力が入った。キャサリンのような本を作る世界に生きるおとなたちにとって、若い読者のための物語は、未来に生きるひとびとへの物語の形をした手紙、大切な贈り物だ。いつもよりさらに熱くなる。

「あら、ごめんなさい。お茶もお出しせずに」

銀色のふさふさとした被毛に包まれた手を口元に当てて、キャサリンは、ふと客人に詫《わ》びた。

「とっておきのバター飴《あめ》もあったのに」

軽く身をかがめ、デスクに付属する小さな食器棚を開け、お茶を淹《い》れる準備を始めた。

ボタンを押すと静かに床からせり上がってくる、小さな個人用の食器棚に入ったバター飴は、復刻版の、樹脂製の熊の形の容れものに入ったものだ。

キャサリンもそうだけれど、アネモネもこの手の、レトロでキッチュな可愛いものに目がない。彼女が来たら出そう、お土産にも持たせよう、と思って用意していたのだった。

「あら、いいのに——といいつつ嬉《うれ》しいわ」

アネモネが、澄んだ声で笑う。その声は、以前映像で見た、地球の野鳥のさえずりに似ている。細く高くて、凛《りん》と響く声だ。体格が華奢《きゃしゃ》なところも、彼女は鳥に似ていた。

「新東京の地下鉄の駅のそばの古い路地に、可愛い物を並べた雑貨屋さんがあってね。仕事帰りに、たまにのぞくの」

地下の階段をいくつか降り、古い通路を曲がった先にある店だ。新東京は古い都市で、地球を脱したたくさんの人類を受け入れるために、開発が急がれた都市でもあったので、特にその初期には様々な混乱が起きた。細かな記録が抜けている時期もあり、市街地の地図もあてにならないところがある。その場所やその建物が公の物なのか個人に属するか、曖昧になっていたり入り組んでいたりする場所もある。だから、思わぬ地下に住居や商店街が昔の姿で残されたまま、良い感じに混沌として続いていていたりする。

「今度一緒に散歩に行こっか?」

「ええ、ぜひ」

アネモネの声が嬉しそうに輝く。

「良かった。バター飴のこと、打ち合わせが終わる前に思いだせて」

キャサリンは、笑顔で胸をなで下ろす。

つい先ほど、アネモネが部屋に入ってきたとき、キャサリンは自分の席から、彼女を出迎えようと立ち上がったまま、手を振ってそばに呼んで、仕事の話を始めてしまったのだった。――ちょうど、編集部の一角にある、打ち合わせのためのスペースも空いていたのだし、そちらに招けば良かった。

(わたしったら、もう少し落ち着かないとだめねえ)

心の中で、自分の狭い額をぺちんと叩《たた》く。キャサリンももういい年、何度目かの編集長経験者でもあるのだから、いい加減落ち着かないと。年のわりにせっかちすぎる。

(わかっちゃいるんだけど……)

せっかちなのは子どもの頃からだし、言い訳するわけじゃないけれど、ネコビトの特性のひとつでもある。頭の回転が少しばかり速すぎて、まわりのみんながのんびりしているように見えてしまうのだ。そして、この仕事が何より好きで、出来の良いゲラや原稿が手元にあるとすべてを忘れてしまうのは、もう変わりようもない気がする。だって本を作ることは、キャサリンにとって、生きる意味だ。

広々としたこの編集室は、親会社である大手新聞社の本社ビルの別館にあり、そこには関連会社や飲食店、ホテルも入っている。本館のビルとは双子のような姿のビルの、その高層階にある。

編集長であるキャサリンのデスクは、編集部のいちばん奥、窓のそばにある。見上げるほど大きな窓から、いまは夕方の金色の光が射し込んでいた。——実際にはここは月面の都市。はるか頭上を覆う、巨大な樹脂製の天蓋《ドーム》や、都市の死角のそこここに配置されている光源から降りそそぐその光は、かつての地球の夕暮れ時の空の色に似せて調整された、人工の光だけれど。

月面育ちのキャサリンは、地球の黄昏《たそがれ》を知らない。けれど、読んできたたくさんの本や、観てきた映画にドラマなどの創作物——あるいは親族から聴いてきた、先祖たちの思い出話の記憶があるからか、月面都市の黄昏時の空の光を見ると、心の奥が切なくなる。たぶんそれは、実際には知らない幻の故郷への追憶、郷愁《きょうしゅう》のようなものだ。

懐かしい色合いの澄んだ光は、キャサリンの全身を覆う白銀の長い毛並みを染め、校正者アネモネのふわふわとした淡い虹色の髪と、羽毛に覆われた肩と翼を、ガラスのような細かい鱗《うろこ》に覆われた白い肌と、趣味の良いシンプルなワンピースを蜂蜜色に輝かせる。

虹色の翼を持つ彼女は、地球人類の人口のうち、〇・一パーセントほどしかその存在が確認されていない、鳥人——トリビト、である。太陽系に生きる人類全体の中でもまれにしか遭遇しないような希少な人類なので、彼女の一族は、月面にもほぼ存在しない。

子どもの頃から友人知己が多く、顔が広いキャサリンなのに、トリビトと出会い会話を交わしたのは、実におとなになって出版社に勤めるようになってから。ずっと以前に勤めていた版元で、校正者として社を訪れたアネモネと出会ったのが、人生初の遭遇だった。

歴史の授業や、活字や映像ではその存在を知っていたけれど、実際のトリビトは、想像よりももっとふんわりとしていて華奢で、笑顔とうたうような澄んだ高い声が愛らしく、恐ろしく賢くて有能で——一度一緒に仕事をして以来、キャサリンは校正と校閲はできうる限り、彼女の属する会社に頼み、それも極力彼女を指名するようにしていた。彼女の属する会社は優秀な社員が揃《そろ》っていたけれど、彼女はその中でもピカイチの校正者だったのだ。

様々な異能を持つという、トリビト故の適性もあるのだろう。魔法の仕業かと驚いてしまうほどに、彼女の「鉛筆」は的確で、原稿のありとあらゆる矛盾と間違いを洗い出し、手直しのための知恵を授けてくれるのだった。

誤字脱字などのケアレスミスの指摘なら、大昔から、機械でもできた。けれど、内容の正誤を考え、指摘する校閲だけは、人類が地球を離れ銀河に進出したのちの未来になっても、人間のする仕事として残っていた。物語を読み込み、人類が育《はぐく》んできた様々な文化や歴史、科学的知識などなどに照らし合わせて、著者の書いた文章に間違いを探す。時として、事実と違っていても、物語の中でその「間違い」があることに矛盾がなければ、一応は指摘しただけで、それを残す提案をする。そんな判断は、機械にはできない。少なくとも、いまの時代では、まだ無理だ。

そうだ。校閲は、人類の仕事。本作りに関わる、他のいくつかの仕事とともに。

宇宙にまだ存在していない一冊の本をイメージし、形にしてゆく作業、リアルな世界に物質として誕生させる仕事のうち、大切ないくつかの過程は、機械には、ひとの手助けをすることまではできても、まだまだ主体的に行うことはできないのだった。

無から有を生み出すことは、人間にしかできない神秘的な仕事なのかも知れない、とキャサリンは思う。


校正者アネモネの、薄茶色のレンズのサングラス越しに見える瞳の金色は、どこか懐かしい色だ。たとえば、そう、いま部屋に満ちる、黄昏の空の光の色に似ている。

(アンティークゴールドだわ。ずっと昔、地球の古い時代に造られていたような、金の指輪やブローチや、家具の飾りの色)

それか、虎目石《タイガーアイ》の金、猫目石《キャッツアイ》の金だ、と思う。輝きを放つ、神秘的な瞳。

蜂蜜のような、柔らかく優しい色をたたえた、琥珀《こはく》かも知れない、とも思う。

その中心には、黒々とした瞳孔《どうこう》が開いている。艶のある漆黒の美しさにどうしても視線が吸い寄せられてしまうけれど——アネモネのその視線が、キャサリンのいる方へ、きっちりと合うことはない。

金色の目はほとんど見えていないからだ。トリビトは概して勘が良いし、耳も良いから、ぱっと見そうとはわからないけれど。

薄い樹脂の「紙」にプリントアウトした原稿の、その表面を、アネモネの白い指がさらさらと撫でる。中指と薬指に光る指輪が、文字を読み上げて、アネモネの髪のこめかみのあたりに見える飾りから、音声を脳に届けているのがわかる。トリビトのために開発された端末で、アネモネが愛用している物は、特に高度な文字を読み込む仕事をしているひとびと用の機種――プロ用の最新式の製品だった。

白い指を閃《ひらめ》かせて端末を操るその仕草も、かすかに漏れ聞こえる機械の声に耳を傾けるようにする表情も、どこか神秘的で、託宣《たくせん》をきく巫女のそれのように見えた。

「この目は飾りみたいなものだから」

いつだったか、そういって、ふふっと、アネモネは笑った。

光を感じない目なのに、眼球の細胞は光に弱く、月面都市で暮らすにはサングラスが必要だそうで、何だか理不尽だわ、とすねたように言葉を続けた。

彼女たちの一族は視力をほぼ持たない。

もうずっと昔、遠い先祖が地球の地下深くで暮らしていた時代に、必要のないものとして、その器官の機能を失ってしまったのだそうだ。日の光が射さない暗がりの世界で長い年月暮らしていたので、退化してしまったのだという。

その代わりのように、彼女たちの視力以外の感覚は発達し、優れている。キャサリンたちネコビトの持つ感覚と似ているところがあるので理解しやすいのだけれど、たとえば音だけで空間を立体的に捉えることができるのだ。

注意を向けた、その対象とする存在が、自分からどれほどの距離にいて、どんな行動をし、どちらの方向に向かおうとしているか、音だけで見ているように把握できる。

その「方向」というのが、どれほどの高さにいるのか、などなど細かく立体的に判断できるのだ（これは同じように耳が良いイヌビトの副編集長に説明しても、いまひとつ理解してもらえない感覚だった。イヌビト――犬にとって、地表は果てしなく平らで、彼らはそこをただまっすぐに駆けてゆく。猫のように頭上の樹木に跳び上がったりして立体的に行動することはないので、その感覚は持ち合わせていないのだろう、と思う）。

アネモネたちはその翼で、わずかな間なら空を飛ぶことができる。大昔の先祖たちは自由に空を飛べたのだという。キャサリンたちネコビトは、高いところに跳び上がることも跳びおりることもできる。昔のイエネコほど器用ではないけれど。――つまりは、先祖から受け継いだ、その能力故に持ち合わせている感覚なのかも知れなかった。

その翼とともに受け継いだ感覚故のことなのか、トリビトは、「飛ぶ」ことや広い範囲の空間を把握することに長けていて、空や宇宙を行く乗り物のパイロットや航空管制官の適性があるといわれていた。精神が安定し、判断力に優れていることから、長距離宇宙船の船長の適性もあるらしいのだけれど、訳あって、彼ら彼女らは、地球を離れて遠くへ行くことができないようだった。もっぱら、地球と月の周辺地域で暮らしているらしい。

それと、近場のスペースコロニー――宇宙船を開発し、建造するための工場やドックがあるコロニーや、各大学の工学部があるコロニーにも、トリビトたちはいて、宇宙を飛ぶための研究や開発をしているそうだった。

さて、トリビト――「鳥人」と呼ばれてはいるけれど、彼女たちは実のところ、爬虫類《はちゅうるい》、遠い昔に絶滅したと思われていた、恐竜の末裔《まつえい》だ。――まあ恐竜の「末裔」が鳥類だという話もあるので、どちらにせよ、トリビトにとって、鳥は親戚筋なのかも知れないけれど。

アネモネのまぶたは、まばたきするとき、下から上に閉じる。それはペットショップにいる小鳥たちと同じで、白く細い、透き通った睫毛《まつげ》も、小鳥のそれに似ているとキャサリンはたまに思う。


遠い昔、何百年もの昔。戦乱と天変地異の不幸な連続によって、地球が滅びの危機にあった時代に、彼ら――恐竜の末裔たちは突如として人類史に姿を現した。当時の地球人類（まだ人類が地球を離れる前、ネコビトイヌビトが登場する前の時代の、いわゆる「古き人類」しかいなかった時代の人類のことだ）に手をさしのべ、滅び去るしかなかったはずの、地上の多くの生命を救った。

トリビトたちは、地下の暗闇の世界で独自の進化を遂げた、魔法にも似た科学技術を持っていたので、それによって、滅びようとしていた地球の文明をいくらか延命させ、人類が宇宙空間へと脱出し生きていけるだけの時間を用意してくれたのだという。その背に虹色の翼を持っていたことから、彼らのことを、救いの天使と呼んで信仰の対象としたり、あるいは地上の終わりを告げに来た天使だと思って畏《おそ》れたひとびとも当時は多かった、とか――そんな伝説もある。

遠い遠い、はるかに遠い昔。

どれくらい昔かというと、まだ人類が地球上にはいなかったほどに大昔のこと。気候はあたたかく、植物は緑濃く生い茂る、恐竜たちが幸せに生きていた時代があった。

しかしあるとき、思わぬ不幸が訪れた。巨大な隕石《いんせき》が空から降ってきたのだ。地表は衝撃波に抉《えぐ》られ、炎の波に焼かれ、たくさんの命とともに燃えつきた。その後、上空に舞い上がった塵《ちり》によって日の光は遮られ、気候が激変して、多くの生命が凍えて死に絶えた。

その時代を辛《から》くも生き延びた恐竜たちの一部が、地下へと逃げ、隠れ棲《す》むようになった。

暖かく、地下水はあるけれど、日の光の射さない、灯《あか》りといえばヒカリゴケや発光性のプランクトンの放つ青白い光、わずかに漏れて降りそそぐ太陽光や月光しかないような地下深いところで、恐竜たちは地球の胎内に抱かれるように生き延び、生き続け、命をつないでいった。

彼らにとって、地上は食べ物がない、凍り付くような死の世界。澄んだ風が吹くこともない、空気が淀《よど》む、湿気た暗闇の世界であろうと、地下で生きるしかなかったのだ。

さて、そもそも地下に降りた段階で、高度な知能や社会性を持ち始めていた彼らは、暗闇の世界で生き延びるために、必死にその感覚を研ぎ澄まし、知能を発達させた。長い長い時間をかけて進化し、やがて文明を持つようになっていった。

道具を使えるようになった前足で、家族や群れの仲間たちと助け合いながら地底を掘り進み、やがて巨大な空洞を見つけ、そこで暮らすようになった。地底に生きる生き物を狩り、暗闇にはびこるわずかな植物たちを育て、地下の川で泳ぐ魚たちを集め、育てながら代を重ねていった。

少しの食べ物ですむように、彼らの体格は小さく、華奢になっていった。暗く広い地底の洞窟の世界で、地下水が滔々《とうとう》と流れる大河の、遠い向こう岸に渡るための力を欲したとき、いつかその背に翼が生え、闇の中を羽ばたけるようになった。

そして、その一生を暗闇で暮らす彼らが、長い年月の間、光を乞い、祈るようにして身につけた力は念動力であり、あるとき、小さな炎を呼び出す力を彼らは得た。

そのときには、もはや視力は失われていたけれど、炎を包むてのひらに、懐かしい太陽のようなあたたかさを感じることはできた。

それが奇跡の始まりだった。

彼らの得た力は、失われた地上の世界への憧れと、そこから引き離された哀しみに寄って立つものだった。

炎を得たことの喜びと驚きが、そして炎そのものが、彼らに科学と科学的思考の基礎をもたらした。やがて、地上の人類のそれよりも、いささかファンタジックで、錬金術や魔法に通じるような、願いと憧れ、想像力に根ざした、新しい科学が、暗闇の中で生まれ育っていったのだった。

地上では哺乳類から進化した鼠《ねずみ》のような生き物たちが代を重ねて進化し、やがて人類の先祖となった。彼らがいくつもの文明を興《おこ》し、滅び去り、また新しい文明とひとの暮らしが生まれ――と幾度も繰り返した後に、地下の世界に潜む、恐竜の裔《すえ》たちは、いまは地上の世界にも生き物が存在するようだと気づいた。

彼らは地上のことを長く忘れていた。あまりにも長い時間、地底深くで暮らしていたし、暗い世界でもそれなりに幸福に生きる術と技術を身につけていたからだった。

それでも、語り伝えられてきた、地上の世界の、太陽の下での生活や、澄んだ風と高い空、緑や花への憧れから、彼らはある日、恐る恐る地上を目指した。

地下深くから、はるかに空の下へと這《は》い上り、ときに念動力を使って、頭上を閉ざす土や岩石を砕き、華奢な手足で掘り進んで、そして地上へと這いだした彼らは、心地よい風に吹かれた。草花や木々の、かすかに記憶に残るように思える香りを楽しみ、そして、失望した。

彼らの見えない目にも、闇に慣れた素肌にも、地上に降りそそぐ太陽の光は明るすぎ、熱すぎた。彼らは日差しに焼かれた皮膚をかばいつつ、泣きながら地下の世界へと帰っていき、その後長い年月、日の光の下に戻ることはなかったという。

そして、そんな彼らが再び地上へと姿を現したのが、地球が滅びそうになった、はるかな未来だった。遠い日に、先祖が滅びの危機を経験した彼らには地上の再びの危機を看過することができず、伝え語りにあったという遠い過去の凄惨《せいさん》な滅びの再現を許すつもりにもなれなかったのだ、という。

虹色の翼を持つ恐竜の子孫たちは、かくして、地下の世界で蓄えた知恵と力をもって、地上の人類や数え切れないほどの生命を救ったのだった。身を焼く太陽の光から、その華奢なからだと見えない目をかばいながら。

古き人類と、その文明を救った恩人であるトリビトたちは、『太陽系時代』と呼ばれる未来になったいまも、人類の憧れの的《まと》、尊敬の対象であり、その数が希少であることもあって、大切に扱われていた。――その人口が希少であるのは、ひとつには、人類が地球で生きることを諦《あきら》め、宇宙空間へと旅立ったとき、トリビトたちの多くの者にはそれができなかったからだったといわれる。

トリビト自身にも論理的に説明できない、どこか呪いめいた帰巣本能が、彼らを地球に縛り付けた。トリビトの先祖たちのその多くは、宇宙へと飛び立つ人類を焦土と化した地表から見送り、自分たちは地底の世界に戻っていった、と、キャサリンは子どもの頃、歴史の時間に学んだ。

長い年月が過ぎたいまも、多くのトリビトたちは母なる星への呪縛から逃れられない。地球の姿が空に見える、月やコロニーあたりで暮らすことはできても、青い星が視界に映らなくなれば、恐慌状態に陥るのだそうだ。

それでも、トリビトの中には時折、強い意志を持った冒険者が現れる。たとえば太陽系の果ての、とても遠いところにある、トリビトが作り上げた小さな宇宙ステーションで、ひとりきり灯《とう》台守《だいもり》のように暮らしているトリビトがいるらしい。何でも、瞑想《めいそう》によって、「ここは地球のそばだ」と自分で自分に暗示をかけることで、心の平穏を保っているのだとか。故郷のそばで暮らしている、そんな夢を見るように生きている。なかばまどろみながら、代々そこにいるのだ、と。

彼ら彼女らには、遠い空間の任意の座標に宇宙船を「飛ばす」能力がある。それは、彼らの持つ異能・念動力と、科学によって生み出された、魔法そのもののような力だった。

太陽系外に宇宙船が航行してゆくとき、そして、太陽系に宇宙船が帰ってこようとするとき、宇宙ステーションのトリビトは、念じることで、その宇宙船に、遠い座標までのはるかな距離を移動させることができた。

一瞬で。まるで夢の中の出来事のように。

それはトリビトのすべてが持っている能力ではなく、才能を持って生まれた者たちの中から、さらに選ばれた者が、厳しい訓練を重ねた後に使える力なのだそうだ。

アネモネの親戚で、その最果ての宇宙ステーションで長く暮らし、一生を終えた人物がいるそうで、キャサリンは尊敬と憧れを持って、その人生の物語を聞いたことがある。

トリビトの宇宙ステーションには、その代々の住人たちが着任の時に持参し、そのまま遺《のこ》してゆく本たちが、数え切れないほどたくさん、壁の作り付けの本棚に並べられているのだそうだ。

読み尽くせないほどの本に囲まれて、「灯台守」は一生を終える。彼らは、それらの本を心の友として、まどろみながらページをめくり、あるいは時にともに暮らすロボットたちに読み上げてもらったりもして、楽しむのだという。様々な知識や物語に酔い、長い時を過ごすのだという。

「寂しくないのかな」

活字が好きなキャサリンでも、そんな太陽系の最果てでの独り暮らしは寂しいような気がする。

まわりは漆黒の宇宙だ。さんざめく星は美しいだろうけれど、無音の世界だろう。

けれどアネモネは、「そうでもないみたいよ」と笑った。「はるかな宇宙に旅立つ船や、帰ってくる船を待って、自《みずか》らの力で遠い座標に飛ばしてあげることは、トリビトにとって、素敵に楽しいことだもの。今日は船が来るかも知れない、明日には来てくれるかも——毎日夢見て過ごすうちに、ある日、ついに宇宙船がステーションを訪れるのよ」

トリビトは、はてしない空に羽ばたくことに憧れる。遠い故郷である、地球の空に帰ることを。自分たちにそれができないからこそ、かわりに誰かの翼になる。宇宙船を遠くに飛ばすのだと、アネモネはいった。金色の澄んだ瞳に、憧れるような輝きを灯《とも》して。

太陽系の端にあるという、トリビトの宇宙ステーション。そこにキャサリンはおそらくは一生行くことがないだろうと思う。けれどいつか、自分の作る本が、トリビトの冒険者に携えられて漆黒の宇宙空間へと旅立ち、ステーションの本棚に並べられて、長い夢を見る住人の心に寄り添う——そんな未来があれば良いな、と思った。

「それとね」

いたずらっぽく、アネモネが笑う。

「わたしたちは、ひとりのときもひとりじゃないから。だから、さみしくなんてないのよ」

一瞬その笑顔に見とれたのは、金色の琥珀《こはく》のような瞳の奥に、遠くはてしない神秘的な世界を垣間見たような気がしたからだった。

トリビトたちは、みなが記憶を共有するという。太古の昔から、トリビトみんなの記憶をもって生きているのだ、と聞いたことがある。

ほんとうのところはどうなのか、アネモネにそれとなく訊《き》いたことがあるけれど、ふわりとはぐらかされてしまった。説明してもわからないだろうと思われたのかも知れない。

（過去から未来まで、みんなで記憶を共有してるって、不思議な感覚よね）

それぞれの記憶に伴う、感情も共有しているのだろうか。そのときの気分も。

どうやら個人が蓄えた知識も、さすがにすべてではなさそうだけれど、共有しているような気配もあり、それで校閲の仕事が天職なのかも知れない、と思うことはある。

そもそも個別の人格に境目はあるのだろうか、などと想像してみようとしても、キャサリンには何だか難度が高くて、考えているうちに頭が痛くなる。――でも、他人と記憶を共有できるというのは、無限にたくさんの外付けの記憶媒体を持っているようで、編集者としては、便利そうでうらやましい。

（その代わり、自分も誰かの外付けの記憶媒体になっちゃうのは、ちょっと嫌かなあ）

あれもこれも筒抜けになりそうで、恥ずかしい。トリビトはそういうことを思わないほどに悟りが開けていて、つまりは高度で、独特な文化を持っているのだろうか、と思う。

ネコビトとイヌビト、それに元々の人類であるヒトの三種の人類は、どこか思考のベースが同じというか、言語や感性でわかりあえるところがある。魂の友人のような、同志のような人類同士なのだ。それは恐らく、ネコビトとイヌビトの先祖である犬猫が、長い年月ヒト――古き人類の中でくらし、その文化や喜怒哀楽の中で生きていたから、影響を受けたということなのかも知れないし、哺乳類同士、様々な感覚は似るのかも知れない、とも思う。そもそも、古い時代の人間と猫や犬は、会話ができずとも、互いの愛や感情を理解し合うことができたのだから。

一方で、トリビトたちは正直根本《こんぽん》が不可解な存在だと、キャサリンは――そしていまの時代の多くの人類は思っているらしき傾向がある。いや、トリビトたちの方からは、恐らく、キャサリンたち、哺乳類出身の側の人類を理解してもらえている。高い知力と安定した精神を持つトリビトが歩み寄ってくれているからこそ、同じ太陽系で暮らしていけるところがあるのだと思う。実をいうと、彼ら彼女らの名前――それは主として、地球の植物の名前なのだけれど――は、トリビト以外の人類に聞き取りやすいようにと名乗ってくれている通称だ。彼らには本来の、生まれたときに親族がつける名前がある。でもそれは、耳の良いネコビトのキャサリンにも、聞き取り覚えることができない響きの音だった。以前アネモネに、本来の名前を名乗ってもらったことがあるけれど、高い空を吹きすぎる風が木の枝を一瞬鳴らすような音だった。

「いいのよ」とアネモネは穏やかに笑い、「花の名前で呼んでくれていいの」といった。

「わたしたちは、古い地球に咲いていた、懐かしい花々の名前で呼ばれるのが好きなんだから」

ずっと目下《めした》の、幼いきょうだいを見守るような慈《いつく》しみに満ちたまなざしが、トリビトの側にはある。昔からそう指摘するひとは多いし、キャサリン自身も、アネモネといるときにちらりと感じることがある。その感覚は、けっして不快ではなく――何しろトリビトには一日《いちじつ》どころでない長《ちょう》があるのは事実なのだし――ただたまに面《おも》はゆくはある。幼子の成長を見届けるように、にこにこと笑顔で見つめられていたりするので。

(そもそも、トリビトさんたちは、卵から生まれるってあたりからして、神秘の世界というか、生きているファンタジーなのよね)

そう。伝え聞くところによると、トリビトは卵から生まれるらしい。トリビトの暮らしにはいまも昔も謎が多く、子育て中のこともそのひとつだ。直接訊くのもいささか興味本位のようで失礼な気がするから、その話をアネモネに訊いてみたことはないけれど。

(それと——)

もうひとつ、トリビトの持つといわれる不思議な力がある。ややオカルトじみた話なのだけれど、彼らは様々な「魂」と交信できるのだそうだ。それがまた人類のもの(つまりは幽霊とか)に限らず、植物でも魚でも、はては違う星の人類の霊とでも、会話ができるとか。

「そうよ、わたしたちは、お化けが『見える』し、お話しができるの。素敵でしょう?」

以前、アネモネはそういって笑った。

キャサリンが幼い頃に読んだ絵本に、お化けと友達のトリビトの女の子のお話があった。古い時代の月の地下都市を舞台にした物語だ。ひとりぼっちのトリビトの女の子が、トランクの中に隠れすんでいた、これもひとりぼっちの不思議なお化けと出会い、友達になるのだ。あるクリスマス、お化けは女の子のために、とっておきのお話を書いて贈り物にする。お化けに贈れる物はそれしかなかったから。それはとても美しい物語で、そのお話をきっかけに、いろんな奇跡が起きて、女の子もお化けも、孤独ではなくなるのだ。

おとなになったいま思い返してみても、優しい、とても素敵なファンタジーだった。

幼いキャサリンはお化けなるものにあったことはなかったけれど(もちろん、いまもない。月面都市にはそういうものはいないんじゃないかと思う。もしかして、昔は存在していたとしても、きっと地球に取り残されているのだ）、その絵本を読んでしばらくは、どこかにお化けが隠れているんじゃないかと、自分のまわりをうかがったり、何もない空間にそっと話しかけたりしていたものだ。

あるとき、アネモネと、宇宙港の喫茶店《カフェ》でランチをとっていたときに、ふとその絵本のことを思いだして、話題にした。

小さい頃はお化けの存在を信じていたのよ、そういう時期ってあるものよね、なんて。

すると彼女はコーヒーを飲む手を止め、謎めいた笑みを浮かべて、いったのだ。

あら、お化けって、その辺に普通にいるわよね、と。

「キャサリンたちはね、『見えない』し『聞こえない』から、気づかないだけよ。誰もいないように思える場所にも何かしらいるもので、わたしたちにはそれが『見える』の。あなたたちは、ささやきかける声に気づかないでしょうけど、わたしたちは、ちょっとばかり目と耳が良い生まれつきだから、そんな『お化け』たちと話せるの」

懐かしい絵本のお話みたいにね、と、アネモネは付け加え、金色の目で、とても遠いところを見るようなまなざしをした。

アネモネはそのあと、何もない（ようにキャサリンには見えた。何度見ても何の気配も無かった）空間に目をやって、にっこり笑ったりしたので、キャサリンはぞっとして、背中の毛をひそかに逆立てたものだ。

あとになって冷静に考えてみると、あれは意外と彼女なりの冗談だったのかも知れない。

トリビトには彼ら以外の人類をからかって遊ぶ、悪い癖がある。

黄昏時の月面都市の高層階で、女ふたり、打ち合わせの合間のお茶を楽しんでいると、ふと、アネモネが視線をあげ、窓の外を見た。透明で小さな鱗が綺麗に生えた首をそらし、耳たぶのない穴だけの耳をそちらに向ける。

「何か大きなものが近づく気配がする。宇宙港に、船が降りてくるのかしら」

「——あ、そうか。そうだった。それもあって、あなたを今日ここに呼んだんだったわ」

またまた忘れるところだった。キャサリンは脳内で再度、自分の額をこつんと叩き、

『劇場船』が来るのよ。久しぶりに月に帰ってくるの、今日。この時間に」

「劇場船、っていうと、『シャングリラ』？」

アネモネの金色の瞳が輝いた。そんな風に、見えた。ひらりと舞うように、窓に向かう。

キャサリンもまた、窓へと数歩駆け寄る。

そして、そっとアネモネの白い手に触れ、緩く握った。アネモネはありがとう、と微笑む。あたたかな羽毛が首のあたりから頭部を包み込むような、そんな幻の感触があり——そして、キャサリンは自分の緑色の大きな目を通して、アネモネの瞳が空を見上げているのを感じた。

こんな風にそばにいる誰かが心を開けば、トリビトたちには他者の視力を使い、視覚を共有することができた。それは、一緒に映画を見ているような、ちょっと不思議な感覚で、キャサリン

には楽しかった。
見上げる空は、もう夕暮れの色に染まりつつあり、透明な樹脂製の天蓋を通して、郊外の宇宙港へと舞い降りて来ようとする宇宙船の姿が見え、それがみるみるうちに現実離れした大きさになっていく。

おそらくはこの月面都市のどこにいても、あの船は見えるだろう、とキャサリンは思う。それほどにあの船は大きく、そして美しい。こうしてリアルで見上げると、涙ぐんでしまうほどに。

シャングリラは、昔に建造された船、今時珍しい、大きな帆を持つ帆船だった。樹脂と金属で編まれた、薄く白い帆に、恒星の放つ光や宇宙空間に満ちる放射線を受けて吸収し、エネルギーに変えて飛ぶ船なのだ。

宇宙帆船は、ある時代によく造られたらしいのだけれど、繊細な帆の部分が故障に弱く、維持に手がかかるということで、いまはよほど減ってしまった。その代わり、ある程度の予算を使ってきちんと手をかけてやれば、高速で果てしなく飛び続けられる船なのだそうで、潤沢な資金を持つこの劇場船は、実にもう三百年近くも宇宙を航海しているという。

劇場船が、背景の天蓋越しの空に、薄く欠けた地球を従えて浮かぶ姿は、絵本や児童書の挿絵にでもありそうな情景に見える。美しく、かっこよく、そして、誇らしげだ。

いましも空飛ぶ帆船は、月面都市すれすれに浮かんでいるように見えるほど近づき、そして、白い帆をぐるりと、船上だけではなく、船底まで、三百六十度展開させた。それは、空に巨大な白い花が咲いたような姿だった。

その大きな帆に、光が灯る。数え切れないほどの電飾が、船体のあちらこちらに、どこかクリスマスツリーめいて、色とりどりの宝石のように輝いた。帆や舳先《へさき》を、縦横無尽に跳ねて駆ける、立体映像。踊るお姫様や愛らしい動物たちに魔法使い、飛び交う妖精たちの幻が見える。

空から音楽が降ってきた。そうちょうど大昔の地球で、旅の劇団やサーカスが近づいてくるときに音楽を奏でたというように。船から発信される音楽を、都市が受け取り、方々に埋め込まれたスピーカーから放送しているのだ。街に愛される、特別な船の帰還を歓迎して。

帆船の大きく広がった帆には、華やかな映像が映し出される。銀河を旅するこの船のスポンサーたちのコマーシャルだった。無数の企業や著名人、団体を宣伝するそれは、ひとつひとつが洒《しゃ》落《れ》ていて、面白かった。この船のスタッフが作る最高級のものなので、およそ見飽きるということがない。新東京郊外の宇宙港に降りるまでの間、月面都市の上を円を描くように低く飛びながら、船はそれを住民たちに見せてゆく。宣伝でありながら、船の到着を都市に伝え、住民たちに、楽しい時間が訪れたことを教えて、期待にわくわくさせる、最初の演《だ》し物、デモンストレーションでもあるのだった。

宣伝の中にはキャサリンの勤める版元やその親会社の新聞社の広告もあるはずだった。月面にあるそれぞれの都市や、銀河連邦のコマーシャルまでがあるあたり、この船の太陽系におけるステータスを物語ってもいた。

この船は夢とロマンの塊でもある。

劇場船は、勇気と情熱を持つ技術者たちを抱えて、長い旅を続けている。常に最新式の技術に守られているので、その昔、外宇宙に宇宙海賊などと名乗る無法者達がいた時代にも、軽々とその追跡を振り切ったという。

劇場船は遠い地球で芸術家と呼ばれていたひとびとがそうであったと語り継がれるように、あらゆる権力に負けず、それを批判する力も持ち、辺境の星まで舞台の喜びを届けにいく。

歌が芝居が、バレエにオーケストラが、そしてコントが手品が、その船の舞台にはある。素晴らしい音響設備で再生される、遠い昔の、そして新しく作られた、映画の数々が。ひとの手が作り上げてきた、ありとあらゆる美しい魔法が、そこにある。

最高の舞台と上映設備を持ち、太陽系随一のキャストとスタッフを乗せて旅するこの船は、自分たちの舞台を必要とする観客がいるならば、どんな辺境までも旅をするという。

銀河の端に忘れ去られたような植民星の最後の生き残りの老人ひとりのためにでも、もし乞われれば、船は行く。——不幸にして、旅の果てに辿《たど》り着いたその星にもう生きて拍手する住人が生存していなかったとしても、墓所の前で音楽を奏で、花を手向ける。

劇場船は、この月面都市新東京からほど近い、新東京宇宙空港（空港コードは空港のある街の名前〈新羽田〉、そしてかつて地球にあった新東京国際空港にちなんで、HNDが使われている）を母港としている。遠い昔、この港から、劇場船は旅立ったのだという。

シャングリラはいつも星の海を旅しているので、月に帰ってくることは珍しかった。

今回は奇跡的に、急に月に寄る時間ができたそうで、宇宙港に長めに滞在して、乗員たちに休暇を取らせつつ、舞台やコンサートをいくらか上演したり、マスコミの取材を受けたりする予定だという話だった。キャサリンの勤める出版社には雑誌部門もあって、そちらの編集長が取材に行くことになっていた。仲の良い彼女から、キャサリンは今日のことを聞いて知っていたのだ。

キャサリンももちろんだけれど、アネモネもまた、舞台には目がなかった。歌とお芝居がそれはそれは好きで、少女の頃はその道に進もうかと考えたことがあるの、と、話してくれたこともある。もともとトリビトという一族には、うたい舞い、演じることを愛し、芸能の才能を持つ者が多いのだそうだ。

そして、アネモネたちトリビトには、この船には特別な思い入れがあると、キャサリンは知っている。劇場船シャングリラは、ある意味、トリビトたちの船でもあるのだ。

そこにはお伽話《とぎばなし》のような、古《いにしえ》の伝説がある。キャサリンも子どもの頃、絵本で読んだ、トリビトの少女と謎のお化けの、出会いと奇跡の物語。もしかしたら、トリビトであるアネモネにあったときに友達になりたい、と思ったのは、劇場船の旅立ちの伝説のことを思い出したからかも知れなかった。

(あ、そうか。あの伝説も、例の本に入れるといいかも知れないな)

クリスマスを舞台にした、優しくあたたかい物語集に入れるのに、ぴったりじゃないか。

(大体あの本の校正と校閲も、アネモネに頼むつもりだしね)

ちょうどいいや、と、ひとりご機嫌になる。

巨大な帆船の、その通り過ぎようとする舳先のあたりを、キャサリンは、そしてアネモネはよく見ようと窓越しの空を見上げる。

どうにも、いまひとつ、よく見えない。

キャサリンはふと思いついて、テレビのスイッチを入れた。編集部の天井からスクリーンが降りてきて、新東京のローカルテレビ局の、そのまさに放映中のニュース番組を映し出す。

そこには、劇場船の姿があった。あの船は、都市のみなに愛されている船、住民たちの誇りでもあるような船だから、月面都市のローカル局が話題にしないはずはないのだった。

「いまはちょうど、夕方のニュースの時間だものね。リアルタイムで話題になってる」

アネモネとともに見るために、キャサリンは、ニュース番組を見上げる。

月面都市の放送局各社が、飛行する乗り物を各種繰り出して、中継をしているようだった。人間たちと、様々な姿のロボットたちが助け合い、放送している様子がうかがえた。昔から月面都市のロボット人口は多く、その開発も進んでいて、彼らはいろんな業種で人類の仲間として活躍していた。ロボットが操るサイドカーの座席から、上空を行く帆船をふりあおぎ、楽しげにレポートしている記者の姿も見える。いまスクリーンに映っている番組の報道記者だ。船の雰囲気に合わせてということなのか、短い上着のウエストが細い、レトロでお洒落なスーツ姿だった。

放送業界は、遠い昔、地球でまだ人類が暮らしていた頃には、インターネットに押されずいぶん衰退し、その力を失っていた、とキャサリンは聞いたことがある。そのあたりのことは、大学生の頃に、一般教養のマスコミ史でも習った。

けれど太陽系時代と呼ばれる、はるかな未来のいまも、星の海の人類の街がある場所には、テレビ局とラジオ局は存在し、活躍している。映像と音は街に流れ、ひとびとの暮らしに寄り添う。おそらくはその全盛期にそうだったであろうほどの華やかさと元気さで。

いまの時代、太陽系には、光よりも早くデータをやりとりする技術が存在していた。とても遠い距離をその距離に関係なく通信して、一瞬で大きなデータのやりとりをする、その技術が放送局の存在を支えている。いわゆる超光速亜空間通信の技術を開発したのは、いまはなき国家のひとつ、日本国の公共放送の流れを汲《く》む組織に属する技術者だった、といわれている。だからこそ、その技術は放送業界に於《お》いて突出して進んでいったとか。

かくして、テレビやラジオは、昔通りにお茶の間にいろんな話題を提供し続けている。その日々の生活や出来事を記録し、未来へと残している。遠い昔、まだ地上に人類が暮らしていた時代と同じように。

サイドカーの座席から、記者が腕を広げ、空行く船の舳先を差す。

テレビのスクリーンに映るそこには、劇場船の象徴であり、守り神とも呼ばれる船首像、翼ある少女の姿をした像が、長い髪と小さな翼を伸ばして、微笑んでいる。

この船のはるかな旅を、少女はここで導き、守り続けてきたのだとキャサリンは思い——そしておそらくは、アネモネもまた思っているのを感じた。

地球を離れて生きてゆくことが難しい種族のその少女の姿をした船首像は、銀河をどこまでも果てしなく駆けてゆき——そしてこれからも、自由に飛び続けてゆくのだ。

宇宙の彼方、時の彼方まで。

この船首像のモデルは、かつて、月面都市新東京の地下深くにあった、とある地下街に暮らしていた、トリビトの少女だったといわれている。

その時代の月では、どの街でも地下街の老朽化が進み、改装や保全が進まないまま、環境が悪化していた。いまもそういう傾向は残っているのだけれど、当時は特に都市の高層階の裕福な住民たちと、古い時代に開発された地下の奥深い部分に取り残されたように暮らすひとびととの間に分断が生まれ、無用なトラブルが多発していたといわれている。

古く見捨てられた、日の差さない地下街で暮らしていた孤児のトリビトの少女が、血縁のように慕う、老いた友人から譲り受けた、とても古いトランクの中には、とある不思議な存在が密かに眠っていて——。

まるでお伽話のような、翼ある少女と、「お化け」との出会いの物語を、劇場船は、船内の劇場のパンフレットや各種販売物に添える印刷物にいつも書き添えている。

遠い昔、地下都市の、古びた商店街で起きた、小さな、そして素敵な奇跡の物語として。

子どもの頃のキャサリンは、絵本で出会ったその物語を、実話——ずっと前、真実にあったことだと信じていた。

そしていまも、心のどこか片隅では、ほんとうに起きたことだと信じたいと思っている。——ひとりぼっちのお化けなんて月面にはいまも昔もいないよね、と思いながらも。

帆船は、輝く帆を広げ、久しぶりの故郷の港へと、いま、舞い降りようとしていた。

「むかしむかし。ずうっと昔のお話です」

月面都市のとある町で、小学校の教師が、生徒たちに月の過去の歴史を語る。

柔らかな絨毯《じゅうたん》が敷かれた教室は円形になっていて、半円に並べられた椅子に座る子どもたちは、教室の中心に立つ教師と、その背景に浮かぶ半透明のスクリーンを見上げる。黒板が進化した姿のそのスクリーンには、宇宙空間に浮かぶ、美しい月の姿が映し出されている。

「みなさんもご存じのように、ここ月面都市の歴史は地下から始まりました。月には大気がなく、常に燃える太陽の熱と星の海から降りそそぐ宇宙線、凍える寒さ、そして隕石の雨にさらされていました。月面は、死の世界でした。故郷の星、地球から逃れ、この星で新たに生きてゆこうと決めた人類は、月の地下に潜り、そこに広がる広大な洞窟を掘り広げ、そこに都市を造ってゆくことから、月での暮らしとその歴史をスタートさせたのです」

子どもたちのひとりが手を挙げる。

「地下に街を作るとき、トリビトたちが必要な技術を教えてくれて、人工重力とかも、使えるようになったって、本で読みました」

「そうですね」

教師は身をかがめ、微笑む。「トリビトの魔法のような科学力に助けられなかったら、わたしたち人類は、地球での暮らしと同じようには、生活を維持できなかったでしょう」

感謝しなくてはいけませんね、と教師と子どもたちはうなずきあう。

違う子どもが手を挙げる。

「先生、地球から来た技術者たちも頑張ったって、お父さんから聞いたことがあります。空を覆う天蓋を作り上げた技術は、地球文明由来の技術なんですよね。とても硬い樹脂製の天蓋が開発され、それに守られているから、いまは月面も安全なんですよね」

まわりの子どもたちも、うなずく。

子どもたちの目は、教室を包む大きな窓に向けられている。窓の外にはこの都市を守る、半透明の天蓋が空のように広がっている。月の上空から見れば、月面をうっすらと覆う、半球型の大きなシャボン玉、あるいは泡のつらなりのように見える存在だった。それは一見柔らかく華奢に見えるけれど、月面に住まうたくさんの生命を守る役割を持っているので、恐ろしく強固にできていた。

一説によると、その昔、この天蓋を設計し、完成させた企業と大学の研究者、技術者たちは、完成の宴のその席で、

「いつか宇宙が滅びる日が来ても、この天蓋だけは破れないぞ」

と、豪語し、笑いあるいは涙しながら、酒をくみかわしたといわれている。

天蓋は強すぎる太陽の光や、宇宙の冷気を遮《さえぎ》り、空気をその中にとどめる。人類はこの天蓋によって生かされ、保護されているのだった。命と文化を守る天蓋は、はるかに遠い時代に都市の空を覆って以来、改善が重ねられ、常にアップデートされながら、人類を守り続けているのだ。

教師も笑顔でうなずき、話を続ける。

「特殊な樹脂製の天蓋が開発され、月面のいくつもの都市の上に広がるまでの間に、多くの年月が費やされました。いまの時代のわたしたちは、暑さや寒さ、降りそそぐ隕石や放射線を畏れずに、こうして月面で暮らしていくことができます。月の歴史を守り、作り上げてきてくれた、昔のひとたちひとりひとりに、感謝しなくてはいけませんね」

子どもたちは目を輝かせ、うなずく。

教師は話し続ける。

「月面の開発が進み、ひとびとは地下だけではなく月面にも住むようになりました。けれど、長い間、多くの人類は地下深くに広がる古い街で暮らしました。ひとつには、これはいまもそういう傾向がありますが、月面の特に都市の上層にある、高層の住宅地の価格と家賃は高く、周辺にある店にある品々の値段も高い。そのために地上に上がることを諦《あきら》めたひとびとがいたのです。また、地底の都市には気がつけば長い歴史があり、そこに住まうひとびとにとって大切な人間関係も築かれていました。日の差さぬ暗い地であろうとも、遠い日に、何も持たず地球を離れてきたひとびとが助け合い、生き抜くための環境を作り上げてきた、歴史のあるあたたかな場所でした。そこを離れがたく、あえて地底にとどまるひとびとも多かったのです。

また、仕事の関係で、地下に住まうことを必要とするひとびとがいました。こういう方々はいまも地下深いところにいらっしゃいますね。たとえば、月の最古にして大切な職業のひとつである、地下に埋蔵された凍った水を掘り出し、溶かし、飲むための水に換える仕事をしているみなさんです。月面の開発の歴史とともに古くからあるその事業と、それを支えるいくつかの職種、それぞれに従事するひとびととその家族が暮らすための町は、いまも変わらず地底深くにあります。数度の再開発を経て、いまでは暮らしやすい場所になったといわれていますが、地下のより深いところには、老朽化が進み、危険だとされている一角もあります。特にいちばん古くから開発されていたあたりは、老朽化が進みすぎていて、再開発が遅れました。

それでも古い町に愛着を持つ住人たちは長くそこに残りましたが、生活に必要な設備の老朽化によって、暮らし続けることが不可能になり、思いを残しつつ、町を離れることとなりました。そこにいたすべての住人は、地下のもう少し浅いところや、月面へと移住しました」

子どもたちのひとりが声を上げる。

「おじいちゃんが、仕事の関係で、地下の下の方の街に住んでいます。古い町があったあたりは、いまは入れないようになってるって聞きました。建物もボロボロだし、地盤も軟らかくて危ないんだそうです。行っちゃだめだって」

教師はうなずく。

「一帯を保護し保存するために、樹脂で覆う加工がされていますが、いずれ地層ごと崩れるだろうといわれています。いまは静かに、街の廃墟《はいきょ》だけが、歴史とたくさんのひとびとの思い出とともに、地下に眠っているのです」

かつて月にあった地下最深部の街は、たくさんの画像として保存され、月面都市の図書館と博物館で見ることができる。特に博物館では、画像を立体化、及び立体映像化していて、街並みとそこで暮らすひとびとが目の前にいるように再現されているので、子どもたちは社会科の授業で見学することになっていた。

さて、この物語は、月の地下深くの街にいまだ多くのひとびとが住んでいた頃に始まる。まだ地下の再開発が始まる前。キャサリンのいる時代からすると、三百数十年ほども昔のことだ。地下街の様々な設備の老朽化は進みつつあり、それでも楽しげに暮らすひとびとがいた、そんな時代のこと。

古い商店街の小さな食堂の、骨董《こっとう》と雑貨をも扱う店の、その屋根裏部屋で、ひとりのトリビトの少女が大きく古ぼけたトランクを開けるところから、この不思議な物語は始まる。

始まる——のだけれど、いやいや、その前に、さらに時を遡って、はるかに遠い過去の時代、まだ生命が溢《あふ》れる星だった頃の地球に生きていた、ひとりの心優しい青年の物語から語り始めるべきなのだろう。

魔法の船

久しぶりに、夢枕に母親が立ち、あれこれ怒られたような気がして、涼介《りょうすけ》は目をさました。朝だった。カーテンを開けたままの窓の方が明るい。つけっぱなしの天井の蛍光灯も。

ゆうべ、炬燵《こたつ》に座って、小説の原稿を書いていたのだけれど、どうやらそのまま寝落ちしたらしい。

新人賞の〆切り前だった。炬燵の天板にノートパソコンを置いて、眠気と戦いつつキーボードを叩いていたのだけれど、そのまま力尽きて横倒しになっていたようで、変に汗をかいてだるかった。肩や腰も痛い。

「いてててて」

一応、書き上げたのは覚えている。たしかに記憶がある。良かった、間に合った。ほっとして、そして眠ってしまったのだろう。

『気をつけなさい』

夢の中で、看護師姿の母は口を尖《とが》らせ、人差し指を振っていった。『あんたは一見賢そうだし、しっかりしてそうに見えるけど、実はドジだし、何かあると気もそぞろになる。ちょっと良いことや楽しいことがあれば、そのことで頭がいっぱいになっちゃう。いまにひどい怪我するわよ。長生きできないから』

ごめん、と涼介は笑う。

「ごめん、気をつけるよ、母さん。約束する」

そうだよね、長生きしないとね。

二〇二一年十二月。

いよいよクリスマスが近づいたなあ、と前日の夕方、コンビニのバイトから帰るときに思った、たぶんそれがきっかけで、母の夢を見たのだろうと思う。

コンビニではもう十一月のうちから、店の前に星を飾ったツリーが置かれ、レジのそばの棚には、ブーツに入ったお菓子やら、小さなツリーやリース、スノードームなんかが売られている。店内に流れるBGMは、当然のように楽しげなクリスマスソングだ。

お客さんたちの表情もどこか柔らかく、楽しげだったりもして、そういう感じが涼介は好きだった。街そのものがどこか浮き立って見える。コンビニでバイトを始める前は、自分もうきうきと十二月のコンビニにはいったり、街を歩いていたような記憶がある。

涼介は幸せそうな街や、ひとびとを見るのが好きだった。

生きていれば、辛いこともある。いま笑顔のひとたちも、ほんとうは心の底に泣きたいくらい悲しいことがあるかも知れない、人間というのは、そういうものだと涼介は知っている。知っていて、だからこそ、誰かの笑顔や幸せそうなひとを見ると、嬉しくなるのかも知れない。笑っていて欲しいと思うのかも。

だからこそ、自分は小説や脚本を書くのかも知れない、と思うこともある。いつか作家になりたいとか願ってしまうのかも。

「今朝の夢、父さんも出てきたような気がするな」

小学生の弟もいたような。そこまでいわなくても、と、母親を止めようとしたり、でもたしかにお兄ちゃんはちょっとうっかりしてるよね、と笑ったり。

「ひどいなあ」

夢の中の涼介は、自分も笑いながら、でも、ほんとうのことだから仕方ないか、と、頭をかくばかりだった。母親はそれでさらに怒ってしまうし。涼介はごめんごめんと謝るうちに、なんだか楽しくなってきてしまって。父と弟も笑顔で、変わらず楽しそうで。ついには母も吹き出して笑ってしまい……。


ワンルームの部屋の、ベッドのそばに置いた本棚に飾った家族写真を見て、涼介は苦笑した。

昔とは違って。

「俺、もうそんなにドジじゃないよ。うっかりしてもいない。——たぶんね」

「だって、ひとりだと、ちゃんとしてないといけないからさ。叱ってくれるひとがいないから」

笑いながらそういおうとして、声が詰まってしまうのは、そう、クリスマスが近いせいなんだろうな、と思う。じゃあしょうがないか。

誰だってきっと、幸せな家庭で育てば、クリスマスに懐かしい思い出のひとつやふたつ、いや数え切れないほどあるものだろう、と涼介は思う。家族で笑い合った思い出、賑《にぎ》やかな街を歩いたこと。素敵なご馳走《ちそう》にケーキ、枕元に置かれたプレゼント。

ため息をつくと、冷えた部屋の空気が胸に染みた。息が白い。肩を震わせながら、窓の方を見ると、ガラスの向こうにちらちらと雪が舞うのが見えた。

家族と一緒に最後に雪を見たのは、いつだったろう、と思う。

「高二の冬——になるのかな?」

雪、というか、みぞれが降るのを、父と一緒に見た記憶がある。家族揃っての記憶となると、ちょっと思いだせなかった。雪なんて、いつだって何度だってみんなで見られると思っていたから、何もなければ、そこまではっきりとは記憶していない。

その日は土曜日で、朝からみぞれが静かに降っていた。銀色のみぞれはしめっぽく、窓を開けて手に受けると、痛いほど冷たかった。まさに氷雨《ひさめ》って感じだなあ、と思ったのを覚えている。

涼介の父も涼介も料理が好きで、その日の朝食も、バターの香りのするオムレツをふたりで焼いて、あたためたクロワッサンに添えたりした。気が利く弟はレタスとトマトを切ってお皿に添えてくれて。古い家だったけれど、明るいダイニングキッチンで、いつも通りの賑やかな休日の朝食のあと、父と弟は、病院に夜勤明けの母を迎えに行った。仕事で疲れてるのに、みぞれに濡《ぬ》れたら可哀想だからね、といって。

母を拾ったら、帰りに図書館によって、借りた本を返してくるという。父も弟もたいそう本が好きで——いやそもそも、涼介と弟が本好きになったのは、本の虫で若い頃作家志望だったという父の影響だったに違いない——涼介も、一緒に来ないかと誘われたけれど、その日涼介は試験勉強のあとの徹夜明けで、眠いからやめとく、と断ったのだった。

「すぐに帰ってくるからな」

そう約束して、父は出かけた。出がけに、勉強お疲れ様、と、頭をぐりぐりとなでた。

「小さな子にするみたいなこと、やめてよ」

口をとがらせながら、その手のぬくもりが嬉しかったのを覚えている。父はごめんごめん、と謝りながら、片手をあげて、家を出ていった。

いつものように父の白い車が——祖父から受け継いだ古いスカイラインが、大きめのエンジン音を立てながら走り去るのを、その頃住んでいた家の窓から見送った。後部座席で弟が手を振る、それが見えたのを覚えている。

そして、それきりだった。車は、図書館から家への帰り道に事故に遭った。

父は慎重で運転も巧かったのに、古い車も頑丈でよく手入れされていたのに、濡れた地面に夕イヤを滑らせた大型トラックに真正面からぶつかられて、避けることができなかった。両親も弟も、あっけなく命を失ってしまった。

日常というものは、急に壊れてしまう、儚《はかな》いものなのだな、と、そのとき涼介は知った。

明日もあさっても、昨日と同じ日々が続くのだと思っていた。家族とじゃれあったり、ときに叱られたり、たまに喧嘩《けんか》したり真剣に怒ったりもして、でもやっぱり同じ家で暮らしていることが嬉しくて楽しかったり。

そんな日々がずっと続くのだと思っていた。いずれ二十歳になれば、両親とお酒を飲んだりすることにも憧れていた。今までの日々を振り返ったり、何か年齢にふさわしいような話題を選んでみたりするんだ、なんて想像していた。背筋を伸ばしたりして。

大学に進学して卒業して、どこかの会社に勤めるその初めての給料で、それとも、新人賞を受賞して作家になってしまったりしたら、その賞金で、家族に豪華なレストランでご馳走する、なんてことも夢見ていた。実際にはその時点では、新人賞に投稿しても、やっと二次選考に残るくらいの落選続きで、でも夢見るだけは自由だし、なんて思っていた。「豪華なレストラン」なんて、いったことがなかったから、そのときはネットで調べなきゃと思っていたけれど。そんな夢も、叶《かな》うと思っていた。

けれどもふいに家族と日常は失われた。帰ってきてから洗うからと父がコンロにのせたままにしていったフライパンから、いつまでもバターの匂いがしていて、それが辛かった。

誰も悪くないと思った。恨む相手がいなかった。トラックの運転手は真摯なひとで、家に謝りに来てくれた。包帯を巻いたごま塩頭を下げてひたすら涙に暮れる老いた運転手を見ていると、大好きだった父方の祖父を思い出した。なぜ自分が助かったのかと泣くそのひとを責めることは、涼介にはできなかった。

誰も悪くない。強《し》いていえば、天気が悪かった。それとたぶん、運も悪かったのだ。だから涼介は、哀しみも怒りも寂しさも、すべて飲み込み、ひとりで泣いた。膝の上に握った拳を握りしめ、声を上げて泣いた。

両親も弟も、善良で良い心根のひとびとで、なのになんで、苦しく痛い最期を遂げなければいけなかったのだろうと泣いた。

世の中には神も仏もないのかと泣いた。

そういう存在はいないものかも知れないと思ったけれど、涼介のまわりには、代わりのように、たくさんの優しいひとびとがいた。

それはたとえば、近所のひとたちや、親戚たちや、亡き両親の友人知人に、涼介自身の友人たちやその保護者や学校の教師たちだったりして、みんながひとりぼっちになった彼を案じ、優しくしてくれた。——だから、涼介はその後も、みんなの優しさに応えるためにも、と生きてゆくことができた。高校を卒業し、大学に進学して文学を学び、卒業した。学生時代は小説をたくさん書いて投稿したけれど（あえなく落選続きだったけれど）、興味をひかれた演劇部にも所属し、そこで良い時間を過ごしながら、仲間たちのために脚本を書いた。あの四年間は、久しぶりに子どもに戻ったような、楽しい日々だったといまも懐かしく思う。たくさん笑って、遊んで、感動したり、たまにはちょっと無茶もしたり、時に泣いたりもした。懐の許す範囲で、仲間と遠く近くに旅に出たりもした。

そのときにできた親友はいまも変わらず親友だし、彼女も大切な彼女で、このふたりとの縁ができただけでも、大学に行った意味があったと涼介は思っている。最高に素敵でかっこよく、才能溢れるふたりを家族に紹介することができなかった、そのことだけは、寂しく思うけれど。

就職はうまくいかず、というか、夢を追いかけるためにあえて定職に就かず、アルバイトをしながら投稿する道を選んだけれど、きっと両親が生きていたら、許してくれただろうと思っている。父は何しろ自分も作家志望だった口だし、ロマンチストな上に涼介には甘かったし、母はひとしきり説教した挙げ句、頑張れ、と肩を叩いてくれただろうと思う。

「ただし、夢を諦《あきら》めたら許さないからね」

と、それくらいはいわれただろうけれど。

弟は涼介を尊敬してくれていたから、望みが叶わないとは欠片《かけら》も思わず、お兄ちゃん頑張れと応援してくれただろう。

　家族はきっと自分を信じて応援してくれただろうから、頑張ろうと涼介は思うのだ。


　そして、二〇二一年冬のみぞれの朝。

　涼介は眠い目をこすりながら、炬燵から窓の外の銀色の氷雨を見る。

　開いたままになっていたノートパソコンに電源を入れ、ワープロソフトを開くと、完成した原稿の印刷を始めた。仕事机の上に置いてあるプリンターががたがたと動き出す音を聴きながら、涼介はのろのろと身を起こし、半分這うようにして、部屋の隅に置いてある、古く大きな革のトランクを引きずってきた。

　鍵を回すと、内側に布が張られた、いかにも高級な感じの蓋が開く。中には原稿がたくさん入っている。みんな涼介が書いたものだ。

　新人賞に投稿するとき、いつも二部印刷して、一部はこのトランクに入れることにしていた。データはクラウドやフラッシュメモリにも保存しているけれど、こうしてトランクの中に物理的に保存するのは、おまじないや儀式のようなものだったかも知れない。

　遠い日に若い頃の父がそんな風にしていた。古いトランクごと、その習慣を受け継いだのだ。

　当時の父はコクヨの原稿用紙に小説を書いて、それをコピーして綴《と》じて、大切にトランクにしまい、保存していたのだけれど。

「宝の山だよ」

父はそういって笑っていた。「すごく良い作品ができて新人賞に出したってさ、運が悪かったり、才能が時流に合わなかったりして、その作品が世に出ないかも知れないだろう？　だから、もし落選しても、原稿を捨てずに手元に置いておいてさ、いつか未来に作家としてデビューできた暁に、この手で復活させてやろうと思ってさ」

愛しそうに、原稿の入ったトランクを、父は撫《な》でた。そのまなざしは、弟を撫でてやるときの目に似ていて、きっと涼介のこともあんなまなざしで見つめて育ててくれたのだろうな、と、思ったことを覚えている。

「これは特別なトランクなんだ」

父は冗談交じりのように、でもどこか真剣なまなざしで付け加えた。「このトランクなら、きっとどんなことからも原稿を守ってくれる。若い頃、出張先のニューヨークの鞄《かばん》屋さんで買った物なんだけど、そのときお店のひとが、『こちらは多少お高いですが、どんな天災にも耐えられますし、もし万が一戦争やテロに巻き込まれたりしても、中のものはきっと守られますから』そういってくれたんだ。『時を越えて、長く使えるお品でもあります』ってさ。——いつか首尾良く作家になって、中の原稿をみんな活字にしたら、そしたら父さんは、空《から》になったこのトランクを持って、どこかに旅に出ようかな、なんて思ってもいる。——どこに行くかって？　そうだなあ、世界の果てかな」

一瞬、涼介が寂しそうな表情になったのに気づいたのだろう。父は笑っていった。

「大丈夫。きっとすぐに帰ってくるから。お土産をたくさん、トランクに詰めてさ」

けれど結局父は、作家を目指すことを諦めてしまった。

どこかさばさばとした笑顔で、

「いいよ、諦めた」

と、ある日、いったのだ。「自分には才能がないって、本が好きなだけに、はっきりわかっちゃったんだよ。天啓みたいに閃いて、諦めがついちゃったんだ。――まあね、そんなこと、実は父さんにはずっと前から、ほんとはわかってて、でも認めたくなかったのかも知れない」

その頃には涼介は、見よう見まねで物語を書き始めていた。ある日、おそるおそる父親に見せると、彼の目は輝いた。

「いいぞ、いいぞ、どんどん書くといいと思う。ひょっとするかも知れないぞ」

そして父親は、中身を空にしたトランクを、涼介に譲ってくれたのだ。

「父さんの分も頑張ってくれ。遠く遠く、未来まで、この道を進んで欲しいんだ。父さん、ずっと応援しているからさ」

そうだ、これもあげよう、と、父は万年筆を手渡してくれた。ずしりと重い銀製の、イタリアの万年筆で、父の宝物だった。

「とっても高かったんだから、大切にしろよ」

そういって父は、手のぬくもりの残る万年筆を、涼介に委ねてくれたのだ。

いま、その万年筆で、涼介は封筒の宛名書きをする。想いを込めて、出版社の住所と、公募の名前を書く。インクに息をかけて乾かして、裏側には自分の住所と名前を。

ブルーブラックの綺麗なインクが、のびやかに、定形外の封筒の上を滑り、字を綴《つづ》る。

あの頃家族で住んでいた大きな家は借家で、事故の後は家賃を考えると住み続けることが難しく、荷物のうち思い出のあるものは親戚の家に預けて、多くのものを仕方なく手放した。けれど、父から受け継いだトランクと、この万年筆だけは、ずっとそばに置いていた。

その万年筆は、父が高かった、というだけあって、いまの涼介にはとても買えないような代物で、近所の文房具店にあるようなものでもない。無くすのも壊すのも怖くて、とても普段使いにはできなくて、大事にケースに入れて、そのままトランクに入れていた。今朝のように、特別なときだけに使うことにしていた。父もそんな使い方をしていたな、と思い出すと懐かしくて、少しだけ笑えた。

「よし」

ガムテープで封をして、立ち上がる。

今日はバイトが休みの日だし、シャワーを浴びて着替えて、颯爽《さっそう》と郵便局に持っていこう。切手の買い置きはあるし、近所のポストに投函《とうかん》しても良いのだけれど、心を込めて書いた作品は想いを込めて送り出したいので、郵便局に持っていくようにしていた。

朝食代わりのゼリー飲料をくわえながら部屋に戻ってくると、スマートフォンに学生時代からの親友から、メッセージが届いていた。いつもながら絵文字の多用がめだつ、賑やかなものだった。いつもオーバーアクションで笑い声が混じっている彼の声が聞こえてきそうで、つい笑ってしまう。

彼とは同じコンビニでバイトをしている。じきに来るクリスマス、店でサンタやトナカイの衣装を着なくてはいけないのだけれど、サンタとトナカイ、どっちにする？　と訊いてきていた。そんなのどっちでもいいじゃないか、と思うのだけれど、どうも彼には大切なことらしい。絵文字の顔が悩んでいた。

「あいつ、クリスマスが大好きだからなあ」

彼の故国にも、日にちは違うけれど、クリスマスはあって、サンタクロースのような存在が子どもたちに贈り物を配るらしい。日本のコンビニでサンタやトナカイの格好をする、そうしてその姿で働く。お客様に挨拶をしたり、弁当をあたためたりする。それがとにかく面白く感じられて、楽しみらしかった。

「店公認のコスプレみたいなものでもあるしなあ。あいつなら楽しいよなあ、そりゃあ」

親友の名前はサーシャ。ウクライナからの元留学生で、卒業後もビザをとりなおしてそのまま日本に残っている。金髪に碧眼《へきがん》の彼は、日本文化、特にアニメと漫画が好きで、それが昂《こう》じて海を渡ってきたという男だった。丈高く、絵のようにハンサムなので、コスプレはよく似合う。手先が器用で、衣装なんかも自分で縫ってしまったりもする。小道具は同好の士とネットでやりとりして３Ｄプリンターで作り上げる。イベントがあれば、せっせと出かけていく。たまに涼介も付き合って、ヒーローになりきってひとの輪の中に立つ親友を、やれやれ、と思いながら見守ったり、カメラマンになって写真撮影したりしていた。見ていると楽しかった。何しろちゃんとかっこいいのだ。ヒーローがそこにいるみたいで。涼介がそういうと、

「ヒーローの心がここにあるからね」

と、彼は胸を押さえていったけれど。

「家がまあ、お金持ちだしね、家族みんな日本と日本の文化が好きで、おまけにちょっとだけぼくに甘いから、サーシャは好きなだけ日本で遊んでおいでっていわれてる」

老舗の精密機器のメーカーの御曹司らしい。IT関係に詳しい演劇部の先輩が社名を聞いて驚いていたので、立派な会社なのだろう。国に帰れば会社を継いで、忙しい日々になることがわかっているから、それまで自由に過ごしていなさい、といわれているらしい。

大学で同じ文学部に入り、ともに日本文学の研究をして（彼の卒論は枕草子で、それは見事だった）、同じく演劇部に入った。最初からなんだか気があって、いつも一緒にいるようになった。目の色も髪の色も、背丈だって違うのに、どこか血を分けた兄弟のような、生き別れの双子のような、そんな関係だった。

彼は、涼介の書く物語が好きで、脚本や小説を渡すと、いつも息を詰めて、物語の中に入り込むようにして、読んでくれた。

読みながら泣いたり笑ったり、興奮して叫んだりして、読み終わると、天井を仰いで、「天才」と叫ぶのだった。

「こんな素敵な物語を書き上げるきみが、このぼくの友人だなんて、幸福でたまらないよ。最高

な作品を読ませてくれてありがとう」

涼介の手を握りしめ、「神様、ありがとう」

なんて涙を拭いながら付け加えたりした。

ヒーローの心を持つ彼は、信心深い青年でもあった。神様の存在を信じていて、何かと言葉の端々に、神様が登場した。

「涼介、きみの書いたものは、きっと時を越えて残るよ。時代のずっと先、世界の果てまで届くような作品を残す作家になるんだと思う。世界どころか、宇宙の果てまでも届くんじゃないかな。神様に誓ってもいい」

大げさだなあ、と涼介は笑った。

「俺にはそこまで天才的な才能はないと思うよ。そういうサーシャの作る曲こそ、ほんとに凄いじゃないか。それこそ未来まで残る名曲ばかりじゃないの？」

この親友には作曲の才能もあった。うたうことも好きで、よくカラオケにつきあわされたものだった。

「いや、比べたらだめだよ、涼介は天才、ぼくは凡才。植木じゃなくね。あれは盆栽か」

謙遜ではなく、本気で彼は自分には作曲の才能がないと思っているらしかった。自分の才能の限界がわかるから、国に帰って家の仕事を継ぐことに抵抗がないのだといった。家業は幸い、人類の幸せな未来を作りその生活に寄り添うことのできるクリエイティブな仕事だから、自分がその会社を任されることが誇らしく、幸福だとも思っている、と。

「ぼくねえ、良いものを見分ける才能はあるんだ。だから、涼介の書くものが素晴らしいってわかる。だから同時にね、自分の作るものがだめだめだって、わかっちゃうんだよね」

遠い日に、涼介の父がいっていたようなことをいって、青く優しい目で笑った。

サーシャは、子どもの頃から弾いているという大きな民族楽器を、アパートの部屋に置いていて、興が乗れば奏でてくれた。胴に向日葵《ひまわり》の絵が描かれた、リュートのような形のその楽器は、弦の数がやたらに多く、迫力のある、そして、澄んだ音色を奏でることができた。それで彼は、クラシックの名曲からアニソン、ボーカロイドの曲のあれこれまで、器用に弾きこなすのだった。

そんな彼のオリジナルの曲は、まるで森の木々の枝が風に吹かれて鳴るような旋律と、高い空を鳥が羽ばたくようなひろがりのある響きのリズムで、聴くたびに涼介はうっとりしたものだ。涼介だけではなく、演劇部の仲間たち、特に涼介の恋人の叶絵《かなえ》は、目に涙を浮かべて聴いていた。

叶絵は、歌手志望で音感が良く、歌がうまかったので、サーシャの弾くメロディに合わせて、よく一緒にうたっていたものだ。涼介は歌がうまくなかったので、ふたりにあわせることはできなかったけれど、そんなふたりのそばにいると、あたたかな日だまりにいるようで、いつも幸せな気分になった。

演劇部では、年に一度の学園祭で、オリジナルの芝居を上演する。涼介たち三人が三年生で、部長、副部長、会計を任されていた年、涼介書き下ろしの脚本で、ミュージカル風の作品を演じた。タイトルは『魔法の船』。よくゲームにあるようなファンタジー世界の物語だ。戦乱が続く中、疫病が蔓延《まんえん》し、滅びかけたその世界で、古《いにしえ》の賢者がそこで眠るという伝説の魔法の船を探し、復活させて、世界を救おうとする、勇気ある旅の娘とその仲間たちの物語だった。

すべての歌の作詞は涼介。作曲と編曲はサーシャ。芝居は大好評に終わった。幾度も重ねた練習の時点で学内の話題になっていたこともあって、二回上演したうちの夜の部は、講堂の中にひとが入りきらないほどになった。特にヒロインの歌うたいの娘がうたうテーマ曲は、叶絵の魅力と歌のうまさもあって、大評判になった。学園祭が終わったあと、サークルの先輩に頼まれて、街の小劇場で上演して、新聞のローカル面やタウン誌の記事になったのは、嬉しかった。

大学を卒業してからは、三人とも舞台からは遠ざかったけれど、『魔法の船』のことは、今でも懐かしく思い出話をしたりする。

叶絵はふとした弾みに、あのテーマ曲を口ずさみ、するとサーシャも手元に楽器があれば、伴奏を奏でたりするのだった。

月光が差す野に
銀の波が輝く夜に
いま　歌よあれ
空にひろびろと帆を広げ
蘇《よみがえ》れ　魔法の船

想いは変わらず滅びずに
愛も友情も　永遠に
つないだ手と
かわした笑顔が
別れても

花は枯れ
小鳥は地に落ち
微笑《ほほえみ》は　涙に変わろうと

時の彼方に
歌は　きっと蘇る

そして　永久に滅びない

白い帆よ　あがれ
永遠《とわ》に　空を行け
祝福の　魔法の船

もはや学生でなくなったいま読み返すと、幼さに顔を覆いたくなるような歌詞だった。

けれど涼介は、この脚本と歌詞を書いていたとき、ひとりの部屋で静かに泣いていた。

いまも昔も世界には、惨《ひど》い戦乱が続き、悪疫は止まず、家族は引き裂かれ命を落とし、たくさんの涙が流れる。そこにはたくさんのたくさんの、無残に終わった日常があり、これからも続いていくはずだったのに潰《つい》えた未来と、希望と愛があった。

涼介は戦乱の場にいたわけではない。病んでもいない。だからきっと完全にはその苦しみを理解することはできない。とてもそんなことはいえないとわかっている。ただ、幾多の涙や哀しみに、わずかなら、寄り添えると思った。大切なものをなくした哀しみや痛みは、わずかでも、わかると思った。愛するものと引き裂かれた、その辛さは、涼介の中にもあったから。亡骸《なきがら》と化した家族は涼介の家族であり、そのかたわらで立ち尽くすひとは、自分だと思った。

自分は魔法使いではなく、何の力もない無力な若者だけれど、ほんとうに「古《いにしえ》の賢者」で、世界を救う力を持っていたら良かったのに、と脚本を書きながら思った。

サーシャは、涼介の思いを聴き、何もいわずにすばらしい曲の数々を作ってくれた。叶絵は、歌に魂を込めてうたってくれた。

あの頃のことを思うと、涼介はいまも、身が引き締まるような気持ちになる。

魔法使いにはなれないけれど、世界中のひとびとの平穏と幸福を祈りながら、物語を書き上げ、詩とたくさんの台詞を書いた、あの夢のような時間は、やはり宝物だと思う。

学生たちが演じた、ささやかな舞台だ。熱はあっても稚拙だったろう。サークルの仲間たちや舞台を見てくれたひとびと――物語や歌を記憶してくれるだろうひとびとの数は、広い世界から見ればほんのわずか。歴史に残ることもなく、いつか忘れられ、消えてゆくだろう。

けれど、『魔法の船』は、涼介たち三人にとっては、永遠の名作になった。何にも代えがたい、永遠の宝物に。

「そうだよな、じきにクリスマスなんだよな」

傘を差し、みぞれに凍える街を郵便局を目指して歩きながら、涼介は呟《つぶや》く。

「叶絵に何をプレゼントしようかな」

毎年ささやかなものを贈り合うことにしていた。彼女の好きなものや喜ぶものをあてるのが我ながら巧くて、考えることも楽しくて、そう、毎年の楽しみだったのだけれど――。

「今年はまだ閃かないんだよなあ……」

それに、いまや芸能プロダクションに所属して、デビューも近いような彼女に、自分ごときが贈り物なんてしてもいいのだろうか、とつい思ってしまう。

叶絵にいうと怒られてしまうけれど。

叶絵には、ひとの目を引きつける華がある。一緒に道を歩くと、道行くひとの視線が集中するのがわかった。なんだかみんな、

「すごい美人が地味な男と歩いてる」

と思っていそうで、涼介は申し訳なくなるのだった。

叶絵は気にせずに、楽しそうに涼介の腕をとり、得意げな笑顔で街を歩くのだけれど。

「世界でいちばん大好き」

叶絵は、よくそういってくれた。

まっすぐに、涼介を見つめて。強い光を放つ、黒い瞳で。

そんなことをいってくれるのは、この世で叶絵だけだろうと思っていた。自分のようなぱっとしない、どこにでもいるような人間のどこが良いのだろう、といつも素直に思っていた。

叶絵は、家庭に恵まれない娘で、学費も奨学金でまかない、バイトを重ねて暮らしていたような日々で、いつも忙しそうで、眠そうで。でも、いつだって笑顔で元気で、小鳥のようにうたい、跳ね、踊る娘だった。

涼介やサーシャといつの間にやら気が合って、三人でつるむうち、いつの間にか、涼介への好意を隠さなくなり、恋人同士になった。

もちろん涼介も彼女のことが好きだったので、告白は天にも昇るような気持ちで受けたし、喜びのあまり、その場で貧血を起こして倒れ、動転した叶絵に介抱されたくらいだった。

涼介からすれば、叶絵は、気が合う友人であり、大切な仲間であり、甘えて懐いてくれる、可愛い彼女でもありながら、星のきらめきがひとのかたちをとっておりてきてくれたような、憧れの対象でもあったのだけれど。

叶絵のそんな言葉を聴くと、サーシャが、ウインクをして、叶絵に訊《たず》ねた。

「ぼくはどうなのよ？　ぼくのことも好き？」

「好きよ」

叶絵は答える。「世界で二番目にね」

いたずらっぽくくすくすと笑う。

「えー、二番目かあ」

でもいいか、とサーシャは嬉しそうに笑う。

そんな他愛もないやりとりを、何度繰り返しただろうか。小学生の子どものように、よくそんな風に三人でじゃれあった。

あるとき、サーシャがいった。

静かに、微笑んで。

「ぼくはそれでいいよ。そんなポジションで。二番目で良いんだ。そのかわり、君たちのそばにいて、見守っていたいんだ」

いつか、ぼくが国に帰ったとき、と、サーシャはいった。

「いつか、ぼくがこの国にいなくなっても、君たちふたりはぼくの大切な友達なんだ。そしていつか、きみたちに子どもが生まれたら、ぼくはその子のサンタクロースになる。十二月が来るごとに、カードと贈り物を、空の彼方から贈るんだ。遠いところに住んでいても、空と海の彼方にいても、心はいつも大好きな君たちのそばにある。変わらずに」

いまからサンタクロースになったような、そんな優しい表情をして、サーシャは笑った。

「大好きな国の、大好きな尊敬する友人たちと、その家族を、ぼくはきっと見守っているよ。幸運を祈ってる。永遠に」


みぞれの街を歩きながら、涼介は思った。

この先の未来、自分はまた家族を持つのだな、と。

叶絵と暮らし、やがて子どもを授かれば、その子とともに笑い合う日々が来る。

かつて、涼介が子どもの頃に送っていたような懐かしい日常、あの日々が帰ってくるのだな、と思った。

永遠に失われたのだと思っていたけれど、こんな風に帰ってくるのだな、と。

(それも、サンタクロース付きで)

生まれてくる子どもには、最初から、専属のサンタクロースが用意されているのだ。腕の中に一杯の贈り物を抱えた、素敵なサンタが。


そんなことを考えていたら、とても愉快になってきた。

「──あ、信号が」

横断歩道の信号があと少しで赤に切り替わる。待っても良かったのだけれど、なんだかとても気持ちが弾んでいたから、涼介は、濡れた歩道へと駆けだした。

そして。横断歩道の白いラインにスニーカーが滑り、涼介は地面へと倒れた。

いつもなら、手をついて助かっただろう。てのひらには怪我をして、多少の流血はあっただろうけれど、周囲に気を使って、大丈夫ですよ、と笑いながら立ち上がり、なんともないような顔をして歩き去ったに違いない。

けれど、そのときの涼介は、片手に傘を差し、片手に、原稿の入った封筒を抱えていた。

涼介は封筒を抱くように抱え込み、アスファルトに強く頭を打ち付けて、そして、衝撃とともに意識を失った。

遠くで、母の声が聞こえたような気がした。

『だから、気をつけなさいっていったのに』

声は泣いていた。

(ごめん。ごめん、母さん――)

ほどけてゆく意識の中で、涼介は詫び続け、ああ、原稿、新人賞の〆切りに間に合わないな、と、思っていた。

(たぶんこれ大怪我だ。手術とか入院とかになっちゃうぞ)

頭はまずいっていうものなあ。

(――まさか死んだりとかはないと思うけど……)

そうしたらいよいよ〆切りに——。

眠りに引き込まれるように、静かに意識は沈んでいった。

まぶたの裏に漆黒の闇と、星空が見えた。『魔法の船』の背景の星空だと思った。

やがて、舞台に青白い月の光が射し、空飛ぶ船のシルエットがそこに映し出されるのだ。

叶絵の澄んだ歌声とともに。

その声を、喉が渇いたときに水を乞うように待ちわびたけれど、歌はいつまでも始まらず、涼介の意識は混沌《こんとん》として闇に飲み込まれ、何もわからなくなった。


ふと、眠りから目覚めるように、ゆっくりと、涼介は意識を取り戻した。

あたりは暗い。——夜なのだろうか。

長く眠った後のように、心地よかった。このまま永遠に、まどろんでいたいような。

(——だめだ、目覚めないと)

まとまらない思考を捕まえるようにして、自分は生きているらしい、と考える。

(生きているなら、いまはいつなんだろう?)

あれからどれくらい、時間が経った?

しばらく気絶していたのは間違いない。

思いだせるのは、みぞれに濡れた冷たいアスファルトの匂いと、そこに広がる赤い血とその鉄臭い匂いと。激しく鳴り続ける鼓動と。痛みと、目眩《めまい》と。

（それから——）

腕に抱えた原稿を新人賞に投稿し損ねてしまう、しまった、という想いを覚えている。

（死んだら化けて出る、それくらい無念な……）

無念、その言葉が浮かび上がったとき、涼介ははっきりと意識を取り戻した。

（——ていうか、ここ、どこよ？）

あたりを見回そうとしても、ひたすら暗い。

もしかして、目が見えていないのか。その可能性に気づいて、怖くなる。

打ち所が悪かったのだろうか。何しろ、打ったのは頭だしなあ。指を動かして、目元に——顔に触れてみようとする。でも何だかうまくさわれない。顔がどこにあるのかわからないし、そもそも指の感触がない。何かよほど、自分のからだはおかしな状態なのだろうか。脳や神経が、ひどく壊れたり、傷ついたりしているのだろうか。

そのわりにどこも痛くはない。どこかが苦しいなんてこともない。むしろからだは軽くて——

いやいっそ重さを感じなかった。

（あ、でも原稿。原稿はどこに行った？）

探さないといけない。

それと、とにかく、この暗闇は嫌だ。

光が欲しい、そう思ったとき、どこかで、鍵が開くような音が響いた。小さく扉が開くような音が続き、どこからともなく、細く柔らかな光が射すのを感じた。

どうやら涼介は、大きな箱のようなものに閉じ込められているようだった。

そしていま誰かが、その箱を開けてくれようとしているらしい。

涼介は、光の方へと腕を伸ばそうとした。けれど、うまくからだが動かない。

焦った瞬間、焼き切れるように、意識が遠のいた。


揺らめくように、意識が戻ってきた。幸い、そこはもう箱の中の、あの暗闇ではなかった。

涼介は自分が、ほの明るい部屋の中にいることに気づいた。夜明けの頃のような、柔らかな色合いの光があたりに満ちている、静かでうっすらと明るい部屋に、涼介はいた。

古風な感じの花柄の壁紙が貼ってあって、古い家具が――小さな箪笥《たんす》やひとり掛けのソファや、それから本棚がふたつほど見えた。可愛らしい色彩とデザインからして、並んでいるのは子どもの本のようだ。そう思うと、部屋の壁紙も可愛らしい。本棚の上には人形も飾ってあるし、子ども部屋なのかも知れない。部屋の主が愛されているのがわかるような、あたたかで愛らしい部屋だった。

もっとよくあたりを見回そうとして、妙に視界が広いのに気づく。幼い頃に、まわりがこんな風に見えたことがあった、と思い出す。天井が高く、部屋が広く見えて、逆に自分が小さく縮んだように感じられる、あの感覚。

部屋の奥に窓があり、これも花柄の、厚手の生地のカーテンが掛かっている。隙間から、ほのかに外界の光が射し込んでいるようだ。

(誰の家だ、ここ——?)

思考がときどき途切れる。からだの感覚がおかしくて、ふわふわするのも続行中だ。

何しろ頭をぶつけたのだし、あちこちおかしくなったままなのだろう。——それでも死なないで済んだのならいいや、と思い直す。

それに、

(——もしかしたら、あれからあまり時間が経っていないのかも知れない。それなら、新人賞の〆切りに間に合うかも)

そう思うと、ぱあっと心が明るくなった。

それにしても、ここはどこなのだろう?

まとまらない頭で必死に考える。その辺は作家の卵の想像力の出番で、得意なところだ。

——ええと、もしかして、濡れた道路で気絶して倒れていたところを、通りすがりの親切なひとに助けられて、そのひとの家に担ぎ込まれたとか、そんな展開でもあったんだろうか?

ああ、それなら、ありそうな気がする。ありがたい、と、未知の誰かに感謝した。

(郵便局に近いところなら良いんだけど)

絶対に間に合わせる。郵便局まで死ぬ気で走る。というか、時間によっては、バイトにも間に合うのかな、と思った。深夜に、いつものコンビニのアルバイトを入れていた。

サーシャの相談に乗らないと。あいつ、まだきっと、サンタとトナカイのどちらの衣装にするか決めかねているから。

ふと、耳に届く声があるのに気づいた。

誰か子どもが、同じ部屋の、すぐそこにいて、澄んだ声で文章を読み上げているようだ。この可愛らしい部屋の主なのかも知れない。

少したどたどしい、あどけない読み方だ。

時につっかえたりしながら読み上げる声は、けれど優しく、穏やかで、さらさらとどこか水のせせらぎのようで——だから、その声が聞こえているということに気づかなかったのかも知れない。あまりにも自然な、透き通った、部屋の空気に溶け込むような声だったから。

(うたうみたいな声だな)

ずっと聴いていたい声だった。

淡い光を背負って、ひとりの少女がベッドに座っている。十歳くらいだろうか。小学三年生か四年生くらい。長いふわふわとした髪は、不思議に白く、綿菓子のように柔らかく広がって、少女の肩を覆っている。背後にある窓の、カーテンの隙間から漏れる光と、少女のそばに咲いている、ひとの背丈ほどもある、丈高い花が放つ淡い光——いや違う、あれは植物を模したスタンドライトだと涼介はぼんやりと思いなおす。磨りガラスと金属でできた、百合の花を象《かたど》った、美しい灯り、それが淡く柔らかく光を灯しているのだ。

(サーシャが好きそうなライトだな)

サーシャは家庭にある電器製品、特に照明器具が好きだった。彼の実家が経営する精密機器を扱う会社は、企業で使うものから家庭に役立つものまで様々な製品を作り、世界中で販売しているそうだけれど、彼はその中でも灯りに惹《ひ》かれるのだといっていた。

「ひとの手は、いろんなものを作り出すことが出来るじゃない？　たとえば、明るい光を闇夜に灯すことができる。それは科学が人類にもたらした、いわば、魔法の力だよね。科学技術という名の魔法のいちばん美しい形が、家や街に灯る明かりだと、ぼくは思ってるんだ」

何度も遊びに行ったサーシャの部屋で、聞いた言葉を覚えている。古い土壁と畳敷きの長屋に、アニメのフィギュアや愛用の楽器に漫画、和風趣味の調度品が並べられた、混沌として、でも居心地の良い部屋だった。

その部屋は、坂道の上、やや高いところにあったので、夜、窓を開ければ、街の灯りが遠く近くに色とりどりのセロファンを切って飾ったように見えた。夜風に乗って、街の賑わいや、電車が走る音が届くこともあった。

サーシャは、その部屋を気に入っていた。

「賑やかなのが好きなんだ。街がいつまでも明るかったり、風に乗ってひとの気配がするのも大好き。寝ているときも、ひとりじゃないって感じがするからかな。ずっと、終わらないお祭りが続いているみたいで」

彼は明るい場所が大好きで、ひとがいるところもお祭りも大好きだった。彼の故郷の街も、様々な祭の時期には、たくさんのひとで賑わうという。楽しいからおいで、一緒に街を歩こう、と、よく約束をした。広場に立つ天使の像を見て、古い教会を見学して、コーヒーを飲もう。コーヒーが美味しい町なんだ。夕食はやっぱりボルシチかな。でも日本風のラーメンやお寿司もあるよ、美味しいよ、と笑った。

あの夜も、きっと行くよ、と、約束をしたような気がする。いつも通りの、他愛もない話や冗談で盛り上がった、その合間のことだ。

サーシャは、お気に入りの、塗りの剝《は》げた古い赤いちゃぶ台に寄りかかって、いったのだ。

窓の外に灯る灯りを見ながら。

「どんな暗闇にいても、ひとりぼっちでも、そこに光があれば、ひとは怖くなくなる。自分がどこにいるかわかるし、進むべき道がどこにあるのか、手の中の灯りは照らし出すことができる。大好きな誰かを照らし出し、見つけて、愛してる、大好きだよ、って、言葉を交わすこともできるでしょう？」

にっこりとサーシャは笑った。「灯りがあれば、未来を夢見る気持ちにもなる。灯りは人間を守る、素敵な光の魔法だって、ぼくは思ってる」

サーシャはいずれ、国に帰って家の仕事を継ぐ。綺麗な灯りを作るんだろうなあ、と自分が思ったことを覚えている。

きっと彼が作る灯りは、世界中のいろんな街や家庭に届き、いろんな手に灯されて、その場を明るく照らすのだろう。ひとびとを守り、幸せを照らし出す光になるのだ。

あのとき、見せてもらった彼の実家の会社の照明器具のカタログに、あんな感じのレトロなデザインのものがあったかも知れない。

「ぼくが会社を継いだら、ひとつ楽しみにしてることがあってさ。会社のロゴ、いまは字だけでかたくるしくてつまらないから、絵を添えようかなと考えてるの。月と帆船のシルエットがいいと思ってるんだけど……」

「『魔法の船』みたいな？」

「そう」サーシャは笑った。「ぼくの会社は世界に魔法の明かりを灯すの。あのお話みたいに。その気持ちを忘れないために船の絵を添えたい。いいかな？　いいよね？」

「いいに決まってるでしょ」涼介は笑った。

光の中にシルエットになって映し出された、舞台の上にしか存在しない魔法の帆船が、この世界へ船出するようだと思った。


(太陽光採光システムだっけ。それを使った照明器具を作って売りたいっていってたな)

日本にも昔からある、古い技術なのだそうだが、涼介は知らなかった。

「太陽の光を集めて、たとえばグラスファイバーを使って遠くへ届けて灯す、そんな技術があるんだ。日の光の当たらない、深くて暗い地下や、建物の隙間の日陰にも、明るい太陽の光を灯すことができる。そこがどんな暗闇でも太陽を届けることができるんだよ」

時間によって移動してゆく太陽を向日葵のように追いかけて機械が光を集める、電気を使うのはそれくらいで、省エネでお金もかからない技術なんだよ、とサーシャは身を乗り出すようにして、言葉を続けた。設置さえできれば、メンテナンスも楽らしい。

「いまは設置にお金がかかるけど、でもいつかこの先の未来には、お金のない国や街や、家庭でも、魔法のように、太陽の光を灯せるようになるかも知れない。素敵なことだよね。

たとえば災害や戦争で壊されて、インフラがボロボロになった状態の街でも、せめて灯りだけは灯せるようになるかも知れない」

サーシャの故郷の国も街も、遠い昔から何度も滅ぼされ焼かれて、けれどそのたびに不死鳥のように蘇ってきたのだといった。

「街も、建物もそうだよ。ひとの手は、幾度も無慈悲に街を焼く。けれどひとは、何度でも街を蘇らせる。そして、光を灯す。暗闇に。何度でもね」


薄い光に照らされて、少女はそこにいる。古めかしいかたちの、ベッドに腰掛けている。ベッドにはキルトのカバーが掛かっている。どうやら一面に花の模様の刺繍《ししゅう》が入っているようだ。部屋のほの暗さもあって、まるで花園に座っているように見えた。

少女は紙の束を広げ、文字を指でなぞるようにしながら読み上げている。紙の上にうつむき、たまに息をつきながら、楽しげに。

少女の持つ紙の束に、見覚えがあるような気がした。あの大きさ、あの感じを、涼介はよく知っている。サイズはＡ４で、枚数は三百数十枚というところだ。そして、少女の読み上げる言葉――文章に聞き覚えがあった。とても良く知っている文章のような……。

瞬時に、むずがゆいような気分になった。

（俺の書いた文章じゃないか。あれは、俺の小説だ）

少女は、涼介の書いた原稿を読み上げていたのだ。書き上げたばかりの、あの、新人賞の投稿作を。

（恥ずかしい。頼む。やめてくれ）

声を上げて懇願しようとして、その声が出ないのに気づいた。動転して、そして、自分のからだが「ない」ことに気づいた。

驚きに息を呑む。その感覚は残っているけれど、肺に空気が入らない。その肺がない。口も喉もない。どきどきと鳴るはずの胸も心臓も。指も腕も、からだが何もない。

そのとき視界に入ったもの——いや、「視界」という感覚さえ、いまは曖昧だった——部屋に置いてある大きな姿見に、少女の姿だけがあり、自分が映っていないことに気づいてしまった。

静かに、悟ってしまった。

悟れてしまう自分の想像力が悲しかった。

（そうか。俺、やっぱり死んだのか）

（死んで、お化けになったのか）

（魂だけの存在になっちゃったのか）

さして抵抗もなく、そう思えたのは、まず第一に、目の前にいるその少女の背中に、神々しい、白い翼が見えたからだった。翼は少女の髪と同じ色をして、けれどつややかな、虹色の光を真珠のように浮かべていた。

(天使だ。間違いない、見るからに天使だ)

不思議そうに涼介を見つめる少女の目は、黒々と美しい。透明になった自分をあんな風に見つめることができるのは、やはりあの子がひとならぬ身だからなのだろう。

(天使なんて、ほんとに存在してたんだな)

素直に納得できた。何しろ涼介は作家志望、多少の思わぬ展開も慣れたものだ。いつもはそれを考えて書く方だけれども。

ということは、ここは天国なのかも知れない、と彼は——涼介の魂はうなずく。もとい、うなずいた気持ちになる。きっとあのカーテンの向こうには、絵本や映画でよく見るような、光溢れる雲海が広がっているのだ。ここは、魂が行く空の上の世界、『フランダースの犬』のネロとパトラッシュが、天使に導かれて上がっていったところ。

(死後の世界って、ほんとにあったんだな)

それなら、先に逝った両親や弟に会えるかも知れない。嬉しかった。死んだらひとは焼かれて灰になるだけ、宇宙からその存在のすべてが消えてしまうだけだと思っていたから。

(まてよ。天使が俺の原稿を読んでくれたのか。それって、かなり素敵なことなんじゃ)

自分の命運が尽きたことに落胆はしたけれど、夢に向かって生きてきた人生が少しだけ報われたような、穏やかな想いがあった。

最後に残した作品を愛らしい天使に読み上げてもらう、夭折《ようせつ》した作家の卵——美しくていいじゃないか。うん、実に絵になる。なんてロマンチック。

（だけど、俺、天国に行けるほど、神様を好きじゃなかったと思うけどなあ）

むしろその存在を信じていない側だったように思う。そんな可愛げのない涼介でも、神様は優しく天に迎えてくれたのだろうか。

（そこはさすがに神様だもの、人間より心が広いってことなのかな）

思えば、涼介は、クリスマスにコンビニでサンタの扮装《ふんそう》をするのが好きだった。レジに子どもが来れば、サンタクロース見習いのような気持ちになって、どんなに忙しいときも、笑顔でお会計をしていたものだ。コンビニに限らず、十二月に忙しくなるお店で働くのが好きだった。みんなが楽しく過ごす夜に、ケーキを売ったり、チキンを売ったり、おもちゃを配達に行ったり、通りすがりのひとたちにメリークリスマス、なんて声をかけるのは嫌いじゃなかった。サンタの気持ちになって、街のひとたちを言祝《ことほ》ぎ、幸せを祈ってみたりするのも。神様は好きじゃなかったけど、クリスマスとサンタクロースは好きだったと思う。

もしかして、そのあたりのことが、思わぬ高評価に繋《つな》がったのだろうか。宗教は違うけれど、『蜘蛛《くも》の糸』のカンダタがお釈迦様《しやかさま》から蜘蛛の糸をたらしてもらった、あんな感じで。

腕組みをするような気持ちで、ひとりうなずいていると、天使がくすくすと笑った。

「お兄ちゃん、面白い。芥川龍之介《あくたがわりゆうのすけ》はわたしも好きよ。大昔のお話、読むの好きなの」

そうか、天使は本を読むのか。そして、やっぱり、俺のことが見えてるのかな、と思うと、天使はそうよ、と楽しげにうなずいた。

「わたし、『お化け』が見えるの」

あっけらかんといわれると、やはりつらいものがある。ああ俺はお化けになったのかとしみじみと噛《か》みしめ、しょげていると、彼女は、あどけない声で言葉を続けた。

「でもわたし、天使じゃないよ。トリビトだよ。だから『見える』し、『聞こえる』の」

名前はひまわりだよ、といって笑う。

（とりびと？）

何それ、と考えると、少女は長い髪をゆらして、腕組みをした。

「うーん、話すと長くなるかなあ。長い長い歴史のお話をしなきゃいけないと思うし」

ふう、とため息をついた。そして、視線をすうっと、涼介のうしろの方へと向けて、細く白い指で、指さすようにした。

「ね、お兄ちゃん、『その中』に入ってたんでしょう？」

涼介は振り返った。床の上に、開いた革のトランクが置いてある。ずいぶん昔の骨董品なのか、角はあちこち剥げて、傷もある。どこかで見たような、と眺めてはっとした。

（俺のトランクだ。ぼろぼろになってるけど、あれ、俺のトランクじゃないか？）

トランクの中には、古い紙の束が――右斜め上を紐《ひも》で綴じられた原稿がいくつも入っていた。遠い日に、涼介がそこにそんな風に入れていたように。そして、その上に、古く色褪《あ》せた、銀の万年筆が置いてあった。

万年筆に目がとまったとき——いや意識がそちらに向かったとき、というべきなのだろう。何しろいまの彼には目も視覚もない——涼介の中で、何かが跳ねたような気がした。

(俺は、『あそこ』で眠っていたんだ)

トランクの「中」で。万年筆の「中」で。

思ってから、戸惑った。

(——どういう意味だ、それ?)

そもそもいつも自分の傍らにあったトランクが異様に古びていることが不思議だった。

彼の記憶の中では——ついさっき、郵便局に行くために部屋を出たあのときには、革のトランクには傷なんかひとつもなかったはずだ。死に別れた父親から昔に受け継いだトランクだもの、もう新品ではなかったけれど。

(数百年の時を経た骨董品みたいじゃないか)

違うトランクのようだった。でも間違いなく、あれは涼介のトランクだった。父の形見にして、いつもそばにあった人生の旅の道連れのようなトランクを、見間違えたりはしない。

静かに、少女がいった。

「お兄ちゃんは、遠いところから来たんだね。たったひとりで。トランクに運ばれて。自分が書いた、たくさんのお話と一緒に」

(「遠いところ」、って?)

「ずっとずっと昔の地球から。時を越えて、空を越えて、ここまで来たんだね」

まだ夢をみているのだろうかと、涼介は思う。——ここが地球でないならどこなのだ？

「ここは『月』だよ。月の地下の街」

（月？　というと、その、お月様——？）

空に浮かんで満ち欠けする、あの月？

月にいるのは、うさぎだろう。それか、ずっと昔、二十世紀の宇宙飛行士とか。その後、月面旅行は流行ではなくなったのか長く途絶えて、そして比較的最近になって、また、アメリカが月に帰ろうとし始めたところだったのではなかったろうか。

少女は、悲しい表情をした。

「いまの月には、うさぎも宇宙飛行士もいないの。かわりにね、地下と月面にいろんな街があって、人工の重力もあって、ひとがたくさん住んでるんだよ」

（街があって、ひとが住んでる？）

そんなSF小説みたいな。映画や漫画やアニメみたいな。ずっと未来のお話みたいな。

少女が深くうなずいた。

「ここはきっと、お兄ちゃんがいた時代より、ずっと未来の月なの。お兄ちゃんは、遠い昔の地球から、時を越えて旅をして来た旅人なの。たぶんここで、トランクの中で、いままでひとりで、ずっと眠っていたの」

涼介は混乱するばかりだった。そもそも、死んでしまった、お化けになった、というその事実を受け止めるだけで、精一杯で。

けれど、ぼろぼろになったトランクを見ているうちに、少しずつ、浸食してくるように、リアルタイムの現実が押し寄せてきた。

どうやら、たくさんのものを自分はなくしたらしい、と思った。ぼんやりと、思った。

そうして、いま、ひとりぼっちでここにいるのだ。

さみしいね、と、少女は呟いた。

「ひとりぼっちは、さみしいよね」

泣きそうな声に聞こえた。まるで涼介ではなく、自分が孤独でさみしい、そんな声に。

少女はしばし黙り込み、やがていいことを思いついたというように顔を上げ、いった。

「お友達になってあげる」

(きみが?)

ひまわりはうなずき、にっこりと笑った。天使ではないといったけれど、天使そのもののような、優しく愛らしい笑顔だと思った。

ひまわりと名乗ったその名の通りの、明るい笑顔だった。太陽の光が似合いそうな。

かたん、かたん、と、足音がした。重たい、片方の足を引きずるような。

部屋の外から、誰かが近づいてくる。

ノックの音がする。扉が開いて、ひょっこりと誰かが顔を出す。

「どうしたの、ひまちゃん、誰かいるの?」

涼介は目を、いや自分の感覚を疑った。そこにいたのは犬だった。パーカーを羽織り革のブーツをはいた、後ろ足で直立して歩く、垂れ耳の茶色い犬だったのだ。背丈は中学生くらい。ズボンからのぞく尻尾が、不安げに下がっている。

犬が人間の言葉を——日本語を話している。少しだけ舌足らずに聞こえたけれど。

涼介は怪訝《けげん》に思った。そもそも犬が話すのも妙なのだけれど、ここが未来の月だというのならば、普通に日本語が使われているのも、奇跡のような気がした。日本語といえば、ひまわりとの会話も日本語で交わしていた。発音やイントネーションに違和感がなくもなかったけれど、充分聞き取れたし、涼介の言葉——いや思考も通じていた。

天使だからだろうと納得していたけれど、違うのなら、言葉が通じるのはなぜだ。そして、天使じゃないのなら、なぜあの子の背中には、虹色に光る翼があるのだろう。なぜ、日本語で書かれた原稿が読めるのだろう。

「翼があるのはね、だからわたしがトリビトだから。言葉が通じるのはね、日本語は月面都市の公用語のひとつだから。新東京では、日本語話せるひと、多いよ。日本語の文字を読めるひとも。学校で習うし」

ひまわりが答える。「お兄ちゃんがこの紙に印刷したお話は、昔の言葉で書いてあるから、ときどき難しいけど。でもわたし、日本語得意だし、すぐにすらすら読めるようになるよ。きっとなる。読みたいの。とても面白いもの」

白い頬《ほお》がうっすらと紅潮した。

(面白い？　俺の書いたものが？)

勢いよく、ひまわりはうなずいた。長い、綿菓子のような髪が、ふわふわと揺れた。

「あのトランクを、おばあちゃんのお店で見つけて、お願いして譲ってもらったのは昨日で、開けたのも昨日で、原稿を読み始めたのも昨日だから、まだ入ってたお話ひとつしか読めてないけど、すごく面白い。わたし、お話読むの大好きだけど、こんなに面白いお話を、いままでに読んだことない。時を越えて届いた、トランク一杯の宝物を見つけたみたいだって思ってたの」

頬を染めて話すひまわりを見ていると、ないはずの心臓が鼓動を打ちそうな気がした。

「お兄ちゃんとお話できて、ほんとに嬉しい。お兄ちゃんが書いた物語が、大好きだから」

大好き、という一言を聞いたとき、叶絵の声を思い出した。まっすぐにこちらを見つめる黒い瞳と、明るく輝く笑顔を。

彼女とひまわりとでは顔立ちも声も違う。けれどその言葉——大好きという言葉をよく口にしていた恋人がそこにいるような気がした。叶絵がそこにいるような。

犬が怪訝そうな顔をした。落ち着かなげに部屋の中を見回すと、垂れた耳が鳴った。

「——あのう、ひまちゃん。さっきから誰とお話してるのかな？　この部屋には、誰もいないように、ぼくには見えるんだけど」

言葉が震え、茶色の瞳が、涼介がいるあたりを、かすめるように見つめ、通り過ぎた。

首を伸ばし、くんくんと空気の匂いを嗅ぐようにする。

「お部屋にお客様がいるよ」

ひまわりが、犬を見上げた。

ちらりと涼介の方を振り返るようにして、

「わたし、お化けさんとお話ししてたの」

「――お化け？　また？」

犬の耳がぱたんと跳ねた。「どこ？」

「そこ」

「うわあ」

犬が身を縮め、恐ろしそうに耳を伏せた。「ねえ、なんで、ひまちゃん、そんなふうにいろいろ見るの？　お化けなんて、見なくて良いじゃない？　ひまちゃんたら、いつもいつも、あっちに死んだひとがいる、そこには首がないひとが手を振ってる、とか」

ふるふると犬は首を横に振る。

「商店街には、そういうの喜ぶひとたちもいるけど、ぼくは見えるものだけ見て、明るく普通に暮らしていきたいんだ。生きてる人間だけで、世の中怖いことがたくさんなのに」

ひまわりは、だって見えるんだもの、と笑う。原稿用紙を抱いて、犬を見上げた。

「でもね、怖いお化けじゃないよ。素敵なお話と一緒に、昔の地球から旅してきた、ひとりぼっちの寂しいお化けなの。そのトランクに入っていたの。お友達になったんだよ」

「寂しいお化け？　昔の地球？　トランクに入ってたって、それおばあちゃんがゴミ捨て場で見つけて持ってきたっていう、あの古いトランク？　――地球から来たトランクだったの？」

「そう。昔の地球。たぶんそこに生きているひとたちが幸せだった頃の」

不思議な感じの、悲しい笑みを、ひまわりは口元に浮かべた。「それが『見えた』の」

「昔の地球かあ。そりゃまたずいぶんと古い話だなあ」

犬は深いため息をつく。なぜか茶色い目が潤み、涼介がいると思っているらしい方向を、優しい瞳で見た。「映画や小説みたいな話だけど、ひまちゃんがいうのなら、きっとそうなんだろうね。夢みたいな話だけど」

垂れた耳をたぷんと鳴らして、犬はうなずく。「でも、ロマンチックで、とても素敵だ」

それが、犬から進化した人類、イヌビトと呼ばれるトビーと涼介との出会いだった。

トビーは街の電器屋さんで、すごい発明家でもあるのだと、ひまわりが教えてくれた。

「街のひとたちのために、便利なものを作ってくれるの。壊れた機械を一瞬で直してくれたりもする。天才なの。機械のことは何でも知ってて、できないことがないんじゃないかって、街のみんなはいってるんだよ」

トビーは「よせやい」と笑った。「ぼくなんか、全然だめだよ」そういいながらも、嬉しそうに尻尾が揺れている。

「ほんとはこんなところにいるようなひとじゃないって、おばあちゃんもいってた。ほんとは宇宙船だって作れるようなひとなんだよって」

そんなことないよ、とトビーは笑う。

「昔は、そんな会社にいたけどね。でも、街の電器屋さんがいいんだ。楽しいから」

そして彼は、まだどこかこわごわとした表情で、開いたままのトランクを見やり、もう一度、茶色い目で涼介の方をうかがうようにすると、気弱な笑顔を浮かべた。「やあ」と手袋をした片方の前足――手を上げた。

彼には涼介が見えないらしいので、その視線が涼介のいないところを見つめるのは仕方がない。一方で涼介は、「お化け」なりに、ふわふわと動けるようになってきていたので、トビーの見つめるその先の方へと、ふわりと移動して、やあ、と、挨拶をした。

「――あ、そうだ。待ってて」

ふいにトビーは手を打つと、部屋を出て行った。足音が遠ざかる。音の感じからして、階段を下りているのだろう。片足を重そうにひきずる足音が痛々しくて気になったとき、涼介は自分の透けるからだがそちらへと風に吹かれるように移動したのを感じた。

目の前にあった木の扉を何の抵抗もなく通り抜けると、古めかしい階段があった。

トビーの背中が無器用に揺れながら、木の階段を下りて行く。吹き抜けになっていて、上下に階段が続いている。トビーの手が下の階の扉を開き、その向こうへ姿が消えた。

トビーはそうたたず戻ってきた。階下を見下ろす涼介の視線は感じるのか、こちらを見上げてちょっと怯《おび》えたような顔をした。でも明るい表情に戻ると、無器用に駆け上ってきた。

「これこれ、ちょうどできあがったところだったから、テストしてみようかなって」

何かをひまわりに差し出した。

象牙色のプラスチックの箱に、何やらメーターがついている。ボタンもいくつかある。古い時代のラジオのように見えた。

「――なあに？」ひまわりは首をかしげた。

「お化けとお話できる機械だよ。ずっと昔に、地球の有名な発明家が作ったんだって。図書館の本で読んだことあるから、こんなのかな、って作ってみたんだ。いつもひまちゃんがお化けの話をするから、せめて声が聞こえたら、怖くなくなるかなって思ったんだよ。見えないのにそこにいるっていうのが、ぼくは怖いからさ。――いやまあね、声が聞こえて、かえって怖くなったらどうしようとかは思うけど」

トビーが胸を張る。「できたてだし、使えるかどうかわかんないけどね。なにしろぼくには、お化けが見えないから。でもいまお化けのひとがそこにいるのなら、テストできるでしょう？ちょうどいいかなって」

トビーは箱を手に、あちこちとなでる。手袋の手が、スイッチを入れたようだった。

（何かそんな機械、昔、本で読んだような……）

子どもの頃に学校の図書館で読んだ本の、恐ろしげな挿絵まで思いだした。あれはたしか、世界の怪奇伝説を集めた本だった。死期が迫った発明王エジソンが、死後も自分の言葉を伝えるために、天国からこちらの世界へと通信できる、電話機のようなものを作ったとか、そんな話じゃなかっただろうか。それが完成したかどうかまでは覚えていない。

（ほんとに作れるものだったのか……？）

それとも、この未来の世界では、そんなオカルトじみた機械まで作れるほどに、科学が進んでいるのだろうか。はたまた、目の前のトビーという犬がすごいということなのか。

ひまわりは興味深そうに、通信機なるものを覗《のぞ》き込む。その隣でふわふわと涼介も機械を眺めていたのだけれど、トビーの手袋の手が機械のボタンに触《ふ》れて、ラジオの周波数を合わせるような仕草をするうちに、

『……面白いね、それ』

自分の心の中の声が、機械からいきなり聞こえてきて、ぎょっとした。

トビーもびっくりしたように、からだを硬直させた。

「わあ、すごい」

ひまわりが目を輝かせて、拍手した。「やっぱり、トビーは何でも作れるんだ」

「いやいや、それほどでも」

へへっと、犬は笑った。尻尾を振りながら。そして彼は、部屋を見回して、その目には見えていないだろう涼介に、語りかけた。

「地球から来たお化けさん。あらためまして初めまして。――ええと、そのう、よかったら、機械のテストにつきあっていただきたいというか、少しお話してみませんか?」

『お、お話ですか?』

機械から再生される声は、どういう仕組みなのか、電話の声のように、涼介の肉体が発していた声に似て聞こえた。

『すごいな、魔法みたい。……いやその、考えていることがみんな声になるのって、便利ですね。ちょっと、恥ずかしくもありますが。でも、嬉しいです。ありがとう』

声を取り戻せたような気がした。

『会話しづらい、けど、慣れたらなんとかなるような気もします。——してきました』

トビーは、「良かった」と笑った。「技術は魔法みたいなものですからね。科学技術は、誰かを幸せにするための魔法だって、ぼくは思ってます」

『サーシャのようなことをいうんだな。——ああ、ええと俺の親友がやっぱり機械のことが好きだったんですが、同じようなことをよく話していました。科学技術は魔法だって』

「お友達って、昔の地球の？」

『そうです。昔の……。あっ「いま」が、俺にとっての未来の世界だとしたら、「いま」はいつなんですか？　俺は西暦二〇二一年の世界に生きていたんですが、ここって一体——』

もはやこれを現実だと飲み込むしかない。それなら「いま」は「いつ」なのだ？

『だって、俺の時代には、人類は月には住んでいなかったですし、犬も言葉を喋《しゃべ》らなかった——ああ、ごめんなさい』

「や、いいっすよ」

トビーはどこか楽しげに笑う。「昔の地球から来たのなら、ぼくみたいなのは不思議でしょ？えっと、あなたの生きていた時代からすると、きっとずっと未来のある時期から、急に犬と猫の進化が始まったらしいんですよ。人類が外宇宙に進出して、そこで暮らしていた頃かららしい、と記録に残ってます」

『それは――すごいというか、楽しい未来がやって来たんですね』

素直に涼介は思った。

『ナルニア国のお話みたいだ。子ども向けのファンタジーみたいな……』

言葉を話す動物たちが友達で、主人公といっしょに冒険をする、そんな懐かしいお話のあれこれが涼介の記憶をよぎった。

『あたたかい、っていうか、幸せな未来のような気がします。寂しくないっていうか』

「そうでしょうか。そんなふうに思っていただけるなら、嬉しいです」

そういいながら、トビーは視線を落とし、さみしげに笑った。

「自分としては――好きでこうなったわけじゃないと思っていて。なんでこんなことになっちゃったのかな。人間と話せたり二本足で歩けたりしなくても良い、昔の通りに『ご主人様』のそばでワンワン吠《ほ》えて、駆け回ってるだけでも、ぼくらはきっと幸せで、そんな一生で良かったかも知れないと思うんですけどね」

トビーの声が、ふと暗く沈んだ。「犬猫ごときが人間様に交じって暮らすなんて生意気だって、嫌うひともいるんです。昔もいまも。

――あれ、何の話してたんでしたっけ?」

『いまがどれくらい未来の世界か知りたいって話を。人類はいまや月に住んでるどころか、外宇宙まで進出してるんですか? まいったなあ。ほんとに物語の中の世界みたいだなあ』

想いは言葉になり、通信機から流れた。

トビーは優しい目をした。

「そうですね。あなたから見れば、そんなふうに思えるかも知れないですね」

では、涼介が生きていた頃の、まだ人類が地上から星空を見上げて生きていた頃の時代から、「いま」はどれほど遠い未来なのだろうか。もはや三半規管もない身の上なのに、目眩がした。

トビーがうつむき、ちらりとひまわりを振り返り、やがて静かにいった。

「ええと、ご希望なら、詳しく調べますが、あなたが生きていた、西暦のその時代からですと、たぶんいまは、数百年は経過しています。千年は経っていないと思うのですけど……」

『──え、ちょっと、待って』

機械から聞こえる声は、泣き笑いのそれだった。『途方もなさ過ぎて、実感が湧かないよ。ていうか夢見てるのかな、俺。──じゃないとさ、あり得ないっていうか、こんなの』

天使のような少女と優しい犬は、何も言葉にしないまま、ひどく心が痛む、そんな表情で、こちらを見つめていた。

『夢だよね、これ。じきに覚める……』

けれど、悪夢のような時間は終わらなかった。そして、作家の卵の涼介は、こんなときでも自分を客観視することが得意で、現実を受け止めることも、不得手ではなかった。

やがて、静かに、ふたりに訊ねた。

『未来の──いまの地球はどんな感じで、どんなに進んだ環境になってるんですか？　人類は、どんなふうに暮らしているのかな？　俺は、それを知りたいです。

きっと幸せなんですよね。世界のどの国にも、戦争も災害もなくて、生きることが大変なひともいなくて。何しろ、月や外宇宙で暮らせるくらいに科学技術が進んでいるんだから――』

涼介が知っている時代より未来の地球なら、そこにはもう涼介が知っているひとは誰もいない。サーシャも叶絵もずっと昔に老いて死んだだろう。それでもせめて、いま地球にいるひとびとが幸せでいてくれればいいと思った。変わらず栄えていて、街に明かりが灯っているのなら。

トビーは黙り込み、そしていった。

「地球にはいまはもう、人類は暮らしてないんじゃないかな、と思います。あそこはもう、生き物が暮らせる場所じゃないですので――」

そして涼介は、「いま」の地球がどんな状態なのか、知ることとなった。そこは天災と気候変動、重なる戦災と動乱の果てに、かつての緑溢れる地ではなくなったのだそうだ。

その地はいま、生命の途絶えた、死の世界、荒寥《こうりょう》とした場所なのだと。

『そうか。地球はもう、そんな星なんだ――』

想いがまた、機械から漏れた。

泣きたかった。けれどもう涼介には涙を流す目もなく、それをぬぐう指先もなかった。

地球に帰りたかった。暮らしていた街に戻れれば変わらない風景があり、自分の部屋がそのままあって、叶絵やサーシャに会えるような気がしていた。日常が続いているような。

『でも――無理なのか。無理なんだよな』

叶絵とサーシャのその後が気がかりだった。その後の地球で、ふたりはどんなふうに生きたのか。二〇二一年十二月から後の世界で、健やかに過ごすことができたのか。サーシャの国には他国からの侵略の、不穏な気配があると聞いたことがあった。叶絵はデビューでき、歌手として大成できたのだろうか。ふたりは地球で、幸せな人生を送れたのか。

『俺、そばにいてやることができなかったんだなあ。何もできなかったかも知れないけれど、せめて、ふたりのそばにいたかったなあ』

戻りたい、という想いでいっぱいになったとき、知覚いっぱいに青い地球の姿を感じた。魂だけの存在になった自分が、その瞬間、月の上空に浮かび上がり、故郷の星を感じようとしたのだろうと、涼介は想像し、理解した。

その星は変わらず青く美しく見えて、涼介が写真や映像で知っている昔の姿のままのように思えて、そのことが切なかった。


なぜ、涼介の意識は、数百年の時を越えて月に在るのか、地下の街のトランクの中に、原稿や万年筆とともに眠っていたのか――涼介がとりとめのない疑問を言葉にすると、ひまわりがいった。

優しい黒い瞳で、涼介を見つめながら。

「たぶん、お兄ちゃんはとても、自分の書いたお話に未練があったんだと思う。そして、生きたかったんだと思う。——そしてたぶん、お兄ちゃんの大切なトランクや万年筆の魂が、それを助けようとしたんじゃないかな」

『トランクや、万年筆の、魂？』

「物も大切にされてると、魂がうまれるの。人間が大好きって想いでお化けになるの。けっこうその辺にいるよ。わたし見えるもん」

『ああ、それって、もしかして、付喪神《つくもがみ》とかいう……』

あれは子ども向けの妖怪図鑑で見たのだったか、時を経た道具は妖怪になると、読んだ記憶がある。ほんとうだったのか。

ひまわりはトランクと万年筆に向かって何やら話しかけ、うなずいたり、微笑みかけたりした。それは不思議な、怖いような情景で、そばで見ていたトビーが後ずさるその気持ちが涼介にはわかるような気がして、同時に思った。

『でも俺もお化けなんだよなあ』

ひまわりが、涼介を振り返る。

「この子たちは、あんまり力がないから、お兄ちゃんを死なせないように守るとか、そこまでのことはできなかったんだって。だけど、とっさにからだを離れたお兄ちゃんの魂を包み込んだっていってる。万年筆の中に。そしてトランクの中に。そっと蓋をして、時を越えたんだって。

お兄ちゃんの夢を叶えることと、書かれたお話を未来まで守ることが、お化けたちの——万年筆とトランクの願いだったんだって。昔、そういう約束をしたんだっていってる」

涼介は胸を突かれるような想いがした。

父と涼介と二代に渡って、原稿を書き、封筒に宛名書きをし、夢を詰めこんできたトランクと、そして万年筆。——家族を亡くしてからは、父の想いを受け継ぎ、家族の応援を思いながら、夢を叶えようとしていた日々。

『俺自身のその想いも、俺をお化けにしたのかも知れないな。死ぬに死ねなかったもの』

ふと可笑しくなった。原稿が時を越えて残り、遠い未来に届いたというのは、ある意味、夢が叶ったってことになるんじゃないのか。

『——そんな意味じゃなかったのにな』

なんで自分だけ、古原稿とともに、時の彼方のこんなところにいるんだろうと思った。

『何の意味があるんだろうなあ。俺だけ、ここにいて。死に損なって、お化けになって』

トビーが何か言葉を口にしようとして、迷い、うつむいた。意を決したように顔を上げた。

「ぼくも事情は違いますけど、ひとりぼっちみたいなもんですから。良かったら、ひまちゃんみたいに、ぼくもあなたの友達になれたらって思うんですけど、良いですかね?」

茶色い目が、泣きそうに潤んでいた。

『こちらこそ、良かったら。ありがとう』

想いはそのまま、言葉になった。

ひまわりが、いった。

「わたし、お兄ちゃんの書いたお話、大好きだよ。いまここで、読めて良かったんだよ」

『ありがとう。優しいね。嬉しいよ』

自分にからだがあれば、ふたりに笑いかけるのにな、と思った。自分のからだから発する声で、感謝の想いを伝えたかった。

『こちらこそ、時を越えて、素敵な読者に出会えて良かったよ。——ていうかさ、俺の書くものは、時代をかなり先取りしてたんだ、未来の読者向けだったとは、って噛みしめてる。俺、早く生まれすぎたのかな、って』

ひまわりは嬉しそうに笑った。

サーシャに自慢したいな、と、涼介は思った。涼介の原稿の良さに気づいてくれる読者がずっと未来にいて、それが天使みたいな、澄んだ声の、可愛い女の子なんだよ、と。優しい犬の姿の天才とも友達になったよ、と。

そんなことはできない。——だけど。

涼介には、サーシャの笑顔が見えるような気がした。きっと嬉しそうに笑ってくれる、そう思えたから。自称いちばんの読者だった彼は、笑ってこういっただろう。

「涼介の書くものはいつかきっと認められるって、ぼくいつもいってたじゃない？　ちょっとはるかな未来すぎたかも知れないけどさ」

親友はもういない。笑顔も姿も、もうずうっと昔に、時の彼方に去ってしまった。けれど、涼介が彼のことを思いだせるのなら、彼もまた、ともにここにいるような気がした。

涼介がよほど寂しそうに見えたのだろうか。そしてやはり、ひまわりとトビーのどちらも優しく、世話好きでもあったものか。

それからの日々、ふたりは、何かと涼介を連れ出し、月の地下を案内してくれた。まるでガイドのように、月開発の歴史の解説とともに案内してくれる地下の街は面白かった。自分が死んだことも忘れて、小説のための取材をしているような気持ちになったりもした。

『修学旅行か、社会科見学みたいだなあ』

なんてつい思うと、トビーが持参している通信機から、そのまま言葉になって流れ、ふたりは笑った。実際、月面の都市にある学校の子どもたちは、月の歴史を学ぶためにここまで下りてくることがあるらしい。

「月の開発は地下から始まりましたからね。月面は、昔、死の世界でしたから、都市を守る天蓋《ドーム》ができるまでは、人類は地下に潜って、闇の中で暮らすしかなかったんです」

年月を経て、ひとは月面や、月面に近いところに都市を築いて暮らせるようになり、ここ地下の街の人口は減っていったのだそうだ。子どもの数も減ったので、学校ももはや地下深いところにはなく、ひまわりはオンラインで授業を受けているらしい。いまは恐ろしく速い速度で大量の情報のやりとりができるそうだ。月面を離れ、はるか宇宙空間まで光より速い速度で通信ができると聞けば、いよいよ物語の世界だと涼介は思う。

『もうほんとうに、ＳＦの世界を生きているんだねえ』

ひまわりは、オンラインの授業は嫌いじゃないけど、友達と一緒に遊べないのが寂しいと口を尖らせていった。

「学校がなくなったから、学校の図書館もなくなっちゃって、紙の本を借りるときには、中央図書館に行かないといけなくなっちゃって。でも遠いから、いつもは行けないの」

ここ、新東京と呼ばれる大きな都市の中心に、地下と月面を貫くようにそびえている立派な図書館があって、地下通路を通って行けるらしいのだけれど、子どもひとりで行くには遠いらしい。

『そうか。本が借りられないのは寂しいね』

ひまわりはうなずき、トビーがいった。

「ぼくが行けるときには、付き添ってあげてるんですけどね。でないと、地下通路も新東京の中心部も、小さい子には物騒なところもあって」

この地下の街は古く、知り合いばかりなところもあって、子どもひとりで歩いても大丈夫だけれど、月面の都市は人口も多く、華やかな半面、怖いところもあるのだと彼はいった。

「まあ、いろんな人間がいますからね。地下の街みたいに、いいひとばかりじゃない」

トビーは目を伏せていった。

地下の世界の商店街は、ここにひとが住むようになってからずっとある古い街だそうで、かつての地球の街を模しているのか、涼介には懐かしい、地球のどこかにあったような街角に思えた。石造りや煉瓦《れんが》ふうの壁の店々や、役所や会社の事務所らしき建物、様々な店が並び、歩いてみたくなるような路地がある。

どこからともなく音楽や笑い声が聞こえ、ひとびとが行き交い、トビーやひまわりと親しげに挨拶や会話を交わす。いろんな国由来の食材を売る店があり料理店があり、様々な料理が食べられるようだ。そのうちの一軒の店の前で、流れてきた煙にふたりが鼻を鳴らすようにして笑ったのは、きっと良い匂いが流れているんだろうなと、涼介は思った。料理をする音や気配もして、懐かしくなった。

店も会社も、閉まっているらしきところがちらほらあって、実際、昔からするとだいぶ寂しい街になったのだとトビーがいった。

「このあたりは長い歴史がある、月でいちばん古い商店街なんですけどね。住み心地が良いし、みんな家族みたいで、ぼくここが大好きなんです。――だけど、街のひとたちは少しずつ、月面やそれに近い街に引っ越しちゃって、寂しくなって。ぼくみたいに、ここに思い入れがあるひとは、まだ地下に残ってますけど――」

トビーは肩をすくめた。「なにぶん古い都市なので、いつかガタが来て危険になったり、不便になりすぎて、住めなくなるかも知れない。そのときが、街の寿命かも知れませんね」

『そのときまで、ふたりはここにいるつもりなの？』

トビーはちょっと笑ってうなずいた。

一方で、ひまわりは、首を横に振った。

「わたしはいつか外に出たいな。遠く遠くに行きたいの。星の海に出てみたい」

ひまわりの手を引いて歩いていたトビーが、身をかがめ、優しい声でいった。

「トリビトには、冒険者の心があるんだものね」

その翼で、トリビトの先祖は、空を飛んだらしいと涼介は聞いた。もしかしたら、翼があるひとは、生まれつき遠くへ行きたいと憧れるのかも知れない。鳥が空を飛ぶように。

そんな風に思いをめぐらせていると、ひまわりは深くうなずいた。


地下の空――いや高い天井というべきなのか――には、どこからともなく柔らかな光が射し、豊かに満ちていた。地球の都市の時間――月の都市ではニューヨークの四季にあわせて、見えない太陽が昇り、やがて沈んで夕暮れが来て、夜が来るのだとふたりはいった。

トリビトは目が弱く、光がその目に良くないそうで、「外」を歩くとき、ひまわりはサングラスをかけていた。けれど、ほんとうは明るいのが好きなのだと、たまに、白い喉をそらして、光を見上げるようにした。

地下の空に満ちる灯りの色は、自然で柔らかい色彩で、涼介には地球の空の光そのもののように思えた。住めなくなった地球から離れ、この月の地下の闇の中で暮らすようになった人類にとって、ここに満ちる光はどれほど懐かしく、優しかっただろうと涼介は思う。

ふとトビーが涼介を呼んだ。煉瓦の建物の、蔦《つた》に覆われた壁の一角を指さすようにする。茂った葉の陰に、小さな金属板が埋め込まれていた。何かの機械に通電していること、順調に稼働していることを教えるように、緑と青のライトが穏やかに点灯している。

「照明を管理している古いシステムがあって、地下のあちこちで都市を照らしてるんです。こんな風に建物に埋め込んだり、植栽に沿わせたりして、太陽の光を月面からここまでグラスファイバーで持ってきてるんです。古いシステムですが、いまも改良され続けて、月面都市の上の方、新しい地区でも使われてますよ。もとは地球の会社が持ってた昔の技術らしいです。ご存知じゃないですか？」

その銘板には、忘れもしない、サーシャの実家の会社の名前があった。そして、その社名のロゴには丸い月にシルエットになった空飛ぶ帆船のマークがあしらってあったのだ。

遠い日に、ヒーローを夢見た異国の親友は、国に帰り会社を継いだのだろう。そして彼の会社は、数百年の時を経て存在し続け、光を灯し続けている。地球を離れ、ここ月の都市をも明るく照らしている。

ひとの暮らすいろんな場所に彼の光はあるのだろう。きっとはるかに遠い星の彼方にも届き、誰かにそっと寄り添っている。あの頃の祈りの通り、サーシャは光の魔法を使い、暗闇に灯りを届けるものになったのだろう、と涼介は思った。

トリビトの目には視力がほとんどないらしい。その代わり、他の感覚が優れているのだそうで、ひまわりは、普通の子どものように街を歩き、生活をしているように見えた。本人にいわせると、紙の本が読めないのが不便だそうで、けれどトビーが開発した、指先でなぞると耳に言葉が聞こえる機械のおかげで、読書はできるのだそうだった。その機械を使って、彼女はトランクの中の涼介の書いた物語をむさぼるように読み続けた。特に、底の方に入っていた『魔法の船』の脚本は彼女のお気に入りになり、添えていた楽譜で歌も覚えた。

彼女は孤児で、血のつながりがないらしい、おばあちゃんと呼ぶ高齢の謎めいた女性（ひまわりとふたりで暮らす家に、涼介のような自分には見えないお化けがうろついていても、怯えることも追い出そうとすることもないあたり、常人ではなさそうだった）と暮らしているのだけれど、そのひとが苦笑して肩をすくめるほどに、ひとりで一日中うたい、台詞を口にしていた。

かつて叶絵がうたった懐かしい歌の数々を聴き、台詞を聞くと、涼介は、時を越えて贈り物をもらったような心持ちになった。歌声に重なって、遠い日の恋人の声が聞こえるようだった。舞台の上で旅の歌姫となり、愛と願い、未来への希望をうたいあげた彼女は、あのとき塗ったドーランが汗で崩れ、手縫いの衣装を身にまとったひとりの学生ではなく、異界の荒野に佇《たたず》む、美しい旅の歌姫に見えた。そんなことを思いだした。

はるかに遠い異世界の、古代の王国で、騒乱が続く世と人類に倦《う》んだ若き賢者は、彼の魔法の力の結晶である空飛ぶ帆船とともに、凍る高い山で眠りにつく。滅びかけた世界を救うため、賢者に助けを乞うために命を賭した旅を続けた歌姫と仲間たちは、想いを込めた歌と言葉によって、賢者の眠りを覚ますことに成功する。

古《いにしえ》の賢者は、長い眠りにつく前は尊大で、ひとの愛も苦しみも命の価値も知らなかった。けれど、そのすべてを歌姫との出会いによって知った賢者は、空飛ぶ帆船に蓄えた古代世界の魔法の力を解放することによって、荒廃した世界を救う。——しかしそれは、彼の命の力をもその身から解き放ち、消滅させることでもあった。緑が蘇り、花が咲き乱れる世界を眼下に見守りつつ、彼は空飛ぶ船の船上で、永久の眠りにつく。帆船は主《あるじ》とともに月が輝く空へと舞い上がって行く。

賢者の口元に笑みが浮かんでいたことを知るものはいない。言葉にしなかった想いがあることも。

歌姫は空へと去って行く帆船を黄昏の地上から見送る。彼女もまた、言葉にしなかった恋の欠片を抱いたまま、やがて花咲く野へとかろやかに足を踏み出し、自分の旅を続けるのだ。明るく微笑んで、新しい歌を口ずさみながら。

お伽話のような物語を考え、脚本を書いたのは自分でも、舞台を作り上げ、上演していた頃、涼介はそこにしか存在していない歌姫にも恋していたかも知れないと思う。

(叶絵は、どんな人生を辿ったのかなあ)

あの歌姫のように、ひとりきりの人生の旅を行かせることになってしまったかも知れない。寂しくなかっただろうか。夢が叶い、幸せに生きてくれただろうか。もし不幸な人生を送っていたら、と思うと、心が痛かった。家庭に恵まれず寂しがり屋で、あたしには帰る場所がないといっていた彼女に、帰るところはできたのだろうか。ひとりぼっちで生涯を終えることはなかっただろうか。

トビーに手伝ってもらえば、もしかしたらその後の彼女のことがわかるかも知れない、と思ったけれど、涼介たちが生きていた時代から、あまりにも時間が経ちすぎている。調べても望みは薄いのだろうと途方に暮れた。

ひまわりの幼く澄んだ歌声を聞いていると、ふと、手に入らなかった幸せな未来の幻が見えるような気がした。涼介が叶絵と家庭を築けていれば、彼女に似て歌がうまい娘の歌をふたりで聴く日もあったのだろう、と。

それにしても、『魔法の船』も他の様々な物語も、この子からすれば大昔の物語だろうに、面白いのだろうか、と嬉しい半面不思議だった。しかし涼介が生前、国内外の古典文学や古い時代のドラマやマンガ、映画の脚本を面白く読んでいたようなものなのかな、と思い返した。当時、涼介が思っていたように、構成や演出を物足りなく感じる傾向はあるかも知れないけれど、意外と楽しめるものなのかも知れない。

音楽や映像が好きで、詳しいトビーに聴いた話では、そもそも、遠い過去の時代の名画や舞台はいまでも普通に愛され、鑑賞されていて、月の街の音響の良いホールで上演や上映されたりしているし、マニアも多いという話だった。

「昔の地球の街が舞台だという、それだけでもレトロで素敵ですしね。それに、昔の作品は、品がよくて、静かでいいいんですよ」

逆に、トビーに見せてもらい、読ませてもらった「いま」の時代の映像作品や小説は、涼介にはテンポが速く、場面ごとの物語の情報量がかなり多いように思えた。台詞やナレーションでの説明も多く、親切すぎ、饒舌《じょうぜつ》に感じる。お化けのからだは疲労を感じないはずなのに、一度にたくさん鑑賞すると、疲れを覚えたものだ。けれど、慣れてくると、「いま」の時代の物語も面白かった。演出が派手で華やかなのも好みに合った。

すると、自分でも今風の作品を書いてみたくなる。シナリオや小説を。お化けになっても変わらない、業《ごう》のようなものか、とおかしかった。

この時代のコンピュータは、端末が脳波を読み取って文章を書いてくれるらしい。しかし悲しいかな、お化けには脳波はない。

何やら考え込んでいたトビーが、いつもの通信機にあれこれ接続し、調整していたと思うと、文章を綴れるようにしてくれた。ひまわりの保護者である老女（やはり涼介が見えないようだけれど、勘が良いのか、よく視線が合った）が、空いている部屋と机を貸してくれた。彼女は小さな食堂を経営していた。店の隅では骨董や雑貨も商《あきな》っているようだった。もともとは宿屋もしていたそうで、この家には使っていない部屋や空間がたくさんあるらしい。

店の調理人は老いた彼女ひとり。それに旧式の給仕ロボット。美味しい店と評判で食事時には混んだ。居候になってしまった涼介としては申し訳なかったけれど、お化けにはなにもできなかった。美味しそうな料理を食べることも、店を手伝うことも。しかし店が忙しい間、ひまわりの相手をしてくれるだけで助かるといわれ、いささかほっとした。

店には、トビーを始め、近所の商店街のひとびとが、老いも若きも常連として訪れた。ひまわりはみんなのアイドル――というよりもお姫様のように大切にされ、可愛がられていたけれど、酒や煙草を出す店でもあり、老いた店主としては彼女をあまり長い時間、その場で遊ばせたくなかったらしかった。

「地下もずいぶんひとが減って、いいたかないけど、訳ありの客が増えちゃったしね」

一度、店主がそう呟いたことがある。「それはまあ、あたしもそうなんだけど」

あたしがいちばんやばい奴かな、そう付け加えて笑った。目は笑わないひとだった。

のちに少しずつ知り、聞かされた。常連たちと、そして彼女の素性のことを。古い街を離れず、地下の暗い街にとどまることを選んだ、優しいけれど寂しいひとたちのことを。

「みんなどこかしら傷を抱えてるんだ。ほんとは楽しく生きていきたいし、昔は夢も希望も大切なものもあったんだけど、諦めて。で、しょうがないやって、ここで笑ってるんだ」

彼女がいうには、イヌビトのトビーは昔、月面にある都市の大きな会社で、宇宙船や飛行機の設計の仕事をしていたらしい。けれどその優秀さとイヌビトであったことが社内で疎まれた。ある夜、トビーは仕事帰りに地下鉄の駅で線路に突き落とされ、片足を折った。目の端に会社の同僚が自分を押す手を見たことが心の傷になり、会社に行けなくなった。

それでも生きていかなくてはいけない。働かなくては。そしてトビーは働くことが、自らの手で何かを生み出すことが好きだった。

住んでいた月面の都市を離れ、いろんな仕事をしながら、月をさすらううちに、いつか、新東京の地下の街に下り、そこに住むようになっていた。いずれ滅びて消えてゆくことがわかっている静かな地下の街は、傷ついたイヌビトにも優しかった。やがてトビーは、主を失くした電器店を受け継いで、暮らすようになったのだ。

老女は微笑む。

「あとの面子《メンツ》も大体そんな感じでね」

たとえば星間フェリーの船長を長く務めたけれど、未知の小惑星帯に迷いこみ、事故を起こして、船を下りたひとがいる。事故は偶発的なものだった。そのひとでなければ切り抜けられないほどの危機を乗り越えて、船は宇宙港に帰ってきた。けれど、その船はそのとき修学旅行生たちを乗せていて、犠牲者が出た。船長を責めるひとはいなかった。亡くなった子の両親までもが、よく亡骸《なきがら》を連れて帰ってくれたと礼をいったほどだった。けれど、船長はそれきり船に乗らなかった。空から遠ざかるために地下に下りたらしい。

　いつも柔和な笑みを浮かべている初老の客のことかな、と涼介は思う。客の誰かが宇宙の話をすると、そっと耳を傾けている、優しく寂しそうな表情が印象に残っていた。

「腕と知識が勿体《もったい》ないっていって、船長さんを探しに、いまもたまにひとが来るけどね」

　黙って頭を下げて、断るのだそうだ。

　古い街の店なので、若い頃の思い出話や苦労話で盛り上がる、賑やかな常連たちも多かった。引退した技術者や研究者たちもよく出入りしていた。涼介はときに透明な姿でその場に溶け込み、ときに通信機を手にしたトビーとともに相づちを打ちながら、老いたひとびとが語る月の過去の歴史に耳を傾けたりした。たくさんの夢と祈り、大勢のひとびとの手と技術が作りあげてきた、この月の都市の歴史の物語を。

　笑い声や時に涙で湿める声や数々の伝説とともに店に流れるのは、客たちにとっては懐かしい昔の流行歌。涼介には耳慣れない曲ばかりだったけれど、良い曲も多かった。涼介も知っているような、昔の地球の歌が流れることもあり、それにも懐かしげに客たちは耳を傾けていた。歌は世につれ、世は歌につれて、移り変わるとしても、滅びないものなのかも知れなかった。

　店の常連には、明るく話す、気の良いひとびとが多かったけれど、それに混じって、ただ音楽やひとの話に耳を傾け、酒や食事をひとり楽しんで、静かに時を過ごすひとびともいた。船を下りたあの船長のように。店の中はいつもほの暗く、空気はあたたかく優しく、何かしら陰や傷を抱えた、「訳あり」の客たちにも居心地が良かったのかも知れない。

からだの一部を機械に換えている老人や、見た目はロボットのようで、脳とわずかな器官以外は、人間の部分を捨てたという客を見かけたこともある。——見かけた、といっても、いまの涼介は透明な風のような身で、ふわりと客たちの合間を通り過ぎただけだけど。

けれど、どういうわけか、見えないはずの涼介の存在に気づく、そんな客もたまにいた。苦労を重ねたような鋭いまなざしを持つ客に、そんなひとびとをよく見かけた。

「なかなか油断ならないんだよ。おとなしくしてる客でも、ちょっと悪いのもいるからね。あたしみたいにさ」

老いた店主はそういって笑った。

彼女自身の過去の物語を教えて貰《もら》うまでには、長い時間がかかった。少しずつ、少しずつ、涼介は信頼してもらい、切れ切れに話を聞かせてもらえるようになったのだ。

彼女は子どもの頃、遠い辺境の植民星で苦労して育ったのだという。親戚一同、悪い業者に騙《だま》されて、最果ての痩せた惑星で暮らすことになったとか。もう惑星間移民が流行らなくなり、先に住んでいた住民たちは太陽系へと引き上げ始めた、そんな時代のことだったという。早くに両親と死に別れ、彼女は孤児となった。

「幸か不幸か、頭と顔は悪くなかったからね。騙したり盗んだりひったくったり、そんなことして生きてきたね。とにかく生き延びたかった。両親がそれを望んだからだ。でもね、死に別れたのが悲しかったから、人殺しだけはしなかった。命だけは誰からも奪わなかった。でもそれ以外のことには、楽しく手を染めたから、あたしゃいずれ地獄に行くと思うよ」

こんなこと、いままでひとに話したことなかったんだけどね。見えないお化けには話しやすいのかな、そういって、店主は笑った。

「だけど、年取ってからだにガタが来てね。悪いことをするにはいろいろと辛くなってきた。そんな頃、ふとしたきっかけが重なって、過去を隠して、ここ月の地下で宿屋をすることになった。特にやりたい仕事じゃなかったんだけど、始めてみたら、けっこう楽しくてね。馬鹿みたいな話なんだけど、うしろ暗い過去なんかひとつもない人間のふりをして、笑顔で食べ物を出したり、部屋を整えたりするのが妙に楽しかったのかな。美味しいっていわれたり、ありがとうっていわれるのが新鮮でさ。客というよりも、家族や友人をもてなすような気持ちになれたんだ。気の迷いっていうか、そんなもの、あたしには長いこといなかったのにね」

しかし街の人口は減ってゆく。旅人の訪れもずいぶんと減った。宿を閉めて料理だけを作るようにしようかと思い始めた頃、旅してきたトリビト、ひまわりの母と出会ったのだという。笑顔でも疲れきった様子の彼女は、生まれたばかりの小さなひまわりを連れていた。この宇宙にトリビトはあまりいない。店主にも、街のひとびとにも、それが初めての出会いだったそうだ。

ひまわりの母は明るく楽しそうだったけれど、死の病を得ていた。もともと、トリビトは丈夫ではなく、長く生きる者は少ないらしい。彼女も若くして結ばれた最愛の夫を早くに亡くしていた。

ひまわりの母はあたかも死にあらがうように、命の尽きる日まで旅をしたかったのだといった。その姿は、優しげなのにどこか運命への怒りに燃えていて、まるで星の寿命が尽きる前にひときわ明るく燃えるように、美しく見えた。

「あたしも昔、母親を病気で亡くしてるからね。ああ可哀想に、と思った。小さなお嬢ちゃんは、この先お母さんとも死に別れて、ひとりぼっちになるのかって。同時に、トリビトってほんとにいたんだ、お伽話みたいなことがあるもんなんだって、思ってね」

昔、貧しい故郷の惑星で、風が吹き込むあばら屋で、子どもの頃の店主は両親からトリビトたちの伝説を聞いた。そのひとびとのおかげで、滅びの危機にあった古き人類は救われ、地球を離れて星の海へと逃れ、命をつなぐことができた。そのひとびとは、日の光に弱いのに、目や肌を焼きながら、人類に手をさしのべてくれたそうだ。天使みたいなひとたちだから、いつかどこかで出会ったら、きっと感謝して、大切にしてあげるんだよ——。

「全《まった》き善というのか、そんな存在がほんとうにこの宇宙にいて、いま会うことができたと思うと、心が子どもに戻ったように、素直に嬉しくなってね」

ひまわりの母と店主は打ち解け合い、ひまわりの母は、店主を母親のように慕った。そしてやがて、彼女は幼いひまわりを店主に託すと、穏やかに世を去ったのだった。

店主と、街のひとびとは、残されたひまわりを慈しんだ。彼女はみなが守るべき天使だった。

「ひとはたぶん、世界の暗いところを知りすぎると、お伽話に憧れるんだと思うよ。遠い昔、自らを犠牲にしても、あたしたち人間を助けようとした、そんな存在がいたということ、その証明みたいな小さな天使が、降臨してそこで笑ってる。それはたぶん救いなんだよ。神様やサンタクロースがそこにいる——トリビトの存在は、それに近い奇跡かも知れないね」

さて、老いた店主は月の地下の暮らしに馴染《なじ》み、楽しく日々を暮らしていた訳だけれど、街を散歩したりするうちに、商店街のはずれの、ひとが立ち入らないあたりに、採掘場のあとと古く大きなゴミ捨て場を見つけた。月にはいろんな資源があり、特に昔の開発が始まった頃には、無計画、無造作にあちこち掘られていたらしい。何らかの理由で掘り進められることがなくなったそのあとが、ある時期、ゴミ捨て場として再利用されていたのだった。のちに禁じられたものの、その後も不法投棄はあるようだった。ましてや、いずれ捨てられ忘れ去られる未来が見えてきている街なのだ。決まりを守らないひとびとが出てきても、仕方がないのかも知れなかった。

店主は家具やら置物やら、まだ使えそうなものが捨てられているのを見て腹が立った。うち捨てられるゴミそのものに、辺境星に捨てられた、遠い日の自分や家族を投影したのかも知れない。過去の自分を拾い上げるような想いもあってか、ゴミ捨て場に通うようになった。汚れを落とし手入れして店に置いた。

そんな中で、見つけ、拾い上げたもののひとつが、涼介の入っていたトランクだったという。不法投棄のゴミの常で、誰がなぜどうして捨てたのかはわからない。街の住民の仕業かどうかも謎だと店主はいった。

与えられた部屋で、涼介は思うままに作品を書いた。肉体があったときと違って、疲れることも眠くなることもない。いつまでも書き続けて、ふと、地球の自分の部屋で原稿を書いているような気持ちになったりもした。

そんなときは、部屋の暗がりに佇む叶絵の姿が見えたりもした。――もちろん錯覚だ。

（いつも待たせたよな。ひどいことをした）

小説や脚本を書き始めると、涼介は何もかも忘れた。デートの約束をして、おめかしした彼女が部屋で待っていても、「ごめん、少しだけ待ってて」と顔も上げずに頼んで、いつまでも書き続けた。手が止まらなかった。

叶絵は、文句ひとついわずに待っていてくれた。そのまま夜になってしまったこともあった。それでも原稿が書き上がらずに、帰りの最終電車の時間が来て、彼女がそっと帰っていったこともあった。彼女の方をろくに見る余裕もなく、ほったらかしのままで、おそらくは空腹で喉も渇いただろう彼女を涼介はそのまま帰した。駅まで送りもしなかった。

原稿を書き上げた後の涼介が、我に返り、彼女のアパートの部屋を訪ねて謝ると、「いいよ」と笑った。「あたしが好きになったのは、普通の人間じゃない。みんなを幸せにする不思議な魔法を生み出す、特別なひとなんだもの。大丈夫。そばにいないときも、大好きだって思ってる。永遠に、愛してる。ひとり旅を続けた、あの歌姫みたいにね」

舞台の上の歌姫がそこにいるように見えた。彼女の言葉のように聞こえた。元は叶絵をあて書きしたキャラクターだから、重なって見えるのもおかしくはなかったかも知れないけれど。

いつも元気で強気でどんな困難にも負けず、でも優しくて人間が大好きな寂しがり屋の女の子。そんな彼女が大好きだった。

叶絵は、恥ずかしそうに笑った。

「もしこの先何かあって、涼介くんがひとりでどこかに行かなければいけないことがあっても、あたしは大丈夫だから、迷わずに先に進んでね。あたしも自分の旅を生きる。ひとりでもちゃんと生き抜いて、幸せになるから」

いきなり何をいうんだろう、と思った。彼女はときどき巫女《みこ》の託宣のように謎めいた言葉を口にすることがあった。もともと憑依《ひょうい》されたように演じ、うたうタイプではあった。

「いや、俺たち、ずっと一緒だろう?」

離ればなれになるなんてことはない、絶対に。

もしかして、彼女はこの関係が終わると思っているのだろうかと、ちょっと怒ったりもした。いや反省すべきは自分だろうと瞬時に我が身を省みたりと、内心が忙しかった。

叶絵は、首を横に振った。微笑んだ。

「あたしには歌があるから大丈夫。いちばん大切で大好きな、涼介くんにもらった歌があるもの。どんなときだってうたえば元気になれる魔法の歌が」

叶絵の消息に繋がるかも知れない物語は、意外なことに老いた店主からもたらされた。

ある夜の明け方近くに、彼女が部屋を訪ねてきていったのだ。

「もうずうっと昔、あたしがまだ若い娘だった頃のことなんだけどね。もしかしたら、『魔法の船』の歌ね、聞いたことがあるような気がするんだよね。ひまわりのうたうのを聴いていたら、思いだしてさ。まあ、ずいぶん昔のことだから、記憶違いかも知れないけれど」

『えっ、どこでですか?』

涼介は原稿を書いていたワープロの画面に、問いを打ち込んだ。彼女は身をかがめ、それを読んでうなずくと、言葉を続けた。

「あれは太陽系の辺境の、古くてぼろな宇宙ステーションだった。そこに旅客船が停まる、古い小さな港があったんだよね。もうじきに廃港が決まっているとかで、立ち寄る船の数も少ないような、そんな宇宙港。お客さんもろくにいなくてね。待合室で、あたしはぼんやり船を待ってたんだ。あたしにはそれが都合良かった。後ろ暗い仕事してるしね。でも、静かすぎることと、あまりにうらぶれた情景だったもので、生まれ育った辺境の星を思い出したりしてたんだ。空調が効かなくて、肩のあたりが冷えたしね。——するとね、旅の一家と出くわしたんだ。古い型の口ボットやら子どもやら連れてる、賑やかなご一行様だった。人懐こく話しかけてくる、旅芸人の一家でねえ。身なりからして裕福そうじゃなかったけど、とても仲が良さそうで楽しそうだったね。いつもならそんなのはめんどくさい、目も合わせず相手をしないんだけど、そのときはつい、会話したんだよ。あれは気の迷いだったか、それとも気まぐれか。そしたらね、よければうたいましょうか、っていうんだよ。

断る前に両親とロボットが伴奏を始め、子どもたちがうたいはじめた。何曲かうたった中に、あの魔法の船がどうたら、という歌があったんだ。ああそうだ。たしかに聞いたよ。そんな辺境で日本語の歌を聴くことは珍しかった。死んだ親が日本語を話せたから、懐かしかったのかも知れない。その歌は、どこのどんな歌なのかとつい訊ねると、遠い昔、地球のどこかの街にひとりの歌手がいて、この歌は彼女がうたっていた歌のうちの一曲だ、いい歌でしょう、と教えてくれた。この歌をうたうと元気が出る、辛いときも先へ進もうと思えるんですよ、っていってたよ」

その言葉を聴きつつ、涼介は画面に何も打ち出せず、ただ暗い部屋にワープロソフトの白い画面が静かに光を放っていた。

そうか、彼女は歌手になったのだ、と思った。良かった、と思った。彼女の歌は――懐かしい魔法の船の歌は、はるか未来の、星の海を旅するひとびとに愛され、うたわれるようになったのだ。まるで物語の一場面のように。

『あの、その昔の地球の歌手は、その後、どんな人生を送ったとか、何かそんな話は……』

「あたしも知りたくて訊いてみたんだ。そしたらね、その歌をうたった歌手は、華やかな恋多き生涯を送ったらしいってさ。世界中を旅して、たくさんの歌をうたい、幸せに生きた。年老いたあとの、たくさんの子どもや孫たちと一緒の笑顔の写真を見たことがあるってさ」

老いた店主は、深くうなずき、微笑んだ。

『ありがとうございます。――ああ、良かった』

涼介は万感の想いを込めて、感謝の言葉をワープロに打ち込んだ。いまだけは肉体がなくて良かったと思った。良かった良かったと繰り返しながら、泣き笑いをし、みっともなく涙と鼻水を流している、そんな自分の姿がたやすく想像できたからだった。

良かったと思った。時の彼方で、懐かしい地球で、叶絵は精一杯うたい、生きたのだ。自分の人生を生き抜いたのだ。

遠い日に叶絵がいった言葉を覚えている。

まだ互いが学生だった頃、華やかに灯りを灯す夕暮れの街を見ながら、呟いた言葉を。

「すごく寂しいときやもうだめだと思ったとき、この夜はもう明けないんじゃないかと思ったとき、子どもの頃からね、いつも励ましてくれたのは歌やドラマや本だったんだ。だからあたしはうたうひとになりたかったし、涼介くんの書くものが大好きで、世界中のひとに読んでほしいと思ってる。涼介くんの書く言葉や物語で元気になるひとがきっといるから」

その年のクリスマス、店ではささやかな演《だ》し物をした。『魔法の船』の脚本を通して舞台劇の世界に憧れたひまわりが、どうしても大勢の前でうたいたいと店主に願い、彼女には甘い店主は、ではクリスマスプレゼントにと願いを聞くことにしたのだ。古い店には、小さなステージがあったから。

ひまわりはトリビトの常で、丈夫な方ではなく、寝込むこともあった。なので、その命があるうちに少しでも楽しい経験をさせてあげたいと、店主は思っているようだった。

涼介とトビーは、当然のようにそれを手伝った。常連の客たちのうち、音楽やイベントごとが好きそうなひとびとにも声をかけ、『魔法の船』で流れた楽曲と物語を使った朗読と寸劇を構成し、上演したのだ。音響は実に楽しそうにトビーが担当した。あれこれと機材を準備し、プログラミングして、一度こういうことをしてみたかったのだと幸せそうに笑った。

短い時間の演し物だったけれど、居合わせた客たちには大好評で、ぜひ来年も同じような企画をたててほしい、そのときは自分も参加したい、という声も上がった。そのときまで、そんな逸話は聞いていなかったけれど、実は若い頃、月の街の舞台演劇の経験者だった、とか、名の知れたデザイナーだったので、背景や衣装を作らせて欲しい、絵描きなのでポスターを描きたい、なんて客もいることがわかり、年が明ける頃には、来年の十二月に向けての企画がスタートしていた。遠い昔の学園祭を思わせる空気が漂い、涼介は懐かしかった。

街そのものが老いて、いずれ時の流れとともに忘れ去られようとしていた、その古く小さな地下の街に集まるひとびとが、再び新しく何かを作り上げようとし始めた、そのきっかけになったのだと、のちに涼介は思った。

来年のクリスマスも、メインでうたうのはひまわりに決まっていた。もともと彼女のために用意されたステージだったのだから。

そして脚本と演出はまた涼介で、みながそれを望んでくれた。トビーがいった。

「涼介さん、あなたの書くものがみんな大好きなんですよ。——もちろん、ぼくもです」

『ひまわりちゃんは、歌手になりたいの？』

あるとき、歌の練習の途中で涼介が訊ねると、彼女は小さくうなずいた。

そして、何事か考えるような表情をした後、言葉を続けた。

「うたうことが大好きだけど、それよりもうちょっとだけ多く、本を作るひとになりたい、と思ってるかも知れない。物語を形にして、誰かに手渡すひとになりたいの。そうして、ずっと未来の、わたしがもういない時代になっても、わたしが作った本が世界に残るようにしたい。魔法の船の物語が、いまここにあるように、時の彼方に届くような素敵な本を作るのが、たぶん、いまのわたしのいちばんの夢だと思うの」

静かにいった。「わたしはおとなになれなくて、夢は叶わないかも知れない。だけど、わたしが夢見れば、他のトリビトの誰かが、いつか未来に夢を叶えてくれる。だから、いいの」

トリビトはひとりひとりの想いや思い出を共有するのだとひまわりはいった。過去から未来まで、たくさんの思い出を抱いて、旅するように生きるのが自分たちなのだと。自分も過去に生きたトリビトたちの、たくさんの夢や想いを抱いて、ここにいる、と。

「昔々、地球には季節ごとに群れを作って、遠くに旅をする鳥たちがいたでしょう？　わたしたちトリビトも、群れを作る鳥なのかも知れない。時を越えて、未来まで旅をして行く、ひとつの大きな群れ。見えない群れだけど、いつもみんなではばたいているの。ひとりひとりの願い事を叶えるための、長い旅をしているの」

うまくいえないなあ、と彼女は笑う。

「わたしたちの旅は終わらないの。誰かが見た夢は、時を越えて、いつか叶うの。ひとりひとりの人生の旅は終わっても、時の彼方で、いつか誰かが、遠くの地へ辿り着くの」

それは、トリビトだけのことではないのかも知れないな、と涼介は思った。

（時の流れの中で、ひとはたくさんのものをなくし、たくさんのひとと別れてゆき、やがて自らも世界にさよならをしてゆく。けれど、祈りや願いはきっと時の彼方に届く。消えてしまったりはしない。遠い未来まで、受け継がれてゆくんだ）

叶絵はもうこの世界にいないけれど、彼女の歌をうたうひまわりの声には、叶絵の魂の欠片がきらめいているような気がした。この曲を作り楽器を奏でていたサーシャの、憧れるようなまなざしを感じることもあった。

消えないのだ。命も想いも、なくなるのではなく、見えない欠片になって宇宙に残るのだ。そして後の世に生まれるひとびとの夢や願いの一部となり、誰かを支え、守り、ときに幸せにしたりするのかも知れない。

遠い時の彼方で、昔、誰かが見た夢は、叶うのかも知れない。

遠い時の果てに、一羽の鳥が、目的の地へと辿り着くように。

来年のクリスマスの舞台に向けて、いろいろと準備をするうちに、イヌビトのトビーは目に見えて楽しそうに、活発になっていった。いままでも明るく元気な若者ではあったけれど、いまはときどきはしゃぎすぎてうるさいくらいで、きっともともとの性格はこうだったんだろうなあ、と涼介は思った。

そんな中でふと、トビーがいった。

店で遅い昼食をとる彼に付き合いつつ、軽く打ち合わせしたりしていた時のことだ。

「ぼくいつか船を作りたいんですよね。そんな夢を見るようになりました。我ながら器用になんでも作っちゃいますけど、船を設計して作るのが本業だったので。宇宙の彼方まで飛べるような、大きな船を作るのが夢なんです。設計だけじゃなく、もう組み立てて飛ばしちゃいます。人類の持つ技術をすべて注ぎ込んだような、ぼくなりの魔法の船を作るんです」

『魔法の船を？』

手元に置いた通信機に、トビーはうなずく。あいかわらず彼には、お化けになった涼介は見えないらしい。カウンターの隣の席に腰掛けるようにして座っているのだけれど。

「ぼく、この街のひとたちが好きなんです。傷ついていて、寂しくて、いろんな悲しい想いを抱いていていて、そのぶん優しい。どこか遠くに行きたいところがあるのに、諦めて暗い地下にいる。そんなみんなを乗せて飛ぶ大きな船を、ぼくはいつかこの手で作りたい」

遠い空へ、光のある方へ旅立ちたい、とトビーはいった。

「思いだしたんです。ぼくのこの手には、星の海を渡る、大きな翼を作ることが出来る、そんな魔法を使える力があったんだって」

手袋の手を握りしめて、トビーは笑った。

「まあ魔法は使えてもお金はないですけど」

予算がねえ、それだけが問題なんですよ、とため息をつく。でも表情は明るかった。

カウンターで話を聞いていた店主が、あたしはその船でまかないをするよ、と笑った。

「だから、その船にのせてちょうだいな」

「もちろんです」

力強く、トビーはうなずいた。

客の誰かが、声を上げた。

「じゃあ、俺は資材を集めよう。昔の仕事の関係で、安く手に入れるつてがあるんだ」

「ありがとうございます」

「なんだよ、その船。俺たちに作らせろよ」

近くのテーブルから、老いた技術者たちが目を輝かせて身を乗りだしてくる。

「あてにしちゃってもいいんですか?」

「あたりまえだろう」

テレビ局勤務の若者が、腰を浮かせる。

「船ができあがる過程を取材して、番組にしても良いですか?」

「もちろんですよ。大歓迎です」

「――海賊が出たら、追い払ってやるよ」

いつもは無口な、機械のからだの客がいった。作り物の口元が笑っているようだった。

「感謝します。良かった、これで安心だ」

そのとき、店の奥の方の席で、老いた元船長が、少しだけ、片方の手を挙げた。

「雑用係で良いので、船に乗せてください」

トビーが深くうなずいた。そのひとに船長を頼むのだろうと、涼介は思っていた。

『ねえ、俺もその船に乗せてくれるかな？』

お化けの身には何もできないけれど、星の海を行く船で、原稿を書くのも楽しそうだ。

「もちろんですよ」とトビーは笑う。

「涼介さんは、総監督として船に乗ってください。夢の船にはステージを作りたいと思ってるんです。銀河の果てまでも歌や物語を届ける魔法の船――素敵じゃありませんか？」


月面都市、新東京の空の上に、いま劇場船シャングリラは浮かび、広がる帆から光を放ちながら、華やかな音楽を奏でる。太陽を始めとする恒星の光と熱を吸収し、灯りに変えて放つことができるその輝く帆のシステムは、劇場船のスポンサーのひとつである、歴史ある精密機器メーカーが開発し、無償で贈ったものだという。

ネコビトの編集者キャサリンは、テレビのニュースを映し出すスクリーンを見上げながら、ふと思う。――魔法の船の物語をまとめるなら、その会社にも取材したいところよね。

それにしても――。

（トランクの中で眠り、古い万年筆に守られて、時を越えた「お化け」の青年か……）

そんなお化け、実在していたのだろうか。

のちに伝説となり版を重ねる絵本にもなった、その青年の物語は、最初、ここ月の地下の古い街で、舞台劇として上演された。お化けと化した青年自らが綴った脚本である、という触れ込みで。その街の商店街にあった食堂の常連たちが集まっていつのまにやらできたというアマチュア劇団があり、その劇団によって、街を舞台に上演されたのだとか。

その小さな劇団が、時を経て、のちの劇場船となった。空飛ぶ舞台としての船を持つようになり、船は宇宙へと飛び立ったのだ。

『夢のような話ですよね』と、劇場船シャングリラのパンフレットには記されている。

『けれど、夢はこんなふうに、時を越えて叶うこともあるのです。はるかに星の海を渡る、魔法の船となって飛びたつことが』

遠い遠い昔の、小さな劇団が生まれた頃、その中心でうたっていたトリビトの少女が、船首像のモデルになったという。何しろ昔のことだから、少女はもう、この宇宙に存在していない。けれど彼女は旅をし続けているのだ。星の海を渡る船のはるかな旅を導くように。

少女に限らず、劇場船の旅立ちの頃、船に乗り込んだひとびとは、時を経てもういない。志と技術と上演された作品の記録を残して、乗員は新しい代へと入れ替わり続けている。

けれど、もしかしたら、トランクと万年筆は、いまもあの船にあるのかも知れない。お化けにはきっと寿命はないのだから、遠い地球に生きた若者の魂はいまもあそこにあって、船とともに旅をしているのかも知れない。

時を越え、新しい物語を書き続けながら。

はるかな星の海を、旅していきながら。


若き校正者、トリビトのアネモネは、スクリーンに映る船を見上げていた。その口元から、歌が漏れるのをキャサリンは聴いた。

「――永遠《とわ》に空を行け、祝福の魔法の船」

空ゆく船は遠ざかり、ニュース番組の場面が切り替わった。コマーシャルが始まる。

キャサリンとアネモネは、どちらからともなく、仕事の打ち合わせに戻る。

時を越えて残る、素敵な本を作るために。

第三章

White Christmas

月面都市新東京も夏を迎え、街を覆う半透明の天蓋《ドーム》には、青い空と入道雲が映し出されていた。時折、白い鳥の影がよぎってゆくのは、海鳥のイメージなのだろう。どこか近くに海を感じるような、そんな空だ。

ここ月には、その上を鳥が飛び交うような海はない。けれど、あの白い鳥の影に、遠い昔の地球の夏を想い、失われた故郷に思いを馳《は》せるひとも多いに違いない、と、編集者キャサリンは思う。

勤務先の出版社〈言葉の翼〉社の、その真新しい、けれどすでに作りつけの棚のほとんどが新旧の紙の本でぎっしりと埋まっている、資料室でのことだ。

高層階にある、この部屋の窓は広い。長時間の調べ物にも耐えられるよう、居心地良く作られているからかも知れない。たくさんの本と大きな机と大きな観葉植物の鉢があるこの部屋をキャサリンは気に入っていて、調べ物の為だけでなく、ひとりになりたくなったときにも足を運んだりする。――そのままうたた寝をしてしまうこともあるのはちょっとまずいと自分でもわかってはいるけれど。

夏は海よね、とキャサリンは呟《つぶや》く。

「地球の夏といえば、青い空に海水浴のイメージだもの。どこまでも続く海で泳いだり、ヨットに乗ったりとか、あとは浜辺を散歩したり、西瓜《すいか》を割って食べるんだったかな」

それは楽しいイベントで、昔の地球のひとびとは、家族や友人たちと、はしゃぎながら泳ぐ。寄せては返す波の音を聴きながら、浜辺を歩く。貝殻を拾う。耳に当てて音を聴く。波打ち際で小さな蟹《かに》を追いかけたり、潮だまりで海老《えび》ややどかりを探したり、小魚が泳ぐ様子をそっと覗《のぞ》き込んだり。

昔の映像や写真で見る、その情景の中で、ひとびとの笑顔は眩《まぶ》しく、輝いていた。

小学生の頃、社会科見学に行った博物館のイベントで、仮想空間の夏の海を訪れる体験をさせてもらったことがある。再生された海の香りを嗅がせてもらい、人工の海風に吹かれながら、みんなで地球の夏の話を聞き、波音に包まれた。浜辺の砂を模した、さらさらとした砂の上を裸足で歩かせてもらった。きっと昔の地球の子どもたちは、夏が来るごとに、こんな風《ふう》に波音と潮風に包まれ、太陽に焼かれて熱い砂の上を歩いたんだろうなあ、と想像したのを覚えている。

月にはそんな海はない。地下にある凍った大量の水を海と呼ぶならば、月のそれは地下で眠っているといえるのだろうか。

キャサリンは肩をすくめる。

「実のところ、たくさんある水は苦手だから、凍ってくれてて良かったたって、ちょっとだけ思っちゃうなあ。わたし、海は、その概念とノスタルジーだけでいいや」

彼女はネコビト、先祖は猫なので、いささか水は苦手だ。

その辺、犬から進化した人類であるイヌビトの副編集長が、夏の到来とともにテンションが上がるらしいのとは違いがある。彼は週末になるたびにプールに泳ぎに行っているそうだ。学生時代には監視員のアルバイトもしていたというので、筋金入りで水が好きなのだろうと思う。

「彼らのご先祖は、古い人類とともに海やら山やらを駆け巡ったんでしょうねえ」

ひとのそばで、笑顔で尻尾を振りながら。古い時代の猫たちが、風吹きすぎる縁側やエアコンの効いた部屋で涼みながら、気持ちよく昼寝していたような暑い日にも。

都市のそこここに取り付けられ、埋め込まれているスピーカーから、蟬《せみ》の声が聞こえる。遠い日本の夏にそうだったように。ここ新東京はかつての日本を模した街。夏には環境音として蟬の声が再生される。夜には静かに鳴く虫の声に切り替わる。秋に向かって気温が下がってゆくごとに、蟬たちの声は聞こえなくなり、夜風とともに密やかに流れる、夜の虫たちの歌声が存在感を増すようになる。

幻の虫たちの声は、月の住民たちに季節の移り変わりを教えてくれる。――いや、幻とはいっても、すべてが実体を持たない声ではない。かつてはすべてが音声データの歌声だったのだけれど、いつからかその歌声には本物の虫たちの声も混じっているのだと、以前月面のローカルニュースで話題になっていた。

遠い昔、月に持ち込まれた植物や地球の土の中に虫の卵が入り込んでいて、そこから孵化《ふか》し、羽化もして、細々と繁殖していった命たちがあったらしい。街路樹の植え込みや、公園の花壇、あるいは住民たちの住む家のベランダや庭で、彼らはひっそりと生き続けている。虫たちは、おそらくは自分たちが故郷を遠く離れた地で命をつないでいることを知らず、知り得ないままに、先祖が彼の地でうたっていたのと同じ歌をうたいつづける。


月の上には、いまも青い地球が浮かんでいる。三十八万キロの距離から見れば、変わらず青く美しく見える星が、手の届かない宝石のように、ぽっかりと浮かんでいる。

遠い故郷を見上げながら、月に暮らすひとびとは、地球の暦《こよみ》を受け継ぎ、失われた日々の暮らしをこの星で繰り返している。いつか母なる星へ帰る日に憧れ、その夢を代々語り伝えながら。

月面都市の窓から見上げる幻の夏空に、幻の海鳥の影が舞う。地球に生きていた野鳥たちは、そのほとんどが環境の悪化に伴って、絶滅しただろうといわれている。

鳥たちは、白い影だけを月面都市に残し、儚《はかな》く空を舞う。


「キャサリンたら、また、こんなところでサボってる」

資料室の扉をノックもせずに開けて、雑誌編集部編集長のリリコが顔をのぞかせる。

彼女はいわゆる古き人類。昔風のいい方をするならば、「普通のヒト」。かつて地球の主《あるじ》だった人類の末裔《まつえい》だ。

高く結い上げたつややかな黒髪が、東洋風の切れ長の黒い瞳と良くあっている。高い身長や流行の服をセンス良く着こなす姿と相まって、モデルめいた雰囲気を感じさせる。

目を引く美人で、才気溢れる人物でもあるわけなのだけれど、見た目やキャリアとその中味にややギャップがあることを、キャサリンは知っている。大ざっぱでちょっと下品で賭け事が好きで、どうでも良いことに負けず嫌い。酒が入ると泣き上戸の絡み上戸になるのが彼女だ。外で飲むと連れて帰るのが大変なので、なるべく互いの家で飲むことにしている。

ふたりはここ新東京の小学生だった頃からのつきあいだ。転校生としてやって来たリリコに、キャサリンが一方的に絡まれてからの縁だった。スタート地点では喧嘩《けんか》友達だった訳だ。キャサリンはネコビトなので、正直、短気なところもある。プライドが高く、売られた喧嘩は買わずにはいられないところも。子ども時代はいまよりもその傾向が顕著だったので、取っ組み合いの喧嘩もしたものだ。リリコに容赦なく耳や尻尾を引っ張られたけれど、思い切り顔や手をひっかいてやったので、先生に喧嘩両成敗で叱られた。

おとなになってから、本人に聞かされて知ったのは、リリコの転校の理由だった。リリコは裕福なネコビトの夫婦に引き取られた、身寄りのない子どもだったということ。養《やしな》い親との仲は良かったのだけれど、それ故に、自分にはネコビトの両親の持つ耳も尻尾も、優れた運動神経もないということに対して、寂しい気持ちがあったそうだ。ヒトの姿をした両親からは捨てられるように別れたということへの複雑な気持ちもあったとか。そのもやもやがたまたま、同じクラスにいて、楽しそうにしていた優等生のネコビト、キャサリンに向いたらしい。

のちにごめんと謝られたけれど、そんな事情はもちろん、子ども時代のキャサリンは知らない。ただ理不尽な転校生だと思っていた。それでもふたりは少しずつ——奇跡的なことに、仲良くなっていった。

ふたりとも負けず嫌いだったことが、良い方に働いたのかも知れない。相手の実力を認めることができるだけ、プライドが高かったことも。結局は相性が良かったのだろう。中学高校大学と、なぜか同じ学《まな》び舎《や》で顔を合わせるうちに、いつか互いを認め合うようになった。

そして何より、ふたりとも活字が好きだった。図書館や書店によく通い、そこで出くわし、なおかつよく同じ本を手にしていたことが、打ち解け合うためのきっかけになった。その頃もその後も、変わらずによく話すのは、本に関する話題だ。

気がつけば、就職も同業種。果ては同じ出版社の書籍編集部と雑誌編集部に、それぞれの前職から編集長として引き抜かれたことまで一緒という、前世から因縁でもあるんじゃないかという、付き合いの長さなのだった。

若い頃に、ひとつ約束をした。互いの結婚式では、友人代表で超一流のスピーチをしようね、と。けれど、その機会のないまま、ひとり気楽に暮らしているのも同じである。

「サボってないわよ。調べ物してるの」

といっても、テーブルの上には何もなく、窓から空を見上げているところを目撃されたのでは、言い逃れのしようもない。

リリコはふふんと笑って、自分も窓のそばに来る。眩しそうに目を細めながら、

「夏になったよねえ」

といった。

キャサリンはうなずく。

蟬たちの合唱の声は、賑《にぎ》やかに響き渡る。どこか昔に博物館で聞いた、潮騒のようだった。

思えばあの社会科見学の時も、リリコは一緒だった。帰りの地下鉄の車内で、どうでもいいことで喧嘩をして、互いの足を蹴飛ばし合い、引率の先生に叱られたことを、いまとなっては懐かしく思い出す。

小学校を卒業する頃には、ずいぶん喧嘩の回数も減って、ライバル兼親友の間柄に移行しつつあったので、子ども時代を振り返ると、彼女と一緒に過ごした思い出が多い。

同じようなことを考えていたのだろう。リリコが懐かしそうにいった。

「夏休みにさ、一緒にお化け屋敷に行ったの、覚えてる？」

「——うん。まあ」

キャサリンはため息をつく。

あまり楽しい思い出ではない。

あれはたしか六年生、高学年の時のことだ。新東京の百貨店の催し物のフロアで、大昔の地球の夏の風物詩だったというお化け屋敷が開催されていて、そこに連れて行かれたのだ。

リリコは怖い話が大好きだった。お化けも妖怪も、幽霊も。ホラー映画も怪奇小説も。

おどろおどろしい音楽と効果音が流れる中、白装束の幽霊が、うらめしや、と井戸から登場し、真っ暗な天井には火の玉が飛び交い、唐傘お化けや一つ目小僧が、下駄の足音を立て、笑いながら駆け抜けてゆく。破れた障子のあばら屋には、恐ろしげなシルエットが浮かび、悲鳴とともに、血痕が散る。

リリコはレトロで面白い、と声を上げて笑い、キャサリンは全身の毛を逆立て、耳を伏せて、リリコに引っ張られるようにして、暗闇をひたすら進んだのだった。

暗黒に満ち、絶叫が響き渡る部屋から、明るい空間に脱出すると、そこには展示物のコーナーがあった。お化け屋敷で見た幽霊やお化けたちについての解説のパネル（当然、お化けたちはリアルに立体的に浮かび上がる）が並べられている。子ども向けの妖怪事典や怪談の本、それにお化けが描かれた絵葉書がたくさんあって、百貨店に入っている、老舗の書店のエプロンをつけた店員さんとロボットたちが、楽しげに声をあげ、お土産に、今日の記念にどうぞ、と売っていた。

活字がそこにあるのなら、読まずにはいられない。たとえ苦手な分野のものでもだ。キャサリンは前触れなく浮かび上がる立体映像にたまに怯《おび》えつつも、パネルの数々を眺め、説明文を読み、並んでいる本を開きつつ、お小遣いをいくら使えるか考える。それはリリコも一緒で、ふたりはそこに用意された活字と絵を堪能し、本や絵葉書を買って帰ったのだった。

（あのとき買った妖怪図鑑は、たぶんいまも実家の子ども部屋にあるのよね）

表紙の絵からして恐ろしげな本だったけれど、買って帰ってしまった。お化け屋敷を脱出できた解放感がそうさせたのかも知れない。

帰宅して我に返ると、本が怖くなってしまって、本棚のいちばん奥にしまい込んだ。だから熟読はしていないのだけれど、部屋の模様替えをしたりしている時に、ひょっこりその本が顔を出したりして、するとついページをめくってみたりもしたのだった。子どもの頃怖かった表紙や挿絵は、成長後にもやはり恐ろしく、背筋をぞわぞわさせながら。

(だけどあの本で得た知識も多いのよね)

たとえば、付喪神《つくもがみ》。大切にされていた道具やいろんなものに、長い時を経て、いつか魂が宿り、妖怪変化《へんげ》になるという伝え語り。

少し前、キャサリンは、いま編集している本を通して、時を越えて魂が宿ったかも知れないという存在について考えた。

(お化けとか妖怪は怖いけど……)

怖いということは、やっぱり「いる」し、「ある」のかも知れないなあ、なんて思ったりする。キャサリンの目には見えないだけで。

ふと、空の向こうの、青い星のことを思う。もし付喪神が存在するとしたら、遠い地球に残された、多くの品物たちにも魂が宿ったりしているのだろうか。

命が死に絶えた、静かになった街のそこここに、あやかしとなった品物たちが存在したりしているのだろうか。廃墟《はいきょ》の街を、みんなでそぞろ歩いたりしているのだろうか。ずっと昔の、夜に通りを練り歩く、楽しげな妖怪たちが描かれた絵巻物の絵のように。

「──ねえ、リリコ。あのとき、絵葉書買って帰ったじゃない?　覚えてる?」

あのとき、同じ絵柄の絵葉書に手を伸ばしたのを覚えている。

「ええと、『百鬼夜行絵巻』？」

妖怪たちが楽しげに練り歩いている、日本の室町時代の絵巻物が絵葉書になったものだった。不気味といえば不気味なのだけれど、あのときは一周回ってかわいく見えた。

「うん。それ。その絵葉書」

「あれならいまも部屋に飾ってる。あたしほら、物持ち良いし。だいぶ色褪《あ》せたけどね」

リリコは得意そうに笑う。

キャサリンの方は、あの絵葉書は、さすがにもうどこかに紛れさせ、なくしてしまった（怖くてどこかにしまい込んだのかも知れない）けれど、絵柄はいまも覚えている。

「もしかして、いまの地球では、人類のいない廃墟の街で、いろんなお化けや妖怪が、あんなふうに行進したり、踊ったりしてるのかなあ、と思っちゃって」

「それは楽しそうだね。――ちょっと寂しいけど」

「うん」

ふたりはうなずきあい、窓越しの、うっすらと青く見える、昼の地球を見上げた。一度も行ったことはないけれど、いつも心のどこかで、そこが故郷だと思っている星を。

付喪神にしてもその他の妖怪変化にしても、人間がいない廃墟で自分たちだけが練り歩くのは寂しいんじゃないかとキャサリンは思う。なんというか、張り合いがなさそうだ。驚いたり怖がったりしてくれる相手――人類がそこにいないわけだもの。

付喪神たちは、少しは寂しいと思ってくれているのだろうか。物足りないなあ、とか。そこにもしいるとしたらの話だけれど。

「――あれ、地球にいる付喪神といえば」

リリコがぽんと手を打つ。

「あたしどこかで、そんな話聞いたことがあるよ。文字通り、付喪神がいまの地球で暮らしているらしいって、そんな話。ちょっと童話みたいなお話だったから、もしかしたら、元は誰かがこんなことがあったらいいなあって、考えたお話だったのかも知れないけど。

そういえばあれは、クリスマスのお話だけど、キャサリン、知らない？　あんた、仕事でクリスマスの話を集めてるんだよね？」

「知らない。っていうか、何それ、面白そう。聞かせなさいよ」

キャサリンは目を輝かせて、リリコの腕をぐっと摑《つか》み、その顔を見上げる。

この友人は昔から情報が早い、キャサリンのそれよりもさらに広い人脈も持っている。以前に本人から聞いた話では、嘘《うそ》か本当か、リリコの実の両親がかつて後ろ暗い仕事をしていて、その関係の人脈もあるとかないとか。

笑いながら、冗談めかして話してくれたことだから、話半分に聞いたのだけれど、彼女が思わぬ高位の役人や、著名な資産家たちに、謎のつてがあるのはほんとうのことだ。

その人脈から得た知識の中には、真偽不明の噂話《うわさ》や、出所不明の情報もたくさんあって、けれどその怪しげだったり謎だったりする情報の中に、たまにきらりと光る真実が紛れていたりするので、なかなかに侮《あなど》れない。

「いてて。キャサリン、爪、爪食い込んでる」

「あ、ごめんごめん」

てへ、とキャサリンは笑い、リリコはまったくもう、と苦笑しながら、窓の外に視線を投げ、記憶を辿《たど》るようにして、その不思議な、童話めいた物語を話し始めるのだった。

White Christmas

ある真夏の、昼下がりのことだ。

地球の、ある国のある都市の、賑やかな商店街だった廃墟の、とある店の前に、大きな人形がひとつ、眩しい日差しを受けながら倒れていた。——正確にいうと、かつて人形だったものが、笑顔を浮かべたまま、なかば瓦礫《がれき》に埋もれるようにして、宙《ちゅう》を見上げて倒れていたのだ。

かつて、というのは、その過去において人形だった存在は、いままさに、心と命を得て、廃墟の中でよろよろと身を起こし——埃《ほこり》を吸い込んで咳《せき》やくしゃみなどしつつ、その場に座り込んだからだ。

彼は、すっかり汚れた白いスーツの腕のあたりに目をやり、眉をひそめる。清潔であるように生まれついていたので、仕事用の衣装がこんな風に汚れているなど、許しがたい。いつもぱりっとした姿をして、店の前に立ち、笑顔でお客様を迎えるのが、彼の愛する、素敵な仕事だ。——と、そこまで考えて、ふと、「お客様」とはどんなひとびとのことなのか、「素敵な仕事」とは、どんな仕事だったのか、まるでわからないことに気づいた。

痛いほどに降りそそぐ日差しの中で、彼は額に汗をにじませ、白い眉毛を寄せる。

おかしい。思いだせない。

それはとても大切なことのはずなのに、どうにも思いだせない。考えよう、思い出そうとしても、記憶が、逃げるように遠ざかる。

「——そもそもなぜ、わたしはこんなところで、ひっくり返っていたのだろう?」

長い長い夢を見ていたような気がする。寝起きらしい頭がどうにもまとまらない。——いや、いっそいまも夢を見続けているような。自分が「いま」、「ここ」にいることに、妙な違和感があるのだけれど、それが何なのかわからない。

彼は廃墟の中で、ひとり座り込んだまま、ため息をつく。ゆっくりと首を振り、埃混じりの熱い風に吹かれて、途方に暮れる。

綺麗《きれい》に整えられた白髪と、山羊《やぎ》のようなちょろりとしたあご髭《ひげ》を無意識のうちに汚れた手でなでつけ、襟元《えりもと》の黒いリボンタイを結び直す。腕にステッキをかけたままだったことに気づいて、手元に引き寄せ、それからも埃を払う。どうにも周囲がぼやけて見えると思ったら、眼鏡のレンズも汚れているらしい。眼鏡を外し、土埃で真っ白に汚れたレンズを、胸ポケットのハンカチで拭いた。

眼鏡をかけ直して、周囲を見回して、

「こりゃまたいったい、どういうことだ？」

彼は叫んだ。

急に目が覚めたような気がした。

突然、現実を突きつけられたような。

「この街は、なんでこんな、こんな――ゴーストタウンのようになっているのだ？」

彼が知っている街、日ごと見つめ、愛していた商店街が、その懐かしい建物の一群が、視界に入る限り、ずっと遠くまで、砕け、崩れ、一面の瓦礫の山と化していた。

埃っぽい風が吹きすぎる廃墟には、誰もいない。いつもは一日中、あんなにいろんなひとが行き交っていたのに。車も自転車も走っていない。

動いているものは何もない。風だけが、遠く近くでたまに寂しい音をさせる。

路地を駆けていた野良猫たちもいない。ときおりぱらぱらと店の前に舞い降りて、お客様やスタッフが何かくれないかな、という顔をしていた雀《すずめ》たちも。

生きているものは、誰もいない。

恐る恐る、彼は背後を振り返る。

彼の愛した、彼がそれまでの日々、その前に立っていた大切な店もまた、無残な有様だった。ガラスの張られた正面玄関、彼がいつも誇り高い門番のようにその前に立っていた店は、もはやそこにガラスがあったことすら信じがたいほどに、ただ大きな穴をぽっかりと穿《うが》たれた姿で沈黙していた。暗く見える店内には――店内だった場所には、誰もいない。明かりが灯《とも》っていない。砂ぼこりがたまる床に、テーブルや椅子だったものの残骸が、転がっているだけで。

彼の記憶の中では、店はいつも明るい光を灯していた。ぴかぴかに磨かれたガラスには、賑やかな商店街や楽しげに行き交うひとびとが映っていた。実際には彼はいつも仕事のことしか考えられず、四季を通して背を向けてそこに立ち、笑顔を浮かべたまま、店を振り返ることなどなかったのだけれど。

それでも彼の心の目には、ガラスに映る街の情景と、何よりも店内で食事するひとびとの――家族や友人同士や恋人たちの笑顔が見え、美味しい、という声や、楽しげなお喋《しゃべ》りが聞こえていたし、店内のスタッフの元気な、いらっしゃいませ、という挨拶も聞こえていたのだ。折々のBGMや、チキンやポテトを揚げる素敵な音も。

そこに立っていることが彼は好きだった。店の前にいることが。なぜか、そうはっきりと言葉にして誰かに伝えたことはなかったけれど。

「なぜって、その頃には、わたしは――」

いつも話しかけてくれた、店で働くひとびとにも、店長にも、仲間たちにも、そんな想いを伝えていなかった。そもそも自分の中にある想いを言葉にするなんて、思いつきもしなかったような。

店のひとびとは、彼の服が汚れれば、綺麗にしてくれた。朝にはおはようと声をかけてくれ、仕事の終わりには、お疲れ様、また明日、といってくれたりも。しかし彼の方からは一度だって話しかけることはなかった。

クリスマスに忙しくなる店だったような気がする——「クリスマス」という言葉と、街に明かりが灯るふわっとした幸せそうなイメージは、胸のあたりに一瞬だけ浮かんで、すぐに遠ざかったけれど。その時期には、彼の店だけでなく、彼が立つこの商店街全体に華やかな気配が漂い、ひとびとはひときわ幸せそうに嬉《うれ》しげな表情で行き交い、そして店はたくさんのお客様を次々に迎えて繁盛し、スタッフはときに多少の疲れを見せつつも、それでも元気に、大きな声を張り上げて、「いらっしゃいませ」を繰り返し、店内BGMは華やかに、クリスマスソングを——。

幸せそうな空気が街を包むそのただ中で、空から舞い降りてくる雪を、肩や両手に受けながら、笑っているのが好きだった。

そう、たしかその日には、彼はその季節だけのための、特別な赤い服を着せられて、店の前に立っていた。その衣装に、白く雪は舞い降り、ときに小さな結晶が散ったのだ。

「そうだ。わたしは、街が、店が、クリスマスが好きだったんだ。たいそう好きだった。そんな気がする。それだけは、覚えている」

それだけは——。

「わたしだけ、なぜ、ここにいるのだろう？　みんなどこに行ってしまったのだろう？」

この街は、街に溢《あふ》れていた幸せそうなひとびとは、どこに行ってしまったのだろう？

「そしてわたしは、『誰』なのだ？」

せめて名前を思い出せれば、と思った。自分が誰かわかれば、いまのこの、心許《こころもと》ない気持ちとも、さよならできるような気がした。

彼は瓦礫を踏みしめて、ステッキを手に、立ち上がった。靴の下で、砕ける感触があり、よく見るとそれは、彼の店の壁を覆っていた煉瓦《れんが》のかけらだった。

彼は、彼の愛する店のいまの姿を、愛していた商店街の廃墟と化した姿をただ見つめる。

ひとり立ち尽くす。

「ああ、寂しいなあ……」

いまは夏なのだろう。雲ひとつない空から降りそそぐ日差しは痛いほどで、とても暑いのに、寒さを感じた。こんな風に寂しい場所でひとりきりになったことは、なかった。

なかったと、思う。

誰かに会いたい。店の仲間たちに。お客様たちに、会いたいと思った。

記憶の断片の中にある、賑やかで楽しげな街並みの、その中に帰りたかった。

みんなどこに行ってしまったのだろう？

彼の目に見えるのは、慣れ親しんだ、優しく懐かしい街並みではなく、地平線いっぱいに続く、廃墟と瓦礫の無限の連なりだった。


「——探しに行くか」

彼は歩き出した。

どこに行こうというあてがあるわけではない。ただこのままここにいても寂しいだけだと思った。ここに立っていても、誰も来ないし、帰ってこないような気がした。

それならば、自分が行こう。どこかへ。

どこか、ひとがいるところへ。ひとや生き物の気配があるところへ。賑やかな場所へ。

「なに、歩いて行けば、そのうちに見つかるかも知れないさ」

空っぽになった記憶も。自分の名前も。

この場所にこうして立ち尽くしていても、やがて夜が来て暗くなるだけだろう。

その時間になっても灯りがつかない店や、暗いままの商店街の様子を想像すると、胸が張り裂けそうな気がした。逃げるように、この場を離れたいと思った。

夜が来る前に。

彼は上着を脱ぎ、丁寧に畳むと腕にかけた。そして、懐かしい店の、その残骸に背を向けると、廃墟へと歩き出した。

瓦礫の間に、細々と草が生え、背の高い黄色い花がぽつぽつと咲いていた。あれはそう、向日葵《ひまわり》というのだと、その名前を彼は思い出す。

商店街の公園の、彼から見える場所にあった花壇に、夏が巡ってくるごとに、あの黄色い花は咲いていた。

「誰もいない街にも、花は咲くんだなあ」

しばらく歩くうちに、懐かしい音が降るように聞こえてきた。蟬の声だった。少し先に枯れかけた何かの木が立っていて、どうもそちらから聞こえてくるようだった。

「蟬も鳴くんだなあ」

花も虫も、ひとがいなくなったことに気づいているのだろうか、と思った。

誰もいなくなった街が、寂しくないのだろうか。どうしてこんなことになったのだろうと考えないのだろうか？

それとも彼らは、ここが静かな街になったその理由を知っているのだろうか？

聞いてみたいと思ったけれど、花も蟬も、ただ咲いているだけ、鳴いているだけで、教えてくれそうになかった。


かくして、彼は旅立った。

彼の愛したフライドチキンの店――とある街の支店の、その残骸の前を離れ、ひとりあてもなく、歩き出したのだった。

実のところ、彼の正体は、店の前に立っていたそのチェーンのシンボルである創業者の似姿の立像であり、長い時を経てそれに魂が宿った、いわゆる付喪神だった。

けれど彼はそれを知るよしもない。気づくことも悟ることもなかった。

彼があやかしになるまで、あまりにも長い時間がかかったからかも知れない。あやかしとして誕生したばかりだったからかも知れない。あるいは、たまたま彼がそういう生まれつきの付喪神だったからかも知れない。とにかく彼は、自分がどういう存在なのか知らないままに、廃墟の荒野へと足を踏み出したのだ。

彼が眠っている間に、この星とそこに住まう住民たちがどういう運命を辿ったか、そんな事情を知るよしもなく。遠い昔、多くの人間たちは、生きるためにこの星を離れたのだと、そんなことはまるで知らないままに。


「――はて、それにしても不思議だなあ」

付喪神は、歩きながら呟く。

耐えがたい暑さと眩しさは感じるけれど、長く歩いていても、まるで疲れない。喉が渇くことも、空腹になることもない。

「普通の人間は、炎天下、これだけ歩けば、休みたくなるものではないのだろうか?」

彼は「普通の人間」などではない。なので疲れとも空腹とも無縁なのだけれど、彼はそれを知らない。

「わたしは、よほど丈夫な人間なのだろうか」

首をかしげながら、彼は耳礫の敷き詰められた道を行く。まばらにはえた雑草にたまに足を取られながら。いつの間にか履いていた、きちんとした黒い靴は、こういった場所を歩くのには向かない。そもそも立派なスーツ姿が、こういう旅路には向かないわけだけれど。――彼は何度も転びそうになり、足をくじきそうになりながら、ため息をつく。すっかり埃だらけになった靴を、いつかどこかで磨かなければ。これでは清潔感がない。

「わたしという人間は、いったいどういった人間であったのだろうか」

記憶にある自分の姿、何かの折りに見た、窓ガラスに映るその姿は、白髪の恰幅《かっぷく》の良い紳士だった。まあそこそこは年もとっていたはずだと思う。若くはないはずなのだが、体を鍛えるような仕事の経験でもあったのか。

「そういえば、『大佐《カーネル》』と呼ばれたことがあったような……」

朧《おぼろげ》気な記憶が蘇《よみがえ》る。ということは、自分は軍隊にいたことがあるのだろうか。首をかしげかしげ、彼は無人の廃墟を歩く。

瓦礫の山によじ登り、その手で摑み、ステッキでついて、街の残骸を乗り越えてゆく。

この残骸の向こうに、倒れた建物の向こうに、ひとの暮らす街があるのではないか、見知った誰かと出会えるのではないかと祈るように思いながら。

それから幾日歩いたことか。最初のうちは数えていたけれど、毎日同じ情景の中を歩くうちに、覚えていることをやめにした。

眠くなることもなかったので、不思議に思いつつ、夜を日に継いで、歩き続けた。

毎日、日が落ちる頃には、地平線のどこかに、ひとの手が灯す明かりがまたたかないかと、遠く近くを見渡しながら歩いたけれど、そこに明かりが灯ることはなかった。

大きな手で壊し、叩《たた》き潰し、一面にならされたような、闇の中に広がる瓦礫の山、そして荒野に、夜ごと星たちは天蓋の飾りのように現れた。そこに音も無く昇る月は大きく見え、その光は銀色に眩しくさえ見えた。

彼が知っている、賑やかだったあの街にも月は昇っていた。けれど記憶の中の月は、もっと小さく可愛らしいものに見えたものだ。そう思うと、いまいるこの街は何なのだろう、と途方に暮れる。なんだか遠い遠いところに自分ひとりだけ連れてこられてしまったように思えて、恐ろしくなった。

ひとつふたつ、救いだと思ったことはある。たとえば、空に上がる大きな月の、その丸く白い表面を横切るように、渡り鳥の群れがよぎってゆくのが見えたことだ。すっかり変わったように見えるこの世界でも、鳥はどこかを目指して、空を飛ぶのだと思った。

そして、廃墟の街のそこここや、まばらに茂った植物の藪《やぶ》の影に、時折、星のきらめきのような一対《いっつい》ずつの光がぱらぱらと見えたことも嬉しかった。それらはかすかな足音を立てて歩き、走って行く、獣たちの目の光で、つまりはこんな乾ききったように見える大地にも、猫や犬やねずみのような、小さな生き物たちはまだ生きているのだと、その生《せい》の気配が嬉しかった。

そして彼は、ある夕方、遊園地のシルエットが、行く手の赤い空に浮かび上がっているのを見た。天にどこまでも伸びてゆく、あれはジェットコースターの線路に違いない。大きな丸を描く、あれは観覧車。回転木馬らしい影も見える。とても立派な広々とした遊園地のように見えた。

もしかしたら誰かいるかも、と胸を弾ませてそちらへと足を運んだ。

誰かと会いたい。言葉を交わしたい。

最初はゆっくり、そのうち早足になり、やがて駆けるようにして、そこへ辿り着いた。

見上げるほど大きな鉄の門が、開いたまま、風に揺れて、きしんだ音を立てていた。

彼はその門のゆらゆらと手を振るような動きに招かれるように、静かな、誰の気配も感じられない遊園地の中へと足を踏み入れた。

遊園地——いや、そこは正確にいうと、遊園地だった場所、というべきだったろう。

空へと伸びるジェットコースターの線路は半ばで千切れ、残骸と化したコースターは、何かの死体のように中途からぶら下がっていた。観覧車は誰も乗せないまま風に吹かれてゆらゆらと回っている。植栽の緑たちは野放図《のほうず》に茂って、荒々しい森のようになり、いかにも廃墟らしい、恐ろしげな雰囲気をいや増しているようだった。あるいはお伽話《とぎばなし》の『眠れる森の美女』の、城を包む茨《いばら》のように見えた。

そんな緑が、波のように蔓《つた》を伸ばし、回転木馬にも絡みついていた。

彼がはっとしたのは、古く傷つき汚れた木馬に、ひとりの少年がまたがり、木馬の首を抱くようにして目を閉じているのを見かけたからだった。

彼は回転木馬のそばへと駆け寄った。

「きみ、ねえ、きみ——」

夢を見ているような気持ちになりながら、彼は必死に手を伸ばし、語りかけた。

少年はピエロのような衣装を身にまとっていた。そばかすのある、人形のように愛らしい顔に、茶色い巻き毛と長い睫毛《まつげ》が影を落としていた。疲れているような、悲しげな表情をしているのが気がかりだった。

気がつけば、色白のふっくらした頬《ほお》も、ピエロの衣装も、あちこち汚れているようだ。

「きみ……」

もう一度呼びかけた時、少年はぱっちりと目を開けた。

人懐っこそうな茶色い瞳が、彼を見上げ、まじまじと見つめると、

『わあお』

と、口を丸く開けて、小さな声で叫んだ。『どうしよう？　久しぶりのお客様だ。——ああ、もしかして、今日が「特別な日」だからかな』

少年は、踊るような仕草で木馬から飛びおりると、よろけて数歩たたらを踏んだ。

慌てた彼が差し出した腕に寄りかかると、

『メリークリスマス。いらっしゃいませ、お客様』

愛らしく、品の良いお辞儀をした。

よく通る、綺麗な声だった。

少年のからだは、見た目の通りの、華奢《きやしや》な子どものようには軽くなくて、なぜか、ずっしりと重く思えた。

「いや、その、メリークリスマス、とは？」

夕暮れ時の、もう夜の気配がそこここに漂い始めているいまも、あたりは暑い。空には入道雲の影さえ見える。どこかの木で蝉は鳴いているし、花壇の名残らしい場所には、向日葵やサルビア、カンナ、という彼が名前を知っている夏の花々が咲き乱れている。

『あれ？　クリスマスイブじゃない？』

少年は目をぱちくりとさせる。『さっき、時計を見たとき、カレンダーの日付がそうだったのに。やだなあ、また時計機能が狂っちゃったかなあ』

そういって差し出した、ほの白く見える手首の皮膚に、赤い光がデジタルで、12月24日、と、アラビア数字を映しだした。時刻は16時20分。点滅しつつ時を教えている。

てへへ、と恥ずかしそうに少年は笑う。

そして小鳥がさえずるような声で、

『ごめんなさい。——思い出しました。いまたしか七月ですよね。何日だったかなあ。たしか今朝まではわかってたんだけど、忘れちゃってました。さっき、時計の日付を見たときに、カレンダーが違う日に——クリスマスイブになってて、すごく嬉しくなって、あ、今日はクリスマスだったんだ、しまった、うっかりした、忘れてた、って思ったんです。

そうか、じゃあ、今日来たお客様には、きっとメリークリスマスっていわなくちゃ、絶対忘れないようにしなきゃ、って考えたんです——ああ、でも、今朝時計を見たときは、七月だったような気がするのになって、自分でも変だなあって思ってたんですけど。だけど、クリスマスは大好きで、早く来ないかなあって毎日思ってたから、嬉しくて嬉しくて、全部忘れて、楽しくなっちゃってました』

ぼく、頭が良くないんです、と少年はため息をつく。

『たまにごっちゃになっちゃうの。たぶん、元はそうじゃなかったと思うんですけど。ぼくは昔、最新式のロボットで、この遊園地に訪れるお客様をお迎えする、案内係のお仕事をしてました。自分でいうのもなんですけど、遊園地の自慢のロボットの一体だったんです。――でも、昔の戦争の時に、あちこち壊れちゃって。ときどき、変になっちゃうんです。いろんなこと、端から忘れちゃうし。休み休みじゃないと、すぐにバッテリーが切れて、眠くなって、寝てしまうし』

少年は頭をかいた。

紳士は――付喪神であり、かつては人形であったものは、混乱した。

いまこの子はなんといった？　自分がロボットだとか、そんなことをいわなかったか？

彼が（相変わらずあやふやで心許ない記憶の中で）知っている限りにおいて、ロボットというのは、機械でできた、プラスチックや金属で構成された、もっとこう、見た目がおもちゃのようなもののはずで――しかし目の前の少年は、柔らかなあたたかい肌を持ち、呼吸をし、明るい声で言葉を話す、元気で可愛い人間の子どもそのものだった。――妙に体重が重かったり、手首に時間が光って浮き出したりするあたりは謎だけれど。

とにかく、彼の記憶にある限りに於《お》いて、ロボットというものは、こんな、見るからに「心」があって自分で考える、そんな存在ではなかったはずで――。

「きみ、ロボットって、どういうこと？　それにその、『戦争』って何なんだい？」

それは不吉な言葉だ。聞いた途端に胸の奥がずんと重くなった。その言葉の概念を、彼の曖昧な記憶は知っている。知識として知ってはいるけれど、彼の愛する街も、その周辺の地域も、そんなものの気配がない、平和そのものの地だったはずで。

少年は少年で、戸惑っているようだった。困ったように首をかしげ、愛らしい仕草で腕組みをする。――そのとき紳士は、少年の衣装の肩のあたりに、ひときわ汚れ、いたんだところがあるのに気づいた。破れほつれた布地の下に見える柔らかそうな皮膚が、汚れ、無残に裂けていて、その中にプラスチックや金属でできたものが見えるのに気づいたのだ。

ぎょっとして思わず身を引き、そしてさらに気づく。さっき木馬から下りる時に、少年がよろけたのも道理、少年の片方の足は足首から先がなかった。その部分は焦げて、ひしゃげたようになっていて、そこから何やら千切れたコードがぶら下がっている。

痛々しく見えるその足首の様子は、ひとの子どもの足のようには見えなかった。

たとえ目の前にいる少年が、自分がそうだと名乗ったとおりの、ロボットなどという現実味のない存在だとしても――人間ではなかったとしても、彼にとって少年は、初めて出会った、言葉を交わせる相手だった。

夕暮れがやがて夜となり、廃墟の上の広い空に、星がいくつも灯り始める頃、彼は木馬のそばにあった壊れかけたベンチに腰をおろし、ぽつぽつとこれまでにあったことを――ひとりぼっちの廃墟で目が覚めてからここまで旅してきたことを、少年に話した。

ベンチの彼の隣に腰をおろした少年は、何度もうなずきながら、聞いてくれた。

やがて、ため息をついて、いった。

『不思議ですね。お客様の記憶にある街の姿は、平和で賑やかな――まるで戦争なんてなかったような場所だったってことですよね。まるで、ずっとずっと昔の街やひとびとの姿みたいな。そして、気がついたら、お客様はなぜか、誰もいない街にひとりぼっちで、そこにいる理由がわからなかったんですよね？

そうして、自分が誰か思いだせない。記憶もいろいろへんてこで、はっきりしてない。

——うーん、どうしてなのかなあ？』

少年は考え込むように、視線を静かに足下に落とした。

少年の折れた足の周囲の暗闇に、時折緑色の光がすうっと線を描いて流れて行く。

「おや、その綺麗な、星のような光は？」

『あ、螢《ほたる》です』

少年は表情を輝かせる。『ずっと昔——戦争の前の時代から、この遊園地のビオトープで育てていた螢の子どもたちが、いまも夏には飛ぶんですよ。今年も飛んでて、とっても綺麗だけど、ぼくだけが見ているのは寂しいなあ、誰かお客様に見せてあげたかったなって思ってたから——もう何十年も、たぶん百年かもっとくらいも、夏が来るごとに、そう思ってたから。今年は、お客様にお見せできて良かったです』

ああ、これが螢か、と付喪神は思う。——少年がいまの言葉の中で、さらりと口にした、「何十年も、たぶん百年かもっとくらいも」というひとことが気になりながらも。

いまのひとことをそのまま受け取るとしたら、この少年は、もう何十年も、いや百年かもっと長い間、夏が巡ってくるだけの日々を、この廃墟の大きな遊園地にいる、ということになるのだろうか？

もしかして、ずっとひとりぼっちで？

謎の曖昧な知識と記憶で（そう、彼にはその由来がわからない、付喪神ならではの知識と記憶で）、彼は、螢という虫のことを知っていた。その飛ぶ姿を、放つ光をその目で見たのは、恐らくいまが初めてだろうと思ったけれど。

たいそう美しい、魔法のような色彩の光だと思った。たしか寿命が短い、儚い生命なのだと、そんな知識も、ふわりと思いだせる。

少年が、ふと呟いた。

『ぼくとお客様は、似てるのかも知れませんね。記憶がときどき、少しだけ曖昧で、いろんなことを忘れてしまってて、それから、ひとりぼっちだったってところとか。ぼく、お会いできて、とっても嬉しくて……』

そこまで言葉にしてから、少年はごめんなさい、と慌てたように頭を下げた。

『お客様、きっとご不安で、お心を痛めていらっしゃるのに、無遠慮なことを——』

少年は、この頭がいけないんだ、と、また自分の頭を叩くようにした。

「ああ、いや、いいんだよ」

彼は少年の手を止めて、笑った。「わたしも君と会えて、話が出来て、嬉しいんだから。これまで、ひとりぼっちで、何もわからないままで、この廃墟の街を歩いていなくてはいけなかったんだからね」

泣きそうな目をする少年の細い肩を、彼はそっと叩いた。

「よかったらわたしに、いつどうしてこの街はこんな風に――廃墟になってしまったのか、話してくれないかい？　この遊園地がこんな風になってしまったわけも」

静かに夜風が吹きすぎる。蛍たちは、その風にふわりと吹かれ、まるで遊ぶように、緑の光の跡を宙に残しながら、闇を飛び交う。

星々の光と、やがて上がってきた月の光に照らされながら、少年はこの街と、そして世界を繰り返し襲った災厄の話をしてくれた。まるで人類を滅ぼそうとする意志を持つ者がいたかのように繰り返した幾多の天災と、その果てに繰り返された大戦と、数え切れないほどの数の内戦と。大地は荒れ、空気や水は汚染されて、ついには世界は生き物の住めない場所に変わっていったのだ、と。

それは耳にするだに恐ろしい、残酷で悲しく、凄惨《せいさん》な歴史の物語だった。わずかな年月の間に、世界は無残に姿を変え、数え切れないほどたくさんの命が失われたのだという。

少年の記憶はあちこち壊れていて、特に、時や時間に関する感覚にはおかしなブレがあり、たとえば「いま」という時代が「いつ」で、それぞれの天災や戦争が起きたのは「いつ」の話なのか、いまひとつわからなかった。それでも、この大きな遊園地の「案内係」を務めていたという少年は、たくさんの知識をその人工知能の中に蓄えていた。かつて、この遊園地がたくさんの

「お客様」を迎えていた頃は、世界中のどんなお客様を迎えたとしても、自分や仲間たちには恥ずかしくない案内ができたのだと、少年は胸を張る。

紳士には夢物語のように聞こえたけれど、どうも少年の知っている世界の文明は素晴らしく栄え、人類はSF小説のような世界で幸福に生きていたらしい。ロボットたちは「進化」し、人間は彼らに守られ、楽しく生きていたようだ。

お客様たちのための様々な新しい情報をいつも彼と仲間たちは自発的に取り入れ、蓄えていた。いまは壊れて沈黙している、遊園地の優秀なメインコンピュータを通して。この遊園地の様々なイベントのタイムスケジュールはもちろんとして、素敵なお店が揃《そろ》ったレストラン、土産物屋などの情報だけでなく、園周辺の地の様々な情報も取り入れていた。宿泊施設の情報に交通情報、国内外のニュースや楽しい話題も網羅して。

彼らは自分の仕事に忠実に誇り高く働いていた。人間の従業員たちとともに、仲間として信頼されて、ともに持ち場に立ち、助け合いながら、この遊園地を守っていたのだという。

彼らには人間のそれと似せて作られた、「心」があった。お客様を愛し、遊園地を愛するように作られた、プログラムで動くように運命づけられていた。いわば人工の心だったけれど、ロボットたちも人間も、ひとのそれとどこが違うのだろう、とよく話していた。——心とは、魂とは何なんだろう、と。同じように考え、この場所で働いているのに。

この美しい、賑やかで喜びと驚きに満ちた、音楽とお芝居と、笑顔の溢れる場所で。ロボットたちと人間が、ともに笑顔でお客様たちを迎え、うたい、踊り、華やかで優しい空間を作り、大切に守るこの遊園地。お客様たちがみながみつめるまなざしの中で、夢の時間を過ごし、それぞれに思い出を作り、楽しかった、また来るね、と帰って行く場所で。

あるときから、世界をひどい流行《はや》り病と天災がたて続けに襲った。笑顔のお客様たちの波は途絶えた。訪れるひとびとの安全も考えて、遊園地は休園することとなった。ロボットたちも人間も、再びお客様を迎える日々を夢見て待っているうちに、大きな戦争にこの国も巻き込まれた。ついには、遊園地そのものも、戦争の被害に遭う日が来た。園にとどまり、保守点検をしつつこの場所を守っていた人間の従業員たちと、変わらず持ち場に立っていたロボットたちが、降りそそぐミサイルの雨の中で、ほぼ全滅したという、その日が訪れた。

その日、少年は片方の足首と、完璧だった思考能力の一部を失ったのだ。

『あのときに、園のみんなは亡くなったり、壊れてしまって——直後は大丈夫そうだったロボットたちも、長い年月が経つうちに、少しずつ動かなくなっちゃって。いまはぼくだけがこうして残っているんですけど——』

少年は、申し訳なさそうにいった。『ぼくもすっかり馬鹿になっちゃったし。ぼくじゃなく、もっとお客様の役に立つ仲間がいまここにいたらよかったのにと思います。ごめんなさい、お客様』

もはやこの遊園地は、お客様を迎えることはないのだと少年はいった。どんなに待ち続けていても。数十年の昔、あるいはもっと昔に、人類はこの地を去ってしまったから。

長いときの果てに、ようやく戦争は終わった。けれど、命が生きながらえることが難しくなってしまった地球を離れ、世界中の人間たちは、たくさんのロケットに乗って、はるかな月に行ってしまったのだと。

人類は月に避難して、そこで街を作って暮らすことになる、母なる星よ、そこに暮らしていた命たちよ、ごめんなさい、さようなら、と、人類は、別れの言葉を世界各地のコンピュータに残して去って行ったのだそうだ。旅立つ者が、手紙を残して行くように。

天災や戦争に耐え、壊されずに残ったロボットたちのうち一部のものや、犬猫や魚などのペットやわずかな植物も、人類とともに月へと去って行ったという。

けれど多くのロボットたちは、その数の多さと内部につまった機械類の重量故に、ロケットに乗ることができなかった。

残されたロボットたちは、月に旅立った人類を地上から見上げながら、やがて少しずつ朽ちていった。ロボットたちは太陽電池を搭載されていたので、エネルギーがなくて倒れることはなかったけれど、精密機器なので壊れやすく、一度壊れると、直してくれる優しい手のない世界で動き続けていることはできなかった。

帰ってこない人類の幸運を祈りつつ、その手を恋しく思いつつ、地球に残されたロボットたちは倒れ、瓦礫と土に埋もれていった。

銀色の月の光に照らされながら、少年の話を聞くうちに、彼は少しずつ、「いま」の現実を胸元に受け止めていった。

ぼんやりと気づきつつも、信じがたかったことを。たとえば、「いま」が彼の愛していた、あのあたたかな商店街のある時代よりも、「未来」だということを。

おそらくはここは、彼の記憶の中にある、懐かしい日々よりも、ずっとずっと未来にある世界なのだ。少なくとも、彼の知っている時代には存在しなかった、「心」のあるロボットが作られるようになり、人類とともに暮らしていたという――「いま」のこの地は、そんな「過去の歴史」を持つ時代の世界なのだ。彼のいた世界は、ここからははるかに遠い過去なのだ。

いったんそう気づけば、何しろ、自《みずか》らの正体に気づかないまでも、付喪神である彼はあやかし、常のものではないので、それが世界の真実だと悟る。直感を疑うこともない。

大きくうなずいて、少年に礼をいう。そして腕組みをした。

「いまがいつかわかったのはよかった。しかし、では『わたし』はいったい何者なのだろう?」

遠い過去の時代の記憶を持ち、いまになってひとり目覚め、ここにいる自分は。

「普通の人間――ではないのかなあ……」

そんな気がしてきたけれど、ではいったい「何」なのか、考えようとすると、答えがぼんやりと遠ざかって行ってしまう。

「うーん、あと少しで、思いだせそうな気がするんだけどなあ」

少年が、ベンチの横から彼の顔を覗き込むようにして、笑う。

『ぼく、お客様にそっくりなひとを知ってます。もしかしたら、そのひとだったりして』

「なんと。それは誰なんだい？」

どきりとした。

少年はくすくすと楽しそうに笑う。

『ほんとに似てるから、最初見たとき、びっくりしちゃって。だってそのひと、一度でいいから、会ってみたい、ぼくの憧れのひとだったんですもの』

少年は笑い続けるだけで、その人物の名前を教えてくれなかった。


少しずつ、夜明けの時が近づいてきた。

うっすらと明るくなってくる空気の中で、青く漂う薄闇に包まれた瓦礫や草むらの中に、従業員の姿をした影がいくつもあることに、彼は気づいた。それぞれの仕事の制服を身にまとったロボットたちの、いまはもう壊れて動かない、錆《さ》びた姿だった。

光が淡くなってきた螢たちが、弔《とむら》いの言葉をささやくように、ロボットたちのからだのそばを飛び、古びて汚れた頭や肩に止まる。

彼の悼《いた》むような視線に気づいたのか、少年はささやくようにいった。

『人間の従業員のみんなには、お葬式をして、お墓を作りました。天国に行けないと良くないので。けれどぼくたちロボットには、魂があるかどうかわからないですし、魂がないのなら、天国には行けないですし。――それなら、みんな、土の中じゃなく、最後までこの遊園地のスタッフやキャストとして、仕事をしていた場所、動かなくなった場所にいたいかなと思って』

朝が訪れ、螢たちの光は見えなくなった。

ロボットたちの亡骸は、ただ静かに倒れ、あるいは束の間の休憩をしているかのように地面に腰をおろし、そのままの姿勢で緑の波に埋もれていた。

『――ああ、ごめんなさい。ぼくったら、またうっかりしたことをしてしまって』

ロボットの少年は、朝の光の中で、細い肩を落とし、泣きそうな顔をした。『お客様、遠いところから、何日もかけて、長く長く歩いてきた、とおっしゃいましたよね？　きっとお疲れのはず。空腹で喉も渇いていらっしゃったのでは？　なのに――ぼくったら、何のおもてなしもせず、休ませて差し上げることもしないままでお喋りを続けてしまって。自分がロボットで、疲れはしないものだから、ついそのまま話し続けてしまって。こんな失敗、この遊園地に残った最後の従業員、最後のロボットとして、恥ずかしい以外のなにものでも……』

うるうると茶色い瞳が潤《うる》むということは、人間そのものの姿をしたこの少年には、ひとのように涙を流すことができるのかも知れなかった。

あるいは見た目の通り、ひとの子どものように心があるのかも知れない、などと彼は思ったけれど、いやロボットなるものに、心やら魂やらは存在するのだろうかとも思う。少年自身も自らにそれがあるとは考えていないようではなかったか。一体、ひとの手が作り上げたものに、心や魂は宿るものなのだろうか？

朝の光の中で、少年が身にまとう、汚れた古い衣装はひときわ色褪せて見える。ところどころほつれ、破れている様子も痛々しい。かつて――おそらくは遠い遠い昔に、この大きな遊園地が賑わい、たくさんのお客様が訪れ、笑顔や笑い声が溢れていた頃には、案内係だったというこの少年のピエロを模した衣装はどれほど美しかったろうと想像すると、いまの姿はひどく哀れに思えた。

日の光に照らされた廃墟の遊園地と、方々で瓦礫や草に埋もれ斃《たお》れ朽ちているロボットたちの残骸は、まるでひとつの大きな生き物の死骸のようで、どこを見ても心が痛んだ。

もともと彼は、そのおぼろな記憶の中で、幸せそうな街やひとを見ていることが好きだったような気がするので、目の前のロボットの少年の、それとは真逆なこの有様は、ざらざらと、心にやすりをかけるようだった。

「ああ、ああ、気にしないで良いんだよ」

紳士は、慌てて手を振る。

身をかがめ、少年の姿をしたロボットに笑いかける。

「大丈夫、わたしはどうやらひときわ頑丈にできているようなんだ。おそらくは過去の世界で、日常的にからだを鍛えるようなこともしていたのだろう。そういう仕事をしていた過去があるのかも知れないと思ったと話さなかっただろうか。――ほら、一睡もせず語り明かそうとも、こんなに元気で、微塵《みじん》も疲れていないし、空腹でも喉が渇いてもいない。だから昨夜《ゆうべ》も、のんびり休んで時間を無駄に使ったりするよりも、夜通し君からいろんなことを教えてもらった方が、わたしにはずっと価値があって、ありがたかったんだ。それに何より楽しかった。きみはとても話すのが上手で、いろんなことを知っていて、いまこの世界で知るべきことを的確にわかりやすくわたしに教えてくれて、まったくもって、完璧な仕事ぶりだと思っていたんだよ」

さだかでない過去の記憶の中で、彼はどうも子どもが好きであったらしく、とくにその笑顔や楽しそうな声が好きだったように思えた。ちかちかとまたたくように蘇る記憶の欠片《かけら》がそうさせるものか、泣きそうな少年——少年そのものの姿をして、我が身を責めるように話す、幼きもの——を見ていることが耐えられなかった。

少年が、長い睫毛をまばたかせて、訊《き》いてきた。

『完璧——ぼく、完璧に話せていましたか？』

見上げる目が、すがるようにきらめく。

「もちろんだとも」

紳士は両手をそっと——あちこち壊れかけている少年のからだに障《さわ》らないように気をつけながらそっと——その肩に置く。

「ああ、まったくもって完璧な話しぶりだった。さすがこの立派な遊園地の案内係、プロの仕事だと思ったよ。きみには感謝しかしていない。ありがとう、ありがとう、ほんとうに」

えへへ、と少年は照れたように笑った。花が咲くような、元気で明るい笑顔だった。

『ありがとうございます。すごく嬉しいです』

少年は、思いだしたというように、紳士を伴って、遊園地の奥の方へと歩き始めようとした。

『お詫《わ》びといってはなんですが、いまからでもおもてなしをさせてください。遊園地の敷地の中に、隠れ家みたいに小さなホテルがあって、そこに特別なお客様のためのお部屋があるんです。ぼくはずいぶん長いことそちらへは行っていないので、いまそこがどんな様子なのかわからないんですが——そのお部屋がもしまだ使えるようでしたら、お客様をお通ししたくて。外は暑いですけれど、あそこなら、少しは涼めると思います。電源がだめになっているので空調は使えないでしょうけれど、でも、お部屋の椅子に座っていただいたり、くつろいでいただくようなことはできるんじゃないかと。少なくとも外よりはきっと居心地がいいはずで……』

どうぞこちらへ、と片方の足首が折れた足を引きずりながら、先に進もうとする少年の表情は明るかった。少し考えてから、紳士は笑顔で、そのあとに続いた。

彼としては、別に休んだりくつろいだりはしなくても良いように思ったのだけれど、考えてみればこの先どこに行こうというあてがあるわけでもない。これからの予定は白紙なのだ。

それならば、休むのも良いだろう。彼をその場所に連れて行くことで、この仕事熱心なロボット少年の気持ちが——見た目の通りにひとのような心があるのなら、の話なのかも知れないけれど——安らぐのなら。

このけなげな少年が笑ってくれるのなら、それでいいのだ。

(そうだ。自分は「そういうもの」だった)

子どもたちを喜ばせることが好きだった自分を思いだせるような気がした。

彼は笑みを浮かべて、夏空の下を歩き出す。

(ほかに何かしたいことや、急いで探し求めたいものがあるわけでもないものなあ)

苦い思いがするのは、昨夜少年から聞いた、この世界の現状に打ちのめされているからだ。肉体の方は謎の丈夫さで、疲れも空腹も喉の渇きも感じないけれど、心の方はどうやら柔《やわ》く、疲れもすれば途方に暮れたりもするようだった。——思うに、過去の自分は、肉体は鍛えていたかも知れないけれど、心の方はそういう訳にはいかなかったのだろう。

(なくした記憶は探したかったんだけどなあ。自分がどこの誰なのか、知りたくはあるんだ)

その気持ちはいまも変わらないけれど、今更それを知って何になるのだ、という思いの方が強かった。見渡す限りの廃墟が続く世界の中にこうしてひとりいる。懐かしい街やひとびとから切り離されて、なぜか取り残されている。ロボットの少年から、この世界が滅びにいたった、その歴史を聞いてしまえば、圧倒的な無力さしか感じない。舞台は哀れなロボットたちの残骸がそこここに転がる、廃墟の遊園地ときたものだ。

(それでも、子どもひとり笑わせることができる自分であって良かったと思うよ)

いまは磨かれた黒い靴で、緑の波に半ば埋もれた煉瓦敷きの道を踏みしめながら、彼は前に進む。

山羊のような白い髭をたくわえた口元に、昔から変わらぬ笑みを浮かべて。不思議なもので、自分には不屈の闘志があるとわかっていた。どんなに打ちのめされても、きっと立ち上がれる。そして自分がすべきことを思いつくだろうということも。

そのあたり、あるいは立像のもとになった人物、古《いにしえ》のフライドチキンの店の創業者の不屈の生き様に影響を受けていたのかも知れない。けれど、遠い未来の世界で、我が身の正体を知らぬ存在として生を得たいまの彼が、それを知るよしもなかった。

「しかし、『特別なお客様のためのお部屋』に、わたしなんかがうかがってもいいのかね？」

紳士が冗談めかして問うと、少年は、もちろんですよ、と、弾けるような笑顔で答えた。

『お客様は、この遊園地にとって、久しぶりにいらっしゃった、最高に素敵で、特別なお客様ですから』

でももしかして、部屋がひどいことになっていたらごめんなさい、と少年は頭を下げた。それどころか、ホテルの建物そのものが崩れ落ちているかも知れないという。

気がかりなのか、少年の足が速くなった。

『ぼくの持ち場——いつも待機しているところは、この園の正門から、回転木馬があるあたりでした。今日までの長い年月の間、ひとりでいるときは、ほぼそのあたりから動くことはなかったんです。コンピュータとやりとりができた頃は、無線で情報を得ることができましたし。

ほんとうは、歩いて行こうと思えば、この遊園地の敷地の中でしたら、自由にどこまででもいけるんですが、習慣として、持ち場から動く気にならなかったんです。だから、遊園地の奥のあたりがどうなっているか、現状がわからなくて』

紳士は首をかしげ、何の気なしに訊いた。

「きみは、『敷地の中ならどこへでも行ける』のかい？　ということは、『敷地の外へは行けない』ということなのか」

少年はうなずいた。

『ぼくはこの遊園地の案内ロボットですから、遊園地を離れてどこかへ行くようにはできていません。その必要がなかったですし、いまもないからです』

「じゃあきみは、ずっとこの遊園地にいるんだね。世界が平和だった頃から、いままでずっと」

『はい。ここで働くことを定められた日から、ここにいます。それがぼくの仕事ですから』

少年は胸を張り、笑顔で言葉を続けた。『この場所でたくさんのお客様を迎え、お見送りしてきました。朝や昼間に、笑顔のみなさまをお迎えして、夕方には笑顔のみなさまにさよならの挨拶をするんです。遊園地の門のそばで、人間やロボットの仲間たちとともに。

それはとても——とても幸せな日々で、幸せな情景でした。あのね、お客様。遊園地という場所には楽しい気持ちの方しか来ないんです。そしてここで、たくさんの楽しい思い出を作って、また来ようねって笑顔で約束をしながら帰って行くんです。ぼくや仲間たち、そして遊園地に手を振って、楽しかった、また来るね、っていってくださる。

お別れは寂しいような気持ちがして、いつも胸が痛んだけれど、ぼくも仲間たちも、さよならしたお客様をまたお迎えするのを楽しみにしていました。再び三度《みたび》お会いするときには、ぼくらはきっと忘れずに覚えていて、いらっしゃいませじゃなく、お帰りなさい、っていって差し上げる。お客様たちにその言葉を喜んでいただけるのが好きでした』

楽しげではあっても、折れている方の足首を引きずり、細い肩を上下させて歩く姿を見ていられなくて、紳士は少年に、よければ、と自分の持っていた杖《つえ》を差し出した。

少年は感謝しつつ、お客様のものをとんでもないと断ろうとしたけれど、紳士がどうしても引かなかったので、何度もお礼をいいながら、押戴《おしいただ》くようにして杖を受け取った。しばらくの間杖を見つめた後、上手に使って歩き始めた。記憶の中に、杖の使い方もあったのだという。

『お客様のお世話をするために蓄えていた知識が、こんな風に役立つなんて、びっくりです』

夏の朝の光が満ちる廃墟の遊園地には、ひとの声の賑わいも音楽も聞こえない。ただ静かに風が吹きすぎ、どこからか野鳥のさえずりが聞こえるばかりだった。それはどこか、この場所が静かに眠りについている姿のようでもあった。

野鳥の声を追うように、少年が視線を優しく巡らせた。

『小鳥たち、長い間、姿を見かけなかったんです。天災や戦争が続いた時代に、みんな死んでしまったんだろうと思っていました。緑が枯れて、空気も濁って、水もだめになって、生き物が命をつなぐのは難しくなった時期があって——だから、人間はみんな、地球で暮らすことを諦《あきら》めて、月に行ってしまったのですけれど。そのときに、遊園地の中の森や池や小川にいた小鳥たちや魚たち、虫たちも姿を見なくなり、静かになってしまったんです。緑も一度、みんな枯れてしまったんです。

でも長い年月が経つうちに、気がつけば、花も草木も蘇り、鳥の声を聴くようになって。飛ぶ姿も見るようになって。そして、昨夜みたいに、螢も飛ぶようになったんです』

笑顔のまま、少年は視線を地面に落とす。『螢が帰ってきて、だけど、見てくれるお客様がいらっしゃらないのが寂しかった。――でも夏が巡ってくるごとに、螢は飛ぶと思いますし、今年より来年、また次の年って、増えていくだろうとも思いました。いつかの夏にまた、お客様が帰ってきてくだされば、たくさんの螢をきっと喜んでくださると思っていました。――だから、昨夜お客様に見ていただくことができて、ぼくはとても嬉しかったんです。こういう気持ちを、「夢が叶《かな》う」っていうのかな、と思いました』

少年は明るい目で、紳士を見上げる。ありがとうございます、と微笑んだ。

そして、夏の緑に埋もれた遊園地の中を先に立って歩きながら、軽く肩をすくめ、草花や木々が蘇り、花が咲くようになったのは嬉しいことなのだけれど、ちょっと元気すぎる蔦やら草やらがはびこって困っているのだと冗談めかしていった。

『園内の植物の手入れをしていた従業員が、人間もロボットも、いまはもういないので。緑たちが好き勝手に茂って、お化け屋敷みたいでしょう？』

寂しげに笑う。

紳士はちょっと笑って、自分も肩をすくめて見せた。

「しかし、いまはいまで風情があって良いとわたしは思うよ。なに、枝葉が多少茂りすぎているとしても、元気が良いのは良いことだ」

廃墟よりも。

（生きているというのは、良いことだ）

吹きすぎる風の音と、遠くで鳴く野鳥の声だけが聞こえる遊園地――時折、遊具が風に揺られ、軋《きし》む音を立てることもある――を聴きながら、付喪神の紳士は、そっとうなずく。

くっきりと青い夏空を見上げ、眩しさに目を細めながら、ふと思った。――緑が蘇っているのは、この遊園地の中だけではなく、もっと広い、この地球のあちこちで起きていることなのではないだろうか。

(そういえば、ここまで来る旅の途中、月の表をよぎる渡り鳥の影を見たな。小さな生き物たちが廃墟にいるのも、何回も見た)

胸がどきどきと鳴った。この世界が遠い過去に於いて、生き物の住めない場所に変わっていたとしても、命が蘇り始めているのかも知れない。

それならば、いまは廃墟と化している世界も、いつかまた、彼の記憶の中にある懐かしい情景に近づいていくのかも知れない。――ひとの姿はそこにはないのかも知れなくても。


さて、遊園地の小さなホテルは、草の波と生い茂る蔦に覆われつつも、それが不思議な調和を見せるような姿で、静かにちゃんと存在していた。

少年は良かった、と声を上げ、紳士は彼と一緒に、急ぎ足になって建物に駆け寄った。奇跡的に、窓ガラスやステンドグラスの入ったドアも薄汚れてはいても壊れていないようで、中には夏の朝の光が明るく入り込んでいるようだった。

少年は、どうぞ、と品の良い仕草でドアを開け、紳士を中に入れようとした。建物の内部に目をやると、泣き笑いのような表情を浮かべて、その場に力なく座り込んだ。

「おいおい、どうしたい？」

紳士は自分もホテルに入り、ロビーであったろう場所に立つと、上から降りそそぐ光の中で、天井を見上げ、つい笑った。笑うしかなかったのだ。

建物の中が明るいのも道理、天井に大きな穴が開いていて、そこから光が降りそそいでいたのだ。穴をかがるように緑の波と蔦が溢れ、部屋の中にも、植物の緑の波がたれさがる。その波に囲まれるようにして、青い空が高く真上に見えていた。


小さなホテルは、その背面がひどく破壊され、方々が崩れ落ち、緑の波に覆われた瓦礫の山になっていた。ロボットの少年は心底がっかりしたようで、申し訳なさそうに頭を垂れた。

その様子がほんとうに哀れに見えた。見ていられなかった。

「これくらいのこと、どうだっていうんだ？　なあに、綺麗に片付けて、掃除すれば良いだけじゃないか」

紳士は腕まくりをして、掃除用具を探し、少年に借りた。二階の一角に、比較的傷んでいない客室を見つけ出し、てきぱきとその部屋の掃除を始めた。埃だらけのカーペットは手のつけようがなかったので、さっさとはがして丸めてしまい、現れた床をほうきで掃いた。日の光に色褪せたカーテンの埃は目をつぶって見えないことにした。いずれどうにかしよう。

とりあえずは一室、休めるような部屋を作り上げた。壊れていない家具を他の部屋から持ってきて、乾いた雑巾で磨いて並べた。

体を動かしていると楽しかった。おそらくは記憶をなくす前の自分は働き者だったのだろうと、彼は思った。特に掃除や調理、皿を洗うことは好きだったような気がする。——いや、一日何もせず、朝から晩までただにこにこと笑いながら、ずっと店の前に立っていたような記憶もあるのだけれど、はてどういうことなのか、矛盾しているなあと悩みつつ。

（しかしまあ、普通の人間ならば、丸一日、動かずに店の前に立っているなんてことはないだろうしなあ。何かの勘違いか、気のせいだろう）

深く考えず、彼は部屋をできうる限り、美しく清潔に整えることに一生懸命になった。

人間、するべきことにいそしんでいれば、多少の悩みはどうでも良くなるものだ。特に彼はそういう質《たち》だったらしい。

やがて、現時点でできる限り美しく仕上がった部屋で、紳士はベッドに腰をおろし、あたりを満足げに見回すと、

「いやこれは実に居心地の良いホテルだ」

ありがとう、と少年に礼をいった。

綺麗に磨いた窓の外の空は、その頃は夕方になっていた。疲れを感じないはずの彼は、そのとき、仕事のあとの、満ち足りたからだの重さを懐かしく思いだしていた。

これも綺麗に片付けたロビーに（吹き抜けの二階の天井の穴は、高すぎて塞ぎようがなかったので、そのままにしたけれど）、無事だったテーブルやソファをそれらしく並べて、その夜もまた、

彼は少年と語り明かした。

少年はホテルのどこからかキャンドルを模した小さな灯りを探しだしてきた。てのひらほどの大きさの、ごく小さな灯りだけれど、そこに光が生まれた。

灯りを愛でながら、紳士は少年とともに、真上に広がる夜空を見上げた。穴を取り巻いて垂れ下がる木々の枝葉が額縁となり、その中に絵のように灯っている星が見えて、なかなか不思議な眺めだった。

やがて銀色の月がそこに上がってきた。誰かの大きな目がはるかに高いところにあって、彼と少年を見下ろしているように見えた。

(あの月に、人類がいるのだと聞いたが……)

彼は宇宙のことはよく知らない。てんでわからない。宇宙船に乗って地球から去って行ったと聞かされても、いまひとつ理解が追いついていない。しかしまあ、とにかくあそこに人間はいるのだと、よしそこはわかった、と思った。それにしても、と思う。——地上からこんな風に見えるように、月からも地球は見えるのだろうか。

(眼下の世界が、懐かしくないのだろうか)

あそこへ帰りたいとは思わないのだろうか。郷愁《きょうしゅう》が胸をよぎることは。ここに残してきた、あれやこれやを思うことは。

今夜も螢は飛んでいる。幾匹かが天井の穴からロビーに入り込み、澄んだ光の線を描き、垂れ下がる緑の枝葉に、ロビーの壁や家具に、そしてロボットの少年の肩に、音も無くとまった。

螢は、壁に立てかけた、大きな一枚の絵にもとまった。

それはサンタクロースの絵。少年とふたり、あたりを片付けていたときに、家具と瓦礫の間から発掘されたものだった。

クリスマスツリーが飾られた、あたたかそうな部屋の、これもあたたかそうなベッドに、子どもが眠っている。サンタクロースは優しい笑みを浮かべて少年の枕辺《まくらべ》に立ち、いましもプレゼントをそこに置こうとしているところだ。窓の外には静かに雪が降りしきり、白い雪が積もるそこには、配達するプレゼントを山ほど乗せた、トナカイの橇《そり》も見える。

埃まみれの絵を一目見たときに、なぜかひどく動揺した。懐かしさに胸が震えた。震える手で埃を丁寧に落としていると、そっとそばに立ち、見上げるように覗き込んだ少年が、

『わあ、サンタさんの絵だ。毎年十二月に、このロビーに飾られていた絵です。素敵でしょう？お客様に人気で、遊園地のみんなも好きで、この絵が飾られるとクリスマスの気分になるねって、よく話していました』

絵が無事で良かった、と少年は笑った。

その笑顔は、幸せそうな表情で眠る子どものそれとどこか似ていた。いま、螢の灯りと月明かりに照らされたその絵を見ながら、彼は何気なく、似ているねといった。すると少年は、

『ありがとうございます。嬉しいです』

遊園地の仲間たちやお客様にもそういわれたことがあって嬉しかったのだと、照れたように笑った。この絵はとても好きだから、と。

そして、一息ついて、いった。

『お客様は、サンタクロースに似ていらっしゃいますよね』

胸の奥がどきりとした。

『夕べ、最初にお見かけしたとき、だから驚いたんです。どうしよう、サンタクロースが来てくれたのかも知れないって。ちょうど時計機能が狂っていて、日付がクリスマスイブになっていたから、サンタさんがここにいてもおかしくないんだって、一瞬納得しちゃったんです。よかった、ほんとうにサンタさんは存在していたんだって、嬉しくなったところで、我に返りました。この世界にサンタクロースは実在するかも知れないけれど、きっとそうそう会えるものじゃない。そもそもぼくみたいなロボットのところに来てくれるものなんだろうか、ありえない、って冷静に考えられるようになりました』

お客様とお話ししているうちに、体内のカレンダーが狂ってていまは夏だって、気づいちゃいましたしね、と少年は笑う。

「そうか。そうだったね」

いわれてみれば、絵の中の赤い衣装の人物は、顔だちといいからだつきといい、紳士によく似ていた。髭の長さが違うぐらいじゃないか、と思う。

普通の人間ではないかも知れなくても、自分は多分、サンタクロースなどではないだろうと思いつつ――いやそもそも、その人物は実在の存在なのか、と彼は真剣に考える――実のところ、この赤い衣装を何度も着た記憶はあった。

いやちょっと待て、サンタさんだ、と呼ばれたこともなかっただろうか。

その時期に雪が舞い散る様子を飽きずに眺めたことを覚えている。トナカイの橇《そり》に乗った記憶は思いだせないけれど、絵の中の人物の気持ちを我がことのように思いだせた。

(わたしは、クリスマスを祝うのが好きだった)

その季節を愛する者だった。その時期、プレゼントを心待ちにする子どもたちを愛でることが好きだった。彼の店で笑顔の両親にとびきり美味しいものを買ってもらい、あるいは店で食べて、楽しげに帰って行く子どもたちをにこにこと見送った、その気持ちを思いだせるような気がした。

少年がいった。

『サンタクロースに会ってみたかったんです。ぼくの夢でした。——もし、何かに憧れて、こんな希望が叶えば良いと願うことを夢というのなら、ぼくにとってはサンタクロースに会うことがまさしく夢でした。いつからか、ずっと願っていました。十二月になるごとに遊園地にはクリスマスソングが流れ、あちこちにツリーが飾られたからかも知れません。一年でいちばん、ここが綺麗に、華やかになるときだったからかも。お客様たちもここで働く仕事仲間たちも、みんなが笑顔で、そのひとの訪れを待っていました。いつか思っていました。——ぼくはロボットだけど、いつかぼくのところにも、サンタさんは来てくれるのかな、って』

「——」

『サンタクロースって、ぼくの知識の中では、架空の存在だということになっているんですが、でも、ぼくには、ほんとうのことがよくわからなくて。——だって、遊園地の仲間たちもお客様たちも、世界中のひとたちが、クリスマスには、サンタさんが来るのを楽しみに待っているじゃないですか。ぼくがサンタさんに会ってみたいという話を仕事仲間にすると、みんなきっと、いつか会えるよ、信じていなさいって、優しくいってくれましたし。ええ、人間もロボットの仲間たちも。いい子にしていたら、いつかきっと来てくれるからって。プレゼントを持って』

紳士は笑みを浮かべて、少年に訊いた。

「何か欲しいものはあるのかね?」

『──うーん、ぼくは、特に何も。そもそも、ものを所有したいという気持ちがよくわからないので。たぶん、そういうことを考えるようにはできていないんじゃないかと思います』

少年は笑顔で首を横に振り、けれど、と続けた。『もし、願いが叶うなら、サンタさんが不思議な力でプレゼントしてくれるのなら、ぼくが叶えて欲しい夢は、雪のクリスマスです。いまの世界は気候が変わってしまって、すっかり暑くなっていて、冬も雪が降らなくなったので。昔見た記憶にあるような、雪が降り積もるクリスマスを、もう一度見たいです。それから、できれば、遊園地に降る雪を見て喜ぶお客様、特に子どもたちを見られたらいいなあ、と思います。

雪が降ると、回転木馬や観覧車に灯る色とりどりの灯りが、それはもう綺麗なんです。お客様たちは声をあげて喜ぶんです。天国にいるみたいな、そんな幸せそうな笑顔で笑うんです。──天国って、ぼくにはよくわからないですけど』

薄暗がりの中で、小さくささやく声が聞こえたような気がした。叶うはずもない夢だって、わかってますけれど、と。

それでも少年は、言葉を続けた。

『――夢ですけど、夢ですから、思っていることは自由ですよね。ロボットでも、きっと。信じていることも、願いが叶う日を待っていることも』

そう話す少年の目の、両方の視線は気がつくとわずかにずれていて、左右の肩の高さもずれていることに彼は気づく。おそらくはこの少年は少しずつ壊れていっていて、思考することもこうして誰かと話すことも、体を起こしていることすらじきに難しくなり、いつかは斃れて、この遊園地の他のロボットたちのように、瓦礫と草の波の中に埋もれてしまうのだろう。

紳士にはロボットのことはよくわからない。それでもこの少年の命の終わりの時が――それを命と呼んでも良いものならば――近いのがわかるような気がした。

この廃墟と化して見捨てられた世界に、もしサンタクロースがいるとしたら、その存在が実在のものだとしたら、このけなげな少年の元を訪れて欲しいと願わずにはいられなかった。

(この子だって、子どもじゃないか。人間だとかロボットだとか、そんな違いが何だというんだ?)

もしその違い故に来ないとしたら、サンタクロースという奴は、まったく心が狭いと思った。

(もしかしてほんとうに、わたしがサンタクロースだったらなあ)

少年を喜ばせてやれるものを。

(まあ、雪のクリスマスなんて、どうやって袋に入れて配達すればいいのかわからないが)

本物のサンタクロースなら、そんなものでも袋に詰めて、トナカイの橇に乗せて配達するのだろうか。

（ううむ。どうやって？）

たぶん魔法とか、そういうもので。

サンタクロースが実在するのなら、きっと世界には魔法や奇跡が存在するのだろうと思った。

ちょっと楽しいことだと彼は思う。

廃墟と化した世界、人間たちに見放され、忘れられた世界に、それでもまだ、そういう素敵なものが存在するとしたら。

（サンタクロースくらい、いまも、世界のどこかにいるのかもなあ）

彼は腕組みをする。

眠らず食べず、喉も渇かず、どれほど歩き続けても疲れない、自分のような謎の人間——ではないかも知れない——正体不明のものが存在するくらいなのだから、この世界には。

サンタクロースのひとりやふたり、いてもいいじゃないか。

ここに彼の到来を信じ、待つ子どもがいるのだから。


付喪神の紳士は遊園地を離れがたく、そのまま数日を少年と会話して過ごした。

話すことも聞くこともたくさんあった。

気がかりなのは、時間がたつごとに、少年の状態が悪くなり、会話もうまくいかなくなっていったことだった。ただ目を閉じて、うずくまっている時間も増えていった。

心配だったけれど、彼には何もできることがなかった。

そんなある日、ある夕方に、彼は遠い地平線にぽつりと灯る光を見つけた。――間違いない、あれは灯り。ひとの手が灯す街の灯りだと思った。


もしそこにひとがいるのなら、会って話したいと思った。もしかしたら、彼がどういう存在なのか知っているひとと会えるかも知れない。なくした記憶を取り戻すための、ヒントを与えてくれる誰かがいるかも知れない。そして、もしかしたら――壊れかけたロボットの少年を助けてくれる技術を持つ誰かが、そこにはいるのかも知れない。

具合の悪そうな、けれど笑顔で、門で見送ってくれる少年に手を振って、紳士は灯りが見えた方向に向かって歩き出した。

少年がいうには、そちらの方向にはなだらかな山があり、その向こうには大きな街が広がっているはずだという。その街からは、たくさんのお客様がこの遊園地に来てくれていたのだと。少なくとも、かつてはそうだった、と。

それならば、行ってみようと思った。

夕焼け空の下、光が灯っていた方に。

お腹が空かない、疲れない体を持っているということはなんと便利なのだろうと嚙《か》みしめながら、彼は廃墟の荒野をてくてくと歩き、山を越えていった。

人間とは遭遇しなかったけれど（ロボットともだ）、獣やら小鳥やら、虫やらとかとはよくすれ違い、別れた。みんな彼を恐れる様子もなく、興味深そうに見つめたり、あるいは近づいてきたりしたあと、それぞれにどこかへ去っていった。それほどに、いまのこの世界では人間のかたちをしたものが珍しい存在になっているのだろうと彼は思った。

昼も夜も歩き続け、何日経ったことだろう。

彼は眼下にはるばると広がる、廃墟の街に辿り着いた。そこはいままでいた街よりも大きな、盆地いっぱいに広がる街の、その跡だった。

ちょうど夕暮れ時だった。頭上には赤い空が広がり、地平線にはいましも金色の太陽が歪《いびつ》に姿を歪《ゆが》ませて、沈んでいこうとしていた。あたりは夕焼け空の赤色に染まっていて、そこを埃っぽい風が音を立てて駆け抜けた。

ひとの気配はなかった。

彼は苦笑して、肩を落とした。

「――なるほど。大きな街は、それだけ大きな廃墟になるという訳だ」

あの日、光だと思ったものは、廃墟のそこここに砕けて散っているガラスの欠片《かけら》が、夕陽を受けてその光を反射させたものだったのかも知れない。

彼は悄然《しょうぜん》として、ため息をつく。遊園地へ、あの少年の元へ戻ろうと思った。

けれどそのとき、彼は目の端に、ちかりと灯る光を見た。

黄昏《たそがれ》の空気の色と、迫り来る夜の青色に染まりつつある街の一角に、大きな四角い建物があった。白い壁のあちこちが欠け、方々にひびが入り、崩れかけているように見えても、その建物には、そのときたしかに光が灯ったのだ。


それは大きな病院だった。

正面玄関の前に立って見上げると、自動ドアが――ガラスに大きな亀裂が入り、埃に汚れていても――ちゃんと開いた。

恐る恐る、そして期待に胸をふくらませながら、彼は中に入った。天井を見上げる。そこは、あのホテルのように穴が開いて空が見える、なんてこともなかった。

ただ、広々とした待合室にひとの気配はなかった。灯りは落としてあるのか、薄暗い。一方で、床は艶々として埃は見えない。誰かが掃除しているのだろうか、彼は思う。するとやはり、ここにはひとがいるのか――。

『いらっしゃいませ。どうしましたか?』

突然、天井に照明が灯り、その照明ほどに明るい青年の声が待合室に響き渡った。

ぎょっとして声が聞こえたとおぼしき方を振り返ると、入り口近くに、何やらテレビのようなものがあって、そこに笑顔の青年が映っている。

Tシャツの上に白衣を羽織り、胸元に聴診器を下げた、感じの良さそうな若者だった。

『これは珍しい。どれだけぶりでしょう、患者様との遭遇だ。驚きのあまり、心臓が止まるかと思っちゃいましたよ』

声も表情もきらきらと明るかった。『人間はもうみんな、月に行ってしまったか、少なくともこの界隈《かいわい》にはいないものかと考えていましたよ。嬉しいなあ。いや喜んではいけないのでしょうけれど。——ただひとつ惜しいのは、こちらは小児専門の病院でございまして。まあこのご時世です、少々のことでしたら当院がお世話させていただきますよ。——どこか痛いところでも？どこか苦しいところがあるとか、熱が出たとか、そういう感じですか？』

剽軽《ひょうきん》な物言いの、最後のくだりだけ、紳士を見つめて、笑っていない声で訊いてきた。

『ちゃんと食べていますか？　眠れていますか？　喉が渇いたりとかは？』

「いや、わたしは、その、いたって元気で。幸いお腹も空《す》きませんし、眠らなくても元気ですし、まるで喉も渇かない便利な体質で」

紳士は画面の中の医者らしき人物の方へ向き直り、会釈する。「——あ、でも、もしかして、ロボットの故障でも直していただけたりしますか？　そちらはちゃんと子どもでですが」

『ロボットですか？』

画面の中の医師は腕組みをする。『それは当院には難度が高いかと。しかし子ども——ロボットであろうと、それが子どもとときては気になるなあ。——まあとりあえず、お話をうかがいましょう』

「そうしていただけますと。わたしも、久しぶりに人間と会えて、すこぶる喜んでいます」

画面の中の若者は、頭に手をやり、申し訳なさそうな笑顔で、いった。

『申し遅れました。ぼくは人間ではないのです。いま話しているのは、当院のメインコンピュータに与えられた人格と、仮の姿になります。実体はありません』
だからほんとうはびっくりしても、止まる心臓がないんですよ、と映像は笑う。
『かつて世界が平和で、この街が栄えていて、ここが一流の病院として機能していた頃は、受付と簡単な問診、調剤までぼくが患者様や先生方と会話し、担当させていただいていました。なにぶん、子どもたちのための専門病院でしたので、おとなと会話するにはラフ過ぎるきらいもあるかと思います。ご気分を悪くされていましたら、ごめんなさい』
勢いよく、頭を下げた。

紳士は、目覚めてからこれまでのことを、病院のコンピュータに説明した。映像の中の若い医師を模した姿は、表情豊かで相づちや合いの手を入れるのもうまかった。

それは不思議な感覚で、紳士は途中から会話そのものを楽しんでいたかも知れなかった。画面の中で、青年は目を丸くしたり、手を打ったりしながら、紳士の話を興味深く聞いてくれた。遊園地に残された、けなげなロボットの少年の話を聞いてくれた。

会話の途中で、何やら丸くて平べったいものが、うなるような音をさせながら床を移動して来た。紳士が驚いていると、お掃除お疲れさま、と青年がそれに声をかけた。丸いものは返事をするように光を点滅させて去ってゆく。

ここは、病院を司《つかさど》るコンピュータである自分と無事だった複数のロボットによって運営されているのだと、医師の姿の青年はいった。

『当院は運が良かったんですよね。非常用の電源を備えていましたし、ある時期からは、どこからか電気が送られてきています。電気がなければ、やっていけませんからね、病院。そもそも、ぼくの「意識」がなくなってしまう』

世界のどこかに、いまも維持されている発電所があって、そこから電気はやって来る、おそらくは自分のようなコンピュータやロボットたちが維持しているのだろうと彼はいった。ひとのいない世界で、電気を作り続け、送り続けているものたちがいるのだ。

『インターネットがうまく使えないので、現時点でのこの世界の全貌は把握できていないのですが、おそらくはいろんな街に、人間の暮らしを維持しようとしているコンピュータやロボットたちが存在しているようです。去っていった人類の帰りを待って。彼らが帰還するその日までは、と』

「——帰還する?」

『はい』

にっこりと映像の青年は笑う。『人類は、いつか帰ってくるから、といって空へと旅立ちましたので。少なくとも当院に於いては、医療従事者のみなさんは、きっと帰ってくると約束して行かれました。涙ながらに、当院に子どもたちを託し、思いを残しながら置いていかれたので、帰ってこないはずはないのです』

遠い日に、人間たちが月へと向かったとき、退院させることができる子どもたちは、保護者に託し、あるいは病院で働いていたひとびとが付き添って、ここを離れたという。しかし入院中の子どもたちの中には、症状が重すぎて、ここから離れられない子どもたちもいた。『考えた末、そういう子どもたちを、深い眠りにつかせて、先生たちは去って行かれました。いつか世界が平和になり、街に賑わいが戻った時代に、子どもたちの目を覚まさせ、治療を続けるために。むしろその頃にはきっと、医療技術も進んでいて、子どもたちを救うことができるかも知れないよ、と、先生はいいました。笑顔でみんなが退院できるその日まで、子どもたちを頼むと言い残して、みなさん月へ向かったのです。

約束したのですから。帰ってくる、と。人類がこの星へ戻ってくる、きっとそういう未来を作るから、と』

映像の中の青年は笑顔でいった。『ぼくは人格を付与されたコンピュータとしてこの地に生まれて以来、人間に嘘をつかれたことはありません。みんな誠実な、良いひとたちでした。——いや、人類はいろいろと愚かなことをするとわかってはいます。ぼくはコンピュータで、歴史を記憶することも参照することも得意です。保存している中には、悲惨な人類の歴史のあれやこれやの記憶もあります。慟哭《どうこく》するひとびとの表情も、無残なご遺体の有様も記録として知っています。ついには、地球の文明そのものが、一度は滅びちゃいましたしね。

でもね、人類にはたしかに明るい、よい一面もあって、その思いが、ぼくを作り、子どもたちのための病院をこの地上に残したのだとぼくは知っています。ぼくも、そしていまの世界に残るロボットやコンピュータも、みな人類の明るい側面が残した存在です。いわば人類の願いと祈りの申し子のようなもの。

人類に信頼された以上、ぼくはいつまでも待ち続けます。ぼくに託された子どもたちを守りながら。いつか、彼らが帰ってくる日を。平和になった世界で、子どもたちが元気に目覚める日を。その日まで、この病院は地上に在り続けるんです』

頑張ります、と画面の中の青年は、腕に力こぶを作って見せた。白い歯を見せた明るい笑顔で。

結局、その病院ではロボットの少年の故障を直すための知恵は見つからず（ごめんなさい、と映像の中のコンピュータに何度も頭を下げられた。辛そうに見えた）、また紳士の正体を考えるための情報も特には見つからなかった。

しかし、自分の正体については、彼はだんだんどうでもよくなってきていた。

「とりあえず、このからだは元気で丈夫なんだ。それなら、もういいじゃないか」

廃墟の街と荒野を渡り、なだらかな山を越えて、付喪神の紳士は遊園地へと帰途を急いだ。

「困ったことがあれば、そのときに考えることにしよう」

自分にできることをしよう。正しいことをしていれば、空の神様が見ていてくださるから。

ふっとそんな考えが滑り込むように生まれてきて、でもそれは自然なことで、心がすうっと落ち着いた。彼はどうやら、過去の世界で、神様のことを好きだったのだろう。クリスマスに強い思い入れがある彼なのだから、不思議なことではない。

青空の下で、彼は足を止める。

瞑目《めいもく》し、祈った。――神様、もしそこにいらっしゃるのなら、地上に存在する、ロボットやコンピュータや、そういうけなげな者達をお守りください。去っていった人間たちの帰りを信じて待つ者達に、御手《みて》を差し伸べてください。

目を開け、再び歩き始めようとしたとき、視界の端に、輝く羽根の蜻蛉《とんぼ》が舞い、小さな鼠《ねずみ》が走ってゆくのが見えた。瓦礫の山には緑が葉を茂らせ、夏の花が咲く。小さな生き物たちは愛らしく、彼は目尻に皺《しわ》を寄せて笑った。

「――そして地上にある生き物たちを、お守りください」

彼は荒野に足を進める。自分の声が天に届いたかどうか、わかりゃしないが、と笑いながら。それでも祈りたかった。自分のためというよりも、すべてのけなげな者達のために。

「愛や魔法や奇跡や、この世界に、そんなものがあったっていいじゃないか。せめて、それくらいはあったって」

空の色は、夏から秋のそれに変わろうとしていた。

季節は移り変わってゆき、秋は深まり、冬が訪れた。

その頃には、ロボットの少年は身を起こしているのもやっとのような状態になり、それでも少年は、門のそばの持ち場に戻ろうとするのだった。自分がそこを離れるわけにはいかないでしょう、という。

『だって、お客様が、いらっしゃるかも知れないから』

紳士は少年のそばで見守り続けた。すぐに目を閉じて眠ってしまい、地面に音を立てて倒れる少年を支え続けた。

混沌《こんとん》とした思考の中で、少年は会話を続けようとした。

『ぼく、思うんですけど、きっとお客様はほんとうのサンタクロースなんですよ。——世界がこんな風になってしまったから、悲しくて記憶をなくしたんだと思います。ぼくだって、あんまり悲しすぎて寂しすぎて、心が壊れそうになるときがありましたもの。——もしかしたら、サンタさんは、トナカイの橇で空を飛んでいるときに、どこかの国のミサイルに撃ち落とされたのかも。——そうか、それで、トナカイたちと一緒じゃないんですね。トナカイ、可哀想に』

少年の目は自分の想像に潤む。

「そうかなあ。うん、そんな気がしてきたよ」

優しく、紳士は答える。地面に座り込んだ少年のそばに膝をつき、腰を落として。

「わたしはサンタクロースなんだな、きっと。ああでもトナカイは無事だよ。記憶にはないけど、誓ってそうだと思う。——ええと、サンタクロースの魔法の力でぴんとくるんだ」

『ほんとうに？』

「ほんとうだとも」

良かった、と少年は笑う。

十二月に入り、クリスマスが近づく頃には、少年はもう歩くことも立ち上がることもできなくなった。

紳士は少年を、あのホテルの二階の明るい部屋のベッドに寝かせて、そのそばに付き添った。

少年といろんな話を続けた。少年は、紳士が訪れた子どもたちのための病院の話を、何度でも聞きたがった。いつか、その病院で深い眠りについているという子どもたちが目覚めたら、遊園地に来てくれれば良いのに、といった。

『そのときにはきっとぼくは門で迎えて、案内をするんです。ここがどんなに素敵なところか、お話しするんです。夢がまたひとつ増えてしまいました。叶うと良いなあ』

「きっと大丈夫だよ」

ベッドのそばに跪《ひざまず》き、紳士は優しく笑う。「お空で神様が聞いているから。サンタクロースだってここにいて、いま、きみの願いを聞いたからさ」

少年は笑い、そしていった。

『ぼく、悪くなった頭で考えて考えて、たくさん考えたんですけど、結局わからないことがあります。ぼくがこうして考えているのは、感じているこの気持ちは、人間のそれと同じ、「心」と呼んでもいいものなんでしょうか？　ぼくには——ロボットには、「魂」はあるんでしょうか？何も考えられなくなったら、この心はどこに行くのかな？　お別れしたみんなは、どこに行ったのでしょう？　壊れてしまって、それで終わりじゃないですよね？』

「終わりじゃない。終わりじゃないとも」

紳士は子どもの手を握りしめる。造り物だけれどひとの子と同じ、あたたかな体温と柔らかさを持つ小さな手を。

子どもは、良かったと笑った。

『サンタさんがいうのなら、きっとそうなんですよね。じゃあぼく、信じます』

十二月二十四日の夕刻。

そろそろ夜の気配が近づいてきた頃。

気がつくと、ロボットの少年はもう動かなくなっていた。薄く目を開け、唇を開いて、いまにも何か言葉を話そうとしているような表情で、けれど時が止まったように動かなかった。

目尻に薄く涙が流れていた。

最後に少年が考えていたことは何だったのだろう。悲しかったのか、苦しかったのか、そんなことを思いながら、彼は胸ポケットのハンカチで、少年の涙を拭いてやった。

窓の外には、雪の気配はない。少年がいっていたように、いまの時代の冬には、雪は降らないのだろう。

空を見上げるうちに、かきむしられるように胸が痛んだ。

山の向こうの街の病院に眠る子どもたちも、この先、死んでしまうのだろうか。誰の救いの手もさしのべられないまま、世界から忘れられたままで。遊園地に遊びに来ることもなく、笑うことも遊ぶことも、雪を楽しむこともないままに。クリスマスを待ち望み、サンタクロースを夢見ることもないままに。

「神様、ああ、神様」

他にすがるものも無いままに、彼はその名を唱える。「子どもたちをお救いください」せめて、サンタクロースがここにいれば、と思った。いっそ、自分がほんとうのサンタクロースであれば、少年のために何か奇跡を起こせたかも知れない。せめて雪を——窓の外に、遊園地に雪を降らせることができたかも知れないものを。

「神様——」

そのとき、彼は——紳士は、自らがいつの間にか、天鵞絨《ビロード》の赤い衣装を身にまとっていることに気づいた。頭にはおそろいの赤い帽子が乗っている。口元の髭も髪も、くるくると巻きながら、白くつやつやと伸びてゆく。ふいに肩が重くなったと思うと、いっぱいにプレゼントが詰まった袋が、どんと乗っている。

窓の外が明るい。近づいて、見上げるとそこには、空にはらはらと舞い散る雪があった。

「——雪だ。雪だよ、ほら」

少年の亡骸《なきがら》を抱き起こし、窓の外の雪を見せるようにしながら、彼はふと気づく。薄く開けた少年の口元が微笑んでいることに。いまはもうその表情は辛そうには見えず、ただ眠っているように見えた。幸せな夢を見ているだろう、あの絵の中の子どものように。

どこからか、鈴の音と、蹄《ひづめ》の音が近づいてきた。ホテルの中へ入ってくるようだ。

何かがドアを開けたと思うと、そこにいたのは、大きな鈴がついた手綱をつけた、堂々としたトナカイだった。それが何頭もいる。まさかと思って、窓の外を見下ろすと、そのトナカイたちのものらしい、立派な橇がそこにある。

「やあ、迎えに来てくれたんだね」

彼はトナカイに挨拶すると、少年のからだをそっとベッドに横たえた。

笑みを浮かべ、声をかける。

「――ちょっと出かけてくるからね」

山の向こうの病院に、プレゼントを届けに行こう。眠る子どもたちの枕辺に。

この背に背負う袋があり、トナカイの橇があるのならば。

「コンピュータのお兄さんにも何か届けようか」

どこかの発電所を維持している、きっとこのクリスマスイブも働いているだろうロボットたちにも、プレゼントを届けようか。暗い夜に灯りを灯す者たちのところへ。

世界中にいる、優しい誰かのところへ、贈り物を届けに行こうか。

サンタクロースはトナカイたちを従えて歩き出す。大きな袋を担ぎ、長く白い髭を雪交じりの風になびかせながら。

「さあ行こう、トナカイ。夜は短い。朝になるまでに世界を周ろう」

雪が舞う廃墟の遊園地に彼は束の間の幻を見る。華やかに灯りを灯し、動きだす乗り物たち。音楽とともに回る木馬や観覧車。美しく飾られたクリスマスツリー。そして笑いながら駆けてゆく、幸せそうな子どもたち――。

いまは幻に過ぎなくとも、夢のように思えても、きっと叶う夢だと彼は知っている。

信じている。なぜって夢は叶うものであり、彼はサンタクロースだからだ。

雪が降りしきる地球の空に、トナカイの橇の鈴の音が晴れやかに響きわたった。


月面都市の出版社、その資料室で、ネコビトの編集者キャサリンはため息をつく。「ほんとの話、どうなのかしら。この奇跡は誰が起こしたの？　神様？　それとも付喪神自らの魔法の力？」

「神様からのクリスマスプレゼントに一票」

彼女の旧友にして雑誌編集者のリリコは楽しげに笑う。「それか、本物のサンタさんからの贈り物。付喪神がいる世界なら、サンタクロースのひとりやふたり、いたっておかしくないわよね」

「不思議なお話ねえ」


以前、リリコに聞いた話を、キャサリンは思い出す。

いまは何人《なんびと》もそこに下りることを許されていない地球だけれど、それには理由があるのだと。年月が過ぎて、再び生き物が住める場所に戻ろうとしている地球を保護し、その環境を守るために、銀河連邦のすすめでそうしているらしいという話があるのだそうだ。

地球は保護され、守られているのだ。いつか遠い未来に、命が溢れる昔の姿に戻るために。

人類がまた、故郷に帰る日のために。

「知るひとぞ知る、知らないひとは知らない、夢みたいな噂だけどね」

謎めいた表情でリリコは笑う。ありそうな話じゃない？　と。

「ねえリリコ、このお話がほんとうで、地球がいつか元通りになるのなら、いつかわたしたちの子孫が、地球でサンタさんに会う日が来るのかしら」

いつもはクールな目元に、どこかあどけなく優しい笑みを浮かべて、リリコは答えた。

「サンタさんが待つ地球に子どもたちが帰る――。それってなかなかに素敵な情景ね」

空の彼方の青い星。雪が舞うその空をトナカイの橇で駆ける、赤い衣装に白い髭のサンタクロース。いまは灯りの灯らない地平線に、いつかまた街の明かりが輝く夜が帰って来る。

月面都市新東京の窓の向こうの空に、キャサリンは――そしてたぶんリリコも、遠い空を駆けるそのひとの幻を見た。たくさんのプレゼントを橇に乗せ、幸せそうに笑うひとの幻を。

その優しい笑みが見えるような気がした。

第四章

星から来た魔女

秋のある日。月面都市新東京の街路樹の銀杏《ぎんなん》が、黄色に色づき始めた頃のことだ。

キャサリンのいる〈言葉の翼〉社に、珍しい来客があった。


若手編集者がガラスのドアを開けて、文芸編集室に駆け込んでくる。後ろを振り返るようにしながら、室内に向けて小さく叫んだ。

「来た来た、銀河連邦の広報のひと、来たよ」

部屋のいちばん奥、窓側の席に着いている編集長キャサリンは、緊張して無意識のうちに頬《ほお》の内側を嚙《か》み（牙が刺さって痛かった）、仕事机（地層のように積み重ねてあった紙の書類やタブレット類はなるべく片付けたけれど、いまにも雪崩《なだれ》を起こしそうになっている）に置いた手に力を入れて、笑顔で席を立つ。自分の長い爪が、机に食い込みそうになって、カリカリと音を立てる、その音を尖《とが》った耳で聴いていた。彼女はネコビト、猫から進化した人類であり、先祖から受け継いだ長い銀色の被毛と尻尾、緑色の瞳を持つ編集者だった。

ドアの向こうに近づいてきているだろう訪問者のことを思うと、心臓が激しく鼓動を打つ。「異星人」なんて――それも、天下の銀河連邦に在職するひとになんて、そうそう会えるものではない。ここ新東京の隣の都市〈新ニューヨーク〉に連邦の事務局があり、そのひとびとが月にいることを知ってはいたけれど、会う機会はまずない。

そもそも、異星人――この場合は、銀河系の太陽系文化圏以外にある星で生まれたひとびとのことだ。大昔の小説や映画でいうなら、「宇宙人」になるだろうか――は、太陽系を訪れることはほぼない、といわれている。それほどに、太陽系は天の川銀河の端の「辺境」にあるし、比較的最近（あくまでも比較的、だけれど）銀河連邦にデビューしたばかりの地球人類に興味を持って訪ねてこようとするひとは少ないらしい。そもそも銀河系には、太陽系の存在すら知らないひとも多いのかも知れない。

なので、キャサリンが知る異星のひとは、活字や写真、映像の中のわずかな姿だけであり、それすらも極めて少ない。その上、異星人でも、銀河連邦に勤める官僚となると、こちらは、ここ月に駐在しているというひとびとを、ごくまれに見かけたことはあるものの、（移動中やイベントに出席なさっているときに、人波の遠くから見かけたことならあるってくらいで、直接お話しする機会なんて、この年まで生きていて初めてよ。ましてや、職場に訪ねてきてくださるなんて――）

その昔、地球人類を、その仲間として迎え入れてくれた、偉大なる銀河の先輩たち。彼らは地球人類の文明よりも、その生命の歴史よりも、はるかに長く果てしない時間を背負い、命をつなぎ、生き続けてきた生命体である。その多彩な文明の同盟であるところの銀河連邦となると――

ここ月面から遠い星空を見上げるような、畏怖と憧憬《しょうけい》を感じる。

月面都市育ちの子どもたちは、小学生の時に、宇宙服を着用した上でドームの外に出て、宇宙の中に立つ体験をする。都市の中と違って重力を制御されていない月面の地表を歩き、都市の高く透明な天蓋《ドーム》越しではない、遠い星空を見上げる。キャサリンももちろん経験済みで、宇宙服越しでも、いま自分たちは直接宇宙に、星空に包まれているのだと感じた。頭上に広がる満天の漆黒の、その星の光の合間には、見えないけれど無数の惑星があり、そのうちいくらかの星には地球人類のような知的生命体が暮らしているのだと思うと――そしてこの星空はどこまでも果てしなく広がっているのだと思うと――胸の奥深いところが、ざわざわと震えたことを、いまも覚えている。

(はてしない宇宙の中に銀河系があり、その片隅に太陽系が、地球があり月があって――)

月面にある都市のひとつで自分は生まれ、暮らしているけれど、その外の世界はこんなにも途方もなく、広い。いつも宇宙はそこにある。キャサリンを、月のひとびとを、星々の光が見つめている。ふだんはそんなことに気づかない。忘れていることだけれど。

地球の歴史も月の歴史も、そして地球人類の歴史も、キャサリンには悠久の、途方もなく長いもののように思える。けれど、地球人類がそれぞれの時代に懸命に生き、後の世へと命をつないできた、その頭上にはいつの時代も星空が、宇宙が広がっていたのだなあと思った。

（はてしなく広がる、あの宇宙からの使者、なのよね）

銀河連邦のひとびと、という存在は。

はてしなく広がる星空の中から、そっと地球人類に向けて差し出された手。

それはこちらへおいで、仲間に入れてあげよう、と、優しく述べられた手なのだ。

その手に導かれ、連邦の一員となるまで、地球人類がどれほど孤独で、途方に暮れていたか、
銀河連邦の存在を知り、どれほど救われたか――キャサリンたち月面都市の子どもたちは、そのことも、学校で聞かされて大きくなる。

「その日まで、地球人類は、広い広い宇宙空間で、自分たちの声が届く相手はどこにもいないものかと諦《あきら》めていました。そういう存在を夢見、憧れて、手紙やレコードを乗せた探査機をボトルメールのように星の海に送り出したりしつつ、きっと誰とも出会えないだろうと思っていたのです。宇宙は広すぎ、時の流れは速すぎて。いまの時代、地球文明だけが、この銀河系宇宙に存在しているのだろう、友もなく語り合う相手も、助け合う相手もなく、地球文明は孤独に生まれ、育ち、そしていつか滅びて消えてゆくのかとみなが思っていました。――けれど、そうではなかったのです。

わたしたちに呼びかけ、その手をさしのべ、仲間として迎え入れてくれる宇宙の友は、この銀河系にちゃんと存在してくれていました。わたしたちは、孤独ではなかったのです」

見上げる星空の闇の中には、地球人類に向ける優しいまなざしがあったのだ。

いま、編集室のみなの表情に浮かぶ様々な感情にも、キャサリンのそれのような、憧れや畏怖

がまたたくように垣間見えた。みんながそれぞれに心の中の星空を見上げているのかも知れないな、とキャサリンは思った。

さて、今日、〈言葉の翼〉社編集部を訪れるのは、銀河連邦の、月にある事務局に駐在しているひとびとのうち、広報の仕事を担当する職員（なんとその代表）だという話だった。キャサリンの住む月面都市新東京の隣の大都市、新ニューヨークに銀河連邦の太陽系方面の事務局があるのだが、そのひとは普段はそこにいるらしい。地球がひとの暮らせない惑星になって以来、地球人類の政府組織や各企業の本社はほぼ月にあり、太陽系文化圏に駐在する銀河連邦の様々な組織の事務局も月面都市にある。ちなみに新東京も歴史が古く大きい都市だけれど、月面でいちばん巨大で、いちばん多く官公庁を集めている都市は、やはり新ニューヨークとなる。はるかに昔の、アメリカの月開発の歴史に連なる都市なので、仕方が無いところもあるかも知れない。次に大きく古い都市は新北京で、こちらも中国の月開発の歴史の流れで存在する巨大都市だった。

さて銀河連邦の太陽系方面事務局には、いわゆる地球人の職員もいるらしいのだけれど、今日は異星のひとがひとりで来るらしい。地球の言葉のうちのいくつか、特に新東京の公用語のひとつである日本語に堪能だということで、通訳なしで足を運ぶ予定だとか。

（さすが銀河のエリートというか）

銀河連邦の職員、特にその、各星系に駐在するひとびとは、ひとしく語学に秀でているという。多種多様な文化を持つ、いろんな星のひとびとと交流し、様々な事柄についてのレポートを一流の論文としてまとめることができるだけの知識と技量を持ち合わせた者だけが、かの連邦に勤めることができるとか。あわせて強靭《きょうじん》な精神力と体力も要求されるとか。どんなときも折れず揺らがない、平和と相互理解についての哲学を心のうちに持っている者達なのだとか。

あれは友人の雑誌編集者リリコ（同じ版元の違う部署の編集長なので、当然のように、いまもこの編集室の中にいる。というかキャサリンのそばにいて、異星人の来訪をいまかいまかと待ち構えている）に聞いたのだったか。銀河連邦の職員になるには勉強や試験が大変で、銀河系のどこかには、たくさんの星から集まる学生たちのための、専門の大学まであるのだとかなんとか。ちなみにかなりの高給取りだという噂《うわさ》もあるそうで。

（いつかは、太陽系文化圏の子どもたちも、その大学で学び、銀河連邦に就職するような時代が来るのかしら。そして銀河の果てまでも、旅立っていったりするのかしら）

そんなふうに思いを馳《は》せてしまうのは、キャサリンの勤めている出版社が、子どものための本も発行する版元だからかも知れない。読者である子どもたちが生きるこれからの未来を想像してしまうことが癖、というか、習い性になっている。

（いやあ、それにしても、どきどきよねえ）

キャサリンはブラウス越しに自分の胸元を押さえる。心臓が速く打っているのがわかる。

キャサリンたちが編集する、例のクリスマスの物語を集めた本——地球人類の文化史を庶民視点から語る本にもなるだろうと思われるその本に、どこで耳に入れたものだか、銀河連邦のそのひとが興味を持ち、じきじきに取材に来ることになったのだった。これから本ができあがるまでを伴走するように取材して、刊行後は銀河連邦の広報を通して、銀河系宇宙全体に紹介したい、とかなんとか。ある日突然、親会社の新聞社経由で連絡をもらって、紙の手紙や電子メールでのやりとりを経て、今日の初のご対面となったのだけれど。

急にスケールの大きな話がやってきたので、目眩《めまい》がしそうだったけれど、銀河連邦広報部（というのだろうか？）に推してもらえるならば、まだ形になっていないクリスマスの本は、きっと太陽系文化圏の中で話題の本になる。なにしろとても名誉なことだ。これでこの本はベストセラーへの道がひらけ、おまけにロングセラー――命の長い本になることも決まったのではないかと思うと、どうしようもなく胸がときめいて、鼓動はいつもより速い速度で踊るようにずっと鳴り続けていて、一向に落ち着く気配を見せないのだった。

やがて静かな足音が近づく。〈言葉の翼〉社の、こちらも広報担当の社員に案内され、ガラスの扉の向こうから、編集室に足を踏み入れたのは――頭部から伸びる、ひきずるほどに長い被毛を青緑色の滝のようになびかせた、見上げるほどの背丈の、異形の、しかしとても美しい異星のひとだった。

たとえるならば、針葉樹がひとの姿をとったような、そんな姿に見えた。その精霊か妖精のような。実際その呼気らしきものから漏れるかすかな香りは、針葉樹を連想させる、澄んで凛《りん》とした香りだったし、長い被毛も、――髪の毛と呼んでもいいのだろうか――羊歯《しだ》の葉に似た、小さく繊細な幾千幾万もの葉で構成されたものに見えた。素材のわからない布地（どこかキャサリンが知らない星の織物なのかも知れない。真珠のような光を放っていた）でできた、着心地の良さそうな、ゆったりとした衣服からのぞく腕の数は地球人類と同じ二本だ。指の数はちょっと多いようで、関節の数や付き方も多少違うようだけれど。つややかな皮膚は白く、古い地球人類の肌に似て見えたけれど、うっすらと緑色がかった燐光《りんこう》を放っていた。

地球人類の顔かたちに似た頭部には、その正面に、緑色の長い睫毛《まつげ》に縁取られた大きなアーモンド型の瞳が、横にふたつ並んでいる。ただその目は揺らめくオーロラのような輝きを放つ複眼であり、その下に、鼻らしき隆起した器官はあれど、口にあたるものはなかった。無意識のうちに探しても、見つからなかった。

ふと、異星人の目元が柔らかく緩む。笑ったのだろうかとキャサリンは思う。その辺はネコビトとしての勘の良さが教える。だてにご先祖さまが猫ではない。相手が異星のひとであろうと、快不快の感情は直感で読めるものらしい。

異星のひとの頭部のどこからか、鳩がうたうような、楽しげな声が響く。中性的な、澄んで静かな響きの声だった。

『はじめまして。このたびはお忙しい中、お時間をいただきましてありがとうございます。銀河連邦広報部、みなさまの太陽系を含む宇宙の担当のリョクハネと申します』

地球の言葉——アクセントもイントネーションも正しい、日本語だ。

さしだされた虹色に輝く樹脂製の名刺を見ると、絵のような曲線を描く異星の文字と並べて、漢字で「緑羽根」と書いてあった。本来の名前と響きと意味が似た美しい漢字をあてたのだと楽しそうに説明してくれた。

そして笑顔のまま言葉を続けた。

『地球人類の顔かたちと、わたくしの生まれ育った星の人類のそれとは、類似しているといえると思うのですが、食物を取り入れ、言葉を発するための開口部がある場所は、少しだけ違います。みなさま、不思議みたいですね。なまじ姿形《すがたかたち》が似ているだけに、わずかな違いが際立つようで』

この星の言葉でいうところの、口と呼べる器官は、頭頂部についているのだといった。

キャサリンは思わず、そのひとの頭頂部を見上げ、すぐに失礼なことを、と目を伏せた。

連想が浮かんだ、その瞬間に打ち消しはしたものの、とっさに日本民話の妖怪二口女《ふたくちおんな》など思いだした自分を、どれほど後進的な文化を生きる恥ずかしい人類なのだろうと猛省してしまう。仮にも偏見とは無縁であるべき職種——言葉を扱い、後の世に残す職種、編集者である自分が。それもよりによって、こんな立派な客人に対して。

(銀河系の辺境に生きる、「文化的な意味に於《お》ける『田舎者』」ってことなんだろうなあ……)

いささか言葉は悪いけれど。いまの自分をたとえるならば、きっとそう。

この先、異星のひとびとと出会う機会が増えれば、太陽系に閉じこもっていた自分たち「遅れた」(と恥ずかしながらいわざるを得ない)存在も、遠い星のひとびとの見た目の違和感に慣れていくのだろうと思う。そして、ずっと未来にはきっと、いまのキャサリンのような恥ずかしいことを思う人間はいなくなるだろう。そう信じたかった。ああ、さっき自分の脳裏をよぎった連想を消し去れたらどれほどよいだろう。

異星のひとは、おそらくはキャサリンの見せたような反応には慣れているのだろう。いささかも不快に感じた気配は見せず、ただ目元が柔らかく微笑んだだけだった。

（何歳くらいのひとなんだろう？）

キャサリンはふと思う。——年齢という概念は星や文化によって違うだろうけれど、地球暦換算でいうと何歳くらいになるのだろう。若いのかな、それとも年長の方でいらっしゃるのかな。声や話し方からはわからない。一度考え始めると、ネコビト故の好奇心がとまらない。

（宇宙には、地球暦換算でいうところの、数百歳から数千歳の「人類」もいるって聞いたことがあるけれど——）

それほど長く生きているというのは、どんな感じなのかな、と思う。住んでいる星の歴史とともに生き、もっと広い、もっと遠くの銀河系の歴史を見守り、ともに生きる、という感じになるのだろうか。仙人みたいにいろんな感情を超越したりもするのだろうか。

（このひとがそういうひとである可能性だってあるんだよね）

いよいよ失礼がないようにしなくては。胃がきゅっと縮んだ。

これだけキャリアのありそうな、落ち着いた雰囲気のひとなのだから、おそらくは少なくともキャサリンよりもずっと年上なのだろう。

（性別、はあるのかなあ……）

そのこともちらりと考えたけれど、からだの作りが地球の生き物とはまるで違うのだろうから、次世代の生命体の作り方もいろいろとバリエーションがあるはずで、すると性別などというものが存在するかどうかも、そもそも定かではなく——そういった、プライバシーに踏み込みそうな、知ろうとすることがためらわれるようなことは、本人が話すまで聞かないことにしておこう……。

（こんな風に訪問を受けることがあるってわかっていたら、失礼がないように、もっといろんなことを調べて、勉強しておくんだったわ）

軽くため息をつく。このひとの訪問が決まって以来、慌てて付け焼き刃の勉強をしたものの、いざ本人を目の前にしてみると、まるでそれが足りていないことに気づいて、焦るばかりだった。

訪問者の希望で、応接室ではなく、編集室の一角の来客のためのコーナーに通すことになっていた。部屋の奥、窓のそばにある応接セットの、異星のひとが腰をおろした向かいに、編集長キャサリンと副編集長のレイノルドのふたりが、テーブルをはさんで腰をおろす。

イヌビトのレイノルドも、とても緊張しているのか、シェパード犬の顔立ちの長い鼻の先がひくひくと動いていた。ベストのポケットから骨董品《こっとうひん》の懐中時計をとりだし、時間を確認することを、もうこれで何回繰り返しているのだろう。

異星のひとは、おっとりとした声でいう。

『まずはみなさまが普通に働いていらっしゃる、その雰囲気を知りたいのです。どうぞ、お気楽に、普段通りでいてくださいね』

そういわれても、そうしていられるはずもなく、編集室のひとびとは——キャサリンも含めて、緊張した笑みを浮かべた。それぞれの席、それぞれの仕事に戻りつつも、耳が訪問者の方をうかがっているのがわかる。しんとした部屋の中で、時折、どこかで誰かがつまずいたり、机の上から何かを落としたりする、そんな音が響いた。落ち着いているのは、おそらく、応接セットのそば、普段のキャサリンの席にさりげなく腰をおろしたリリコくらいに違いない。いつも通りの楽しげな笑みまで浮かべている。こういうとき雑誌編集者は、いつどこで誰が相手でも、余裕を持っていられるのかも知れなかった。その点、文芸編集者は自分も含めてイレギュラーなことに弱いよなあ、とキャサリンは内心ため息をつく。

みなの緊張を見て取ったのか、太陽系文化圏のひとびとのこういう反応は見慣れているのか、本題に入る前に、異星のひとは明るい声で、自分のからだについてあれこれと話し、教えてくれた。軽い自己紹介のつもりもあったのかも知れない。

リョクハネ氏の故郷の星のひとびとのからだを構成する物質やその構造は、その見た目の印象と同じく、地球の植物に近いものがあるのだそうだ。なので、昼には二酸化炭素、夜にはいくらかの酸素を呼吸し、長い緑色の被毛の中にある葉緑素に類似した物質で光合成をして栄養を作るのだとか。そして、頭頂部にある口から水を採るのだという。

『光と水と、たまにほんのわずかな栄養があれば、わたくしたちは生きていけるのです』

便利にできているでしょう、と異星のひとは笑った。

月で採れる地下水はとても上質で、美味しいのだそうだ。月の古い歴史とともにはるかな地下で凍っていた氷ですから、それは美味しいでしょう、とキャサリンもつい自慢したくなってしまう。はてしなく透きとおる、綺麗な水なのだ。異星のひとは、何よりのご馳走《ちそう》ですよと目を輝かせるので、水ならちょうど冷えているのがございます、よろしかったらと、骨董品の江戸切子のグラスについだ天然水を出した。異星人は美しい所作で、グラスを頭頂部に傾けた。被毛の間が花が咲くように音もなく開き、ほっそりとした腕が、そこに水を注ぐ。長い首の、喉のあたりがゆるやかに動き、飲み干しているのだとわかった。それはキャサリンたちには見慣れない仕草ではあったけれど、まるで奇妙には見えず、舞踏のような優雅で綺麗《きれい》な動きだった。

さて、例のクリスマスの本がどのように企画され、いつ刊行される予定であるか、秋のいま現在、どれほど作業が進んでいるか（ちなみに若干遅れ気味である）——そんな話を訊《き》かれるままに話すうちに、キャサリンたちの緊張も少しずつ解けてきた。

仕事や本の話をしていれば、相手がどの星出身の、どんなに立派な来客であろうとそんなこと忘れてしまうものなのだろう。

それにしても、いわば異文化の極みの事柄のはずなのに、こうして本作りの話をしていても普通に——同じ月のメディアのひとからの取材を受けているときのようにスムーズに楽しく会話が進むのは不思議なことだった。

そもそも、打ち合わせの前に送った、今回のクリスマスの本に関する資料——掲載する予定で編集を進めている物語たちを、そのひとはすべて読み終え、嬉《うれ》しくなるような好意的な感想と、自分がそれぞれの物語のどこに心を寄せたのかを、流れるように語ってくれたのだ。それは、未完成の本の内容と編集意図を深く読み込んでくれたことがわかる言葉の数々——的確で、かつ太陽系に生まれ育った者達や文学への優しい理解と愛情のこもった、素晴らしい感想だった。

目の前で語るそのひとが、銀河連邦の職員――遠い異星で生まれ育った存在だという事実を忘れてしまいそうなほどに。

リョクハネ氏はいった。

『この本が完成した暁《あかつき》にはきっと、銀河系の多くの星で読まれることになるでしょう。そして、後の世までも残る本になる。わたくしには、予言の才はありませんが、そう断言できます』

きっぱりといいきられて、キャサリンは思わず、いえいえそんな、と謙遜《けんそん》した。

「わたしどもは、その、銀河の端の辺境の、いうなれば、田舎の小さな出版社でありまして――我が社が作る本が、とてもとてもそんな恐れ多い本になるなどということは。いや、それでも、自分たちなりに、頑張って良い本にしようとは思っておりますが……」

リリコがくすりと笑って、そばの席から、

「あなたいつも、この本はすごく良い本になる、銀河系のベストセラーになるんだから、っていってるじゃない？　何を今更、謙遜してるのよ？」

「それは、冗談みたいなものだってば。本気でいってた訳じゃ……」

キャサリンはあたふたとして、思わず両手を振りながら、リリコに向かって叫ぶ。

異星のひとが、長い被毛から、さやさやと木々の枝が風にそよぐような音を立てた。目元が緩み、楽しげなところを見ると、それがそのひとの笑い声なのかも知れなかった。

『ほんとうに謙遜なさらなくても良いんですよ。めざせ銀河のベストセラー、いいじゃないですか。そういう感じでいきましょう。不肖わたくしもそのノリで紹介させていただきますから』

「でも――そのう……」

キャサリンはうつむき、もじもじと、自分の手の肉球を揉《も》むようにした。「銀河系には、数え切れないほどの文明が、多種多様の文化があることを知っています。言葉だけ、文字だけを翻訳して読めるようにしても、わたしたちの作る本が、そんなにいろんなひとたちの心に届くものなのでしょうか。――こんな、銀河系の辺境の、小さな版元《はんもと》の、生まれたばかりの出版社が作った本に、そんな力が宿るものなのでしょうか……」

この出版社、〈言葉の翼〉社のことは大好きだ。編集部のみんなのことも信頼している。クリスマスの本――「愛に満ちた、人類すべてへの贈り物になるような本」――だって、なにしろこの本を作るためにここに呼ばれてきたのだもの、大げさでなく編集者生命をかけて良い本を作り上げるつもりだ。これまで学んできた技術や積み重ねてきたキャリアのすべてと、若い日から持ち続けてきた仕事への情熱を――子どもの頃から抱いてきた本を愛する気持ちのすべてをかけて、一冊の本を作り上げ、誕生させるつもりでいる。

けれど、謙遜でも何でもなく、銀河の辺境の一介の編集者に過ぎない自分が作り上げる本に、銀河系のベストセラーになるとか時を越えて残るとか、そんな壮大な偉業が成し遂げられるとは思えなかった。

静かな声で、リョクハネ氏がいった。

『わたくしの目には、この本ができあがったときの姿が見えるようです。そして、広い銀河系のすみずみの、いろんな星に長い旅を経て辿《たど》り着いたときの本の姿が。読み手のひとりひとりが本を手に取るその日までにいくらかの時間差がありながらも、等しく喜ばれる姿――遠い銀河のどこか知らない星で作られた本のはずなのに、不思議とそうは思えない、自分の星でも昔、こんなことがあったかも知れない、そんなふうに思える、と驚かれ、愛される本の姿が。

銀河系はほんとうに広く、また文化を持つすべての星に新刊がすぐに行き渡るものでもありません。銀河連邦に加盟している星々でも、連絡宇宙船の航路に組み込まれていない星も多いですし、忘れられたような遠い辺境にぽつりと存在する惑星もあります。紙やそれに類するものに印刷され束ねられたかたちの本でも、データの形で遠くまで送られる本でも、本を読むひとびとがいるところに辿り着くまで、途方もなく長い時間がかかることもあります。――もしかしたら、銀河の最果てにこの本が届くとき、ここにいるみなさま――この出版社のひとびとは失礼ながら、もう誰もご存命ではないかも知れない。それでも、すでにない星の光が宇宙の果てまで届くように、本は遠くに届くのです。そして、良い物語は心に届きます。距離を越え、時を越えて、きっと辿り着くのです。

この本はきっと、そういう本になります。――なぜって、ここに集められたお話には、幼い者を慈《いつく》しむ思いや、未来を夢見る若者の気持ち、それを見守る優しい年長者のまなざしがあります。失われてゆく命への思いがあり、他者の幸せや、世界の平和を希求する心がある。そして、誠実に生きながら、小さな奇跡を待ち望む想いが、ひっそりと叶《かな》う魔法があります。

編集長がおっしゃったように、銀河にはたくさんの星があり、たくさんの文化や文明があります。言葉も違えば哲学も、信じる神もそれぞれに違う。けれど、生まれ育った星は違い、姿形も思想も何もかも違うように思えても、それぞれの惑星のどの「ひと」にも通じる、普遍的な想いはあるのです。この本はきっと、そんな物語を集めた、星のような輝きを放つ本になります』

キャサリンは、そのひとの言葉に打たれたように、ただ言葉を失っていた。

耳が静かに自分の鼓動の音を聴いていた。

無意識のうちに、握りしめた両手の爪がスカートを通して膝のあたりに食い込んでいたけれど、痛みは感じなかった。心がふわふわと浮き上がるようだったからだ。

(そんなことがあるだろうか)

(そんな、光栄で嬉しいことが)

幸せな想いがこみ上げていた。——いや、いま聞いたとおりの本になるだろうとは思っていたけれど。自負はしていたけれど。素敵な本になるだろう、と。編集室の仲間たちと、よく盛り上がったりもしていたけれど。

(太陽系だけじゃなく、銀河の果てまで)

(最果てまで)

(時の彼方まで)

そんなに遠くまで旅してゆける本を、自分は、自分たちは作りあげることが出来るのだろうか。

異星のひとは言葉を続ける。

静かに語りかけるような、優しい声で。

『クリスマス、良いですよね。わたくしの故郷の星の生まれた国にも、同じような行事があるのです。真冬の、いちばん夜が長く、闇が濃い夜に、よい子の枕辺《まくらべ》に贈り物を届ける、優しい精霊がいる。わたくしの故郷では、空のオーロラの彼方、きらめく星の世界から下りてくる、天の神様のお使いが贈り物を届けてくれるのだといわれています。不思議ですね。科学が進歩して、星の世界へと自由に往き来する時代になっても、子どもたちは冬の贈り物は空のお使いが届けてくれるのだと、いまも昔も信じています。そのあたりも、地球とわたくしの星は同じなんですね』

それにしても、とキャサリンは思う。——この異星のひとはどうしてこんなに、本について語る言葉を持っているのだろうか。さすがに銀河のエリートとなると、ちょっと違うのだろうか。

キャサリンのささやかな疑問に気づいたのか、異星のひとは楽しげな声で、ほんの少しだけ自慢の色を交えながら（それはむしろ愛らしく、親しみやすく聞こえた）、こういった。

『わたくしども、広報の仕事をしている者達は、銀河連邦で職を得ている者の中でも、特に、星々の文化、その中でも言語や文章、物語に興味を持っている者が多いのです。なのでわたくしも、当然のように、地球の、太陽系文化圏の言語、そして文学に興味を持っております。異星人なりに、いくばくかは理解もでき、深く鑑賞できていると自負してもおります』

もっというと、と微笑んで、異星のひとは言葉を付け加える。

『愛している、といえるかも知れません』

「愛ですか」

キャサリンとレイノルドは、同時にその言葉を繰り返した。編集室の中でも、そこここで、かすかなざわめきが起きた。

リョクハネ氏は、地球人類の仕草を真似るような感じで、ややぎこちなく、長い被毛を揺らして、うなずいてみせる。

『はい。運命的な出会いといいましょうか、いままで出会ったどの星の文学よりも、この星系の文学は、わたくしの好みに合っているのです。迷いなく、愛おしいと感じるほどに』

もしかしたら前世は太陽系の生まれだったのかも知れません、と付け加え、異星のひとの目元はいよいよ柔らかく緩む。

そうしてかのひとは、太陽系文化圏の、自分の好きな作家の名前と作品のタイトルを、滔々《とうとう》とうたうようにいくつも挙げた。

まだ地球人類が母なる星で暮らしていた頃の本の話題から、はるかな未来のいま、月の都市で刊行されている本の話題にいたるまで、そのひとはよどみなく語る。古今東西、折々の話題作やロングセラーを押さえつつも、さりげなく知るひとぞ知るようなマイナーな著者名や作品名が混じるあたり、このひとはほんとうに太陽系文化圏の本が好きで、勉強してもいるのだなあ、とキャサリンには、聞いていて敬服するものがあった。ここ、太陽系文化圏で本を作る者のひとりとして、こんなに光栄で喜ばしいことはないと思う。ふと隣を見ると、素直で感激屋の副編集長レイノルドは言葉もなく、黒い目を潤ませている。

思いはみな同じなのか、編集室の他の面々も、それぞれに嬉しげな表情を浮かべているのが目の端に見える。そもそも活字を愛する者が集う職場なので、当たり前の情景ともいえる。

一方で、異星のひとの目元には、何かためらうような、不思議な影がよぎった。

『いろいろ読んできてはおりますが、わたくしひとりですべての本と出会ったわけでもないのです。ずっと昔、わたくしが学生だった頃、とても仲良くしていた年上の友人がおりまして。生まれた星は違っても、不思議と気があう学友だったのですが、その友人が太陽系文化圏の物語をとても好きで、その友に教えられて読んだ本も多いのです。ですから、実のところ、そう得意そうに語れるものでもないのですよね。愛が深いのはほんとうですが』

「——大学、といいますと、銀河連邦にお勤めになる方が通う学校があるという、その……」

銀河系中から、未来のエリートたちが集まるとかいう大学のことだろうか。

『ええ、そうです。銀河系の中心に、ひとつの惑星がまるごと大学とそれを維持するための都市になっている星があります。地球の言葉に翻訳すれば、そのまま、「銀河連邦大学惑星」という名前になるでしょうか。星の形をした、規模の大きな学園都市ですね。遠い昔に銀河連邦が作られたのと同じ時代、やや遅れたくらいの時期に作られたものですので、昔から古く銀河系にある大学です』

「歴史のある大学なんですね」

キャサリンには、とにかく大昔からある大学なのだろう、としかわからないけれど。

異星のひとの目元が優しく緩む。

『太陽系からはやや距離はありますが、いつか取材にいらっしゃると面白いと思います。いずれここ太陽系からも優秀な若者が進学することになる学《まな》び舎《や》だと思いますし。

銀河連邦には、銀河系のたくさんの星が加盟しています。文化も歴史もまるで違う、類似点を探す方が面倒なほどの多彩な星々で構成された組織です。でもわたくしどもはつながりを持ち続け、話し合う場所を維持し続ける。そのための連邦です。

わたくしたちは、星々の間の平和を維持し、もしどこかの星が何らかの理由で存亡の危機を迎えるなら、互いの知恵を貸し、手助けをして、できうる限り、その星の生命が滅び去ることを防がなければいけません。そうすることが、銀河系全体の命の長さを伸ばし、一日でも長く、この宇宙が未来へと続いてゆくために大切なことだからです。宇宙は——宇宙そのものは永遠に存続するかも知れませんが、そこに生きているわたくしたちや、わたくしたちの住まうそれぞれの星、文明はそうではありません。そして、一度失われた命や文明、星は永遠に消え去ってしまいます。それはその星のひとびとだけではなく、銀河系全体にとっての損失でもあります。ですから、銀河系にいるみなの叡智《えいち》を集めて、わたくしどもは未来へと命をつないでゆく方へ、舵《かじ》を切ることにしました。——これは、太陽系のみなさまもご存じの、銀河連邦成立の歴史ですね。そのために、長い時間をかけ、数え切れないほどの話し合いやいくらかの不幸な戦争の末、平和を願う心から、様々な違いを乗り越えて銀河連邦は作られました。そして、互いの文化への理解を深め、組織を安定させるために、銀河連邦大学が作られたのです。そこに銀河系の星々から、優秀な若者たちを集め、高度な学び、実験や研究のための施設を提供することで、銀河系全体にとっての宝になるような、優れた人材を育てます。また、学生同士がそこで出会い、学びや生活を共にすることによって、互いにとっての異文化を理解し合うきっかけとなり、友情を深めあうための場所としての機能も期待されています。そうすることで、それぞれが卒業後、銀河連邦の職員として、宇宙に旅立っていった後《のち》に、信頼関係が築きやすくなるように、ということですね。若い日の友情と理解は、おとなになった後も続きますので。長く、永遠に――』

滔々《とうとう》と異星のひとは語り、ふと我に返ったように、大きな目を見開いた。

『あら、いけません、わたくしったら、どうやら語りすぎてしまったようですね。ひとりで長くお話しして、演説や講義みたいになってしまったような気がします。わたくしの話、長かったでしょう？　すみません。連邦も大学も、わたくしには大切なものですので、つい、語りすぎてしまって。そもそも、今日は、わたくしが取材にうかがったはずですのに』

大きな複眼の目がまばたきを繰り返す。どうもそれが、このひとの、申し訳ないときの表情なのだろう、とキャサリンは――おそらくは隣のレイノルドも――気づいた。

ふたりは目を合わせて、いいえ、と微笑んだ。

キャサリンは身を乗り出していった。

「とても興味深いお話でした。連邦のことも、大学のことも、関係者の方から、こんな風に直接お話を伺う機会はなかなかないですし。銀河中から学生が集まる大学、きっと素敵なところなんでしょうね。良い出会いも多かったんじゃないかなあと思いました」

はい、と小さな、恥ずかしそうな声で、リョクハネ氏は答える。

『生涯の親友もできますし、他の星の知的生命体との婚姻が許されている星の学生ならば、学生時代に結婚相手を見つけることもあります』

異星のひとの目元が柔らかく緩んだ。自分や学友たちの、楽しく懐かしい日々の思い出が心をよぎったのだろう。

『――わたくし自身も、学生時代に、生涯の友であり尊敬する先輩でもあるひととの出会いがありました。ああ、そうです。まさに先ほどお話しした、地球の言葉と物語を教えてくれた年上の友との出会い、ですね。あれはほんとうに、得がたい幸福な出会いでした』

人生を変えるほどに、と、そっと続けた。

異星のひとの大きな複眼に、水の波紋のような揺らめきが映った。大切な、懐かしいものを思い起こしている、そんな表情に見えた。

『わたくしと友は、生まれた星もからだの作りも違いましたが、お互い長命な種族で、のんびり屋なところが、そもそも相性が良かったのかも知れません。よく学内の喫茶スペースで、幾日にもわたって、長い会話を続けたり、ともに思索にふけったりしたものです。ええ、太陽系文化圏の様々な物語のことも、そんなふうにして話し、感想を語り合いました。時を忘れて。いつまでも。どんなに話しても飽きることがありませんでした。

その惑星の一日はわたくしたちにとっては短く、あっという間でしたので、大きな窓から日が昇りまた沈むのを、わたくしたちには不思議な色に見える朝焼けや夕焼けを、尽きない会話と水や軽い食事を楽しみながら、くりかえしふたりで眺めていたものです。窓にはときに、近くにある宇宙港から飛び立ったり、舞い降りたりする宇宙船が見えたりもしました。あの船はどこへ行くのだろう、どこから帰ってきたのだろう、なんて会話もしましたね。旅情や郷愁《きょうしゅう》もそそられましたが、わたくしも友人もいずれは銀河連邦の職員として、どこかの宇宙に旅立つ身、どこの星で暮らし、どんな仕事をすることになるのだろう、どんな仕事をしたいか、などという夢の話も何度も繰り返し話しました。真夜中には、窓の外の空にオーロラが舞うのが見えて、それがたいそう美しく、ほんとうに飽きない情景でした。わたくしの故郷もオーロラの美しいところでしたので、懐かしくもあったのです』

ああまた話しすぎてしまったかしら、というような表情で、異星のひとが申し訳なさそうにまばたきを繰り返したので、

「どうぞ、お話を続けてください」

と、キャサリンは微笑んだ。

太陽系の文化を愛し、自分たちが作ろうとしている本にこれほどまで好意的な感想を寄せてくれるひとの話に耳を傾けるくらい、いくらでもできる。

（ていうか、実際とても面白い、興味深い話だし）

隣をちらと振り返ると、前のめりになって聞いていたらしい副編集長も、笑顔でうなずいた。

気が利く若手編集部員が、冷えた水のおかわりをピッチャーに注いできて、異星の客人は感謝してそれを受け取り、グラスに注ぐと話を続けた。

『先ほどもお話ししましたように、友人は地球の——太陽系文化圏の言語や文学に興味と知識を持っていました。最初はその友の影響でわたくしもみなさまの使う言語やその歴史を調べ、物語

を読むようになったのです。なんといいますか、太陽系のそれは、とても、性《しょう》に合いました。地球の言語はどの国の言葉も、光が弾け、水が流れるような、美しく優しい響きを帯びています。リズミカルで楽しく、うたうようです。そして、物語に流れる思想も心の機微《きび》、ユーモアも——不思議ですね、遠い遠い星同士なのに、まるで故郷のそれを読むように、ひとつひとつが懐かしく、面白く、胸が躍って。友人も同じ感情を抱いていたのです。

友人とよく、話したものです。わたくしたち、宇宙に生きる者は、見た目やからだの組成は違っても、もしかしたら心は——時として、とても似ていることがあるのかも知れないね、と。太陽系文化圏とわたくしや友人の生まれた星の文化のように、遠い星の海の彼方に、血のつながりを感じさせるような、相似形の文化が生まれ育つこともあるんだね、と。命や心というものはまったく不思議だとよくそんな話をしました。わたくしの星も、友人の星の文化も、神様——宇宙を創造したとされる、信仰の象徴は持っています。ただ事情があって、友人は神様の存在は認めていなかったのですが、それでもときどき、こんな風に宇宙の神秘に触れるとき、そのものの存在を考えたくなるときがある、といっていたのを覚えています』

「ご友人の方は、神様の存在を認めていらっしゃらなかったんですか？」

その言葉がなぜか耳に残って、キャサリンは訊き返してしまった。

異星のひとは静かに答えた。

『友人には、故郷の星がなかったのです。自分が生まれるよりずっと昔に、故郷の星は飛来した巨大な隕石《いんせき》にぶつかり、地表が破壊され焼きつくされて、滅びてしまったのだと。そこに住んでいた命と文明のごく一部だけが辛うじて生き延びて、星空へと飛び立ち、宇宙をさすらう一族となったのだと聞きました。もしこの宇宙に、銀河系に神様がいるのなら、星の滅びをなぜ放っておくことができたのだろう、と友人はいいました。さすらいの旅を始めた、先祖の言葉を通して、隕石から逃れることができないままたくさんの命が無残に失われた、途方もない悲劇だった、と伝えられていたそうです』

なるほど、そのひとの気持ちもわかるかも、とキャサリンは思う。同じ故郷をなくしたのでも、キャサリンたち、太陽系文化圏——母なる星地球を離れた者達の場合、自分たちの過去の所業のせいでそういう選択をせねばならなかったのだという後ろめたさがある。それでも、帰るべき故郷を失った人類の不幸を恨めしく思い、どこかにいるかも知れない神様に恨み言をいうひとびとがいたらしいということは知っている。そんなものはいないのだといったひとびともいた、と。

ましてや星の滅びが突然の隕石の衝突ならば、神様の不在について考え、そう結論を出すひとがいても、おかしくはないだろう。

レイノルドが、異星のひとに訊《たず》ねた。

「リョクハネさんは、太陽系文化圏の言語や文化が好きでいてくださって、それで、こちらの——太陽系方面に行けるお仕事を選ばれたんですね」

『そういうことです』

異星のひとはうなずいた。『大学を卒業した後、連邦の職員として就職するにあたり、わたくしは、どこの星系よりも太陽系をいちばんに希望しました。そしてめでたく希望は通り、太陽系を管轄する事務局で働くことが決まり、みなさまの呼び方でいうところのアルファケンタウリのそばの惑星に当時はあった事務局で働くこととなりました。のちに銀河連邦の広報という誇らしい仕事を受け持たせていただくことになって、ついに憧れの太陽系に入り、ここ月に降り立ち、いまがある、というわけです』

「ご友人の方はどちらに？」

キャサリンは訊ねた。

異星のひとの目元が、柔らかく緩んだ。

『友人も、太陽系方面で働ける仕事を選び、希望が通りました。なかでもとびぬけて優秀なひとでしたから、地球へ降りる職種——重要な責任を負った仕事に就きました』

「地球へ、ですか？」

生き物が住めないほど荒れ果てているといわれている、あの地へと降り立ったのか。

『もうずうっと昔の時代の話です。地球が緑の星であった頃の。もっというと、太陽系文化圏のみなさまが、銀河連邦の存在に気づく以前の、みなさまからすると、大昔のお話です』

「ええと、ええと、ということは……」

一瞬、頭が混乱した。

隣の席の副編集長が、手を打って、ああ、と声を上げる。

「そうか、地球が——地球を主星とする太陽系文化圏が、銀河連邦に迎え入れられる前の時代の話をなさっているんですね。地球が生き物の住めない星になって、人類が月や星の世界へと旅立った、それよりも昔の出来事を」

ああ、と、キャサリンも声を上げた。

「そっか。わたしたちの目には見えず、その存在に気づけなかった時代にも、銀河連邦はちゃんと宇宙に存在していて、地球や太陽系一帯を見守る仕事がすでにあった、ということですね？」

そういえば子どもの頃、学校で習ったかも、と、キャサリンは内心恥ずかしくなる。

異星のひとは、優しいまなざしをする。

そよそよと長い緑の被毛をそよがせ、針葉樹のような香りを漂わせながら。

『そうです。わたくしと友人の若い頃の物語は、みなさまからすると、遠い遠い昔の出来事になると思います。わたくしも友人も、みなさまより長く生きる生命体ですので、遠い昔から、銀河の歴史の中で生きてきたのです。わたくしは——わたくしたち銀河連邦は、長い間、地球を中心とする、太陽系文化圏のひとびとを見守ってきました。みなさまを自分たちの仲間に迎え入れるべきか、銀河系にとって、またみなさまの星の文明にとって、それが良いことなのか、長い時間をかけて、考え、話し合いながら。

それは地球がまだ、あの滅びを迎えるはるかに昔から始まっていたことでした。——結果的には、答えを出すまでに長すぎる時間がかかってしまい、手をさしのべたのは、みなさまが故郷を失い、宇宙に出てからになってしまいましたけれど』

地球は、そこに住まうひとびとは、誰もそのまなざしに気づかないままに、銀河連邦のひとびとに——異星のひとびとに見守られ、見つめられ続けていたのだ。

『地球の文化と、地球人を見定めるために、わたくしの友人と、いくらかの数の連邦の関係者たちが地球を訪れ、長い長い時間をかけて、地球のひとびとの中で暮らしました。地球の時間でいうところの、何十年も何百年も、あるいはそれ以上の年月をかけて。大切な事柄でしたし、一般にわたくしたちは、地球の——太陽系文化圏のみなさまより、寿命が長い分、気も長いのでしょうね。なにごとも即決を避け、時間をかけて——かけすぎて決めるきらいがあります。

彼らは、地球の人類の姿に擬態し、ひとの街で暮らし、あるいは街から街へとさすらいながら、長い時を過ごしたそうです。年をとらず、死ぬことも衰えることもない、そんな姿で。必要以上に地球人に関わらず、ただそばでそっと見守り、ときに進んだ科学の力で、地球のひとびとを苦難から救うことも——本来は禁じられていたことだったそうですが——あったりしつつ。彼らは時に、魔女、魔法使い、仙人、仙女、などと呼ばれたりもしたそうです。ひとならぬ者、あやかしですね。お伽話《とぎばなし》の登場人物——地球人から見たら、そんなふうに見えたかも知れません。

実際わたくしも、そんな旅の話を友人から聞きました。こっそり地球人を助けたとか、友達になったとか、そんな楽しい話をいくつも。正直、うらやましいと思ったものです。わたくしも憧れの地球を歩いてみたかった。吟遊詩人の歌を聴き、酒場で歌い手がうたう歌を聴き、街の書店で自分の手で紙の本を選び、買いたかった。地球人と、友達になりたくて——』

実は、と、ここで異星のひとは、光をたたえた大きな瞳に不思議な表情を浮かべた。楽しげな、ちょっといたずらっぽいような表情に見えた。

『昔、友人から聞いた、クリスマスの物語があるんです。自《みずか》らの体験だと聞きました。もうずうっと昔に聞いたお話なんですが、それが、わたくしひとりが知り、記憶しているにはいささか惜しいお話で――よければ聞いていていただけないか、と』

「それはその――」

思わず、キャサリンは前のめりになる。「今回のクリスマスの本に、そのお話を入れてしまってもかまわないとか、そういうことだったりしますか？」

あの本に、銀河連邦の関係者から取材した物語が入るなら、それはもう最高なことだ。キャサリンたちには思い至れなかった、でも必要な未知のパーツが組みこまれるような気がする。

異星のひとの、羊歯めいた長い被毛が、上機嫌な感じで、そよそよと揺らぐ。

『かまわないだろうとわたくしは思います。もしかしたらずっと昔は、秘密にしておくべきこと、わたくしの心の中にだけ、しまっておいた方が良いような物語だったのかも知れません。けれどもう、その頃から、ずいぶん長い年月が流れました。物語に登場するひとびとも、いまはもうこの銀河に存在しません。それならば、活字にして未来に残した方が良いように思うのです。

昔、地球と呼ばれた青い星で、こんな優しい、素敵なことがあったんだよ、と。誰も知らない、きっといまでは忘れ去られたような遠い時代のお話だけど、こんな風に生きた、強くて優しいひとがいたんだよ、と。

時を越えて、語り伝えられるように』

文句は誰にもいわせません、と異星のひとはいいきった。この件に関しては、なにしろ、このわたくしが責任者ですからね、と。

さて、その物語は、西暦二〇二二年のクリスマスイブ、日本のとある山里にある、古く小さな図書館に、ひとりの娘が訪れるところから始まる。

手袋の手に大きな革のトランクを提げた娘は、浅黒い肌と高い背丈の、美しい異国の娘。冬のコート姿の肩には、背に翼をはやした、黒猫とも蝙蝠《こうもり》ともつかない痩せた生き物が一匹、金色の目を妖《あや》しく光らせている。

長い巻き毛の黒髪を冬の風になびかせながら、娘は図書館の扉を開く——。

ある魔女の物語

とある県と県の境にある、とある山間《やまあい》に、古く小さな町がひとつあった。野山に住む野鳥の声と、木々のざわめき、町の石畳の水路を流れる水音が響く、ひっそりと美しい町だ。

良質な湯の温泉が豊かに湧くこともあって、その昔は国内外から客を呼ぶ、観光地、保養地として栄えた時代もあったけれど、いまは若い世代は都会へと出て行き、町の人口もずいぶん減った。それでもこの小さな町の静けさや、歴史の古さ、時の流れから取り残されたような穏やかさ、住民の人懐こいあたたかさを求めてやって来る旅人は多い。あれはいい町だよね、と知るひとぞ知る、そんな場所になっている山里だ。

都会にあるような、多種多様な文化の華やかさや、めまぐるしく最先端を行く移り変わりの速さはないけれど、ここには小さいながら書店もあれば映画館もある。扱う品は少ないし、すぐに端まで行き着くけれど、必要なものは何でも売っている、昔ながらの商店街がある。

山菜に茸《きのこ》に果樹、畑でとれる野菜や清流で採れる魚たちもいて、食べるものにも困らない。小さいながら、豊かな町だった。

その小さな町に、木造の小さな図書館があった。昔々にあった太平洋戦争、それよりも以前からここにあった図書館は、長い時を経て、たくさんの本をぎっしりと本棚に並べている。本の中には古いものもあるけれど、綺麗に補修されていて、時を経てつややかに光る木の棚に美しく並べられているのだ。

この図書館に限らず、小さな町が落ち着いた雰囲気を漂わせているのは、この山里が戦争の時代に空襲を免《まぬか》れた、その幸運によるところも大きい。空から見ればすぐそばにある大都市を中心に、この一帯は、戦争末期のある夜に焼夷弾《しょういだん》の火で焼かれ、不幸にも広く焼き尽くされ、戦後に復興した過去がある。

この美しい山里は、小さく山に埋もれていたから難を逃れたのか、あるいは古《いにしえ》の、保養地として海外でも知られていた時代があるが故に、見逃されたなどということがあるものなのか、神の守護などの大いなる力が人知れず守った奇跡によるものなのか（この町には古い教会も神社もある）、いやいや、奇跡も魔法も何もない、ただ運が良かっただけなのか――この町にゆかりのある在野の歴史家たちは、町のひとびとが過去に呟《つぶや》いた、様々な噂や伝え語りを記録している。

その夜、この山間の町の空にも、他の街と同じ空襲の火が降りそそいだ。けれど不思議なことに、まるで大きなてのひらが空を覆って、焼夷弾を受け止めたように、恐ろしい炎は地上へ届かず、町は燃えなかったのだ。


さて、二〇二二年十二月。

クリスマスを前にして、その図書館にはクリスマスツリーが灯《とも》りを灯している。壁や窓、棚の合間には山でとれた赤い木の実を飾った手作りのリースや、ずっとこの図書館の倉庫にあって、毎年この季節には眠りから目覚めたように現われる、天使やトナカイ、サンタクロースの人形が飾られている。

飾り立てられているのは、当然、貸し出しのカウンターもそうで、この図書館の司書のひとりである若い娘——名を琴子《ことこ》という——の前にも、折り紙のサンタやトナカイたちが並んでいる。これは先日町の子どもたちを集めて行われた、折り紙教室で折ったものだ。

琴子はこの町で生まれ育った娘で、都会の大学に進んで司書の資格を取ったものの、迷いもせずに、この山里に帰ってきた。そうして、自分が子どもの頃にこの図書館に通い、カウンターの中にいるひとびとに迎えてもらい、本の受け渡しをしたように、いまは自分がカウンターの中にいる。

琴子はしみじみ思う。棚にぎっしり詰まった本と、本が好きな子どもとおとなに囲まれて一日を過ごすことができる、なんて素敵な仕事に自分はつけたのだろう、と。

特にいまのような季節は、自分や他の司書たちが、表紙が見えるよう棚に並べた、色とりどりのクリスマス絵本と、クリスマスの飾りに囲まれて、まるで自分自身もこの愛らしく懐かしい空間の中に置かれた等身大の人形になったような——あるいは、これから始まるクリスマスを舞台にした物語や映画の主人公になったような、そんな素敵な気分になるのだった。

昼下がり。今日は常連のお年寄りたちはお休みのようだ。外は雨。ケーブルテレビの天気予報が午後遅くからは雪の恐れが、といっていたので、あたたかい家の中にいるのかも知れない。あるいは、あのひともこのひとも、ちょうどたくさん本を借りて帰ったばかりだから、図書館は今日は休もうと思ったのかも。

「そうそう、こんな日は、炬燵《こたつ》の中でゆっくり本を読むのも幸せなのよね」

カウンターに頬杖《ほおづえ》をつき、にこにこと笑いながら、琴子はガラスのはまったドアの向こうの、町の景色を見つめる。——やはり今日は人通りが少ないようだ。小さな小さな山里だから、みんな近所に住んでいるのに、誰も通りを歩いていない。この時間、いつもなら、商店街の八百屋さんや魚屋さん、それに古いスーパーで、お買い物やおしゃべりをするひとたちの姿が見えたりするものなのに。

灰色の雲が町の上に重く広がっている。館内に低く流れるBGMのクリスマスソングの他は、あたりは静かで、まるで分厚い雲が、町の音をすべて吸い取っているかのようだった。

それでも、じきに子どもたちの下校の時間なので、そうしたら、雀《すずめ》の群れが舞い降りたように賑《にぎ》やかになるだろう。この町の子どもたちは琴子がそうだったように本が好きで、学校のそばにある図書館に寄らずにはいられないようだから。学校の図書館で本を借りて、この図書館でもまた借りて、とランドセルや鞄《かばん》にぎっしり本を詰め込んで、重たい、と呻《うめ》きながら帰って行く猛者《もさ》もいる。

「――あ、雪が降ってきた」

まだ遅い時間ではない。予定よりも早めに、駆け足のように雪が空から落ちてくる。本と埃《ほこり》の匂いが、雪の湿気のせいか、いつもよりさらに強く立ちこめている。

「これは今日は、誰も来ないかもなあ」

山里のこと、雪がひどく降るときは、図書館も早じまいすることになっている。琴子は肩をすくめ、未練がましくドアのガラス越しの外に目を向けて――

まばたきをした。

長い重そうなコートを身にまとった、背の高い若い娘が、いつの間にかドアの向こうにいる。

知らないひとだ、と思った。年齢はちょっとわからない。まだ学生のようにも、ずっとおとなのようにも見える。なんだか不思議な感じだった。

軋《きし》む木のドアを押して開けて、そのひとが図書館の中に入ってきたとき、雪交じりの冷たい風が奥の方まで吹き込んできて、琴子は一瞬、目を閉じた。

だからだろうか、幻のようなものをちらりと見たような気がした。――そのひとの肩の上に、子猫くらいの大きさの痩せた黒い生き物がいて、ただしその生き物の背中には、蝙蝠のような大きな羽がはえているような。

図書館にはペットの持ち込みはちょっと困る。

いや、それ以前に——。

(何、あの生き物?)

琴子は目をこすり、失礼にならないようにそれとなく、訪問者の方をうかがう。

当たり前のように、そのひとの肩の上には謎の生き物などいなかった。

(——まあ、気のせいよね)

蝙蝠の羽を持つ猫なんて、いるはずもない。そんなキメラのような生き物、存在するとしたら、物語の本の中だけだ。児童書とかファンタジーとかSFとか——。

見知らぬ客人は、入り口あたりにとどまったまま、小さな図書館の中を——本棚が天井までぎっしりと並んでいる様子を見回すと、そっとコートを脱ぎ、雪に濡《ぬ》れた外側を裏返しにして、腕にかけた。本を濡らさないように気をつけてくれたのだろうと思うと、なんていいひとなんだろう、と、琴子の中で好感度のゲージが効果音付きで上がった。

訪問者は琴子に目を向け、にこ、と笑う。

「雨宿り、といいますか、雪宿りのつもりで中に入らせていただいたのですが、ここは図書館なんですね。素敵です。美しい」

木管楽器が鳴るような、穏やかで優しい声だった。——流ちょうな日本語だったので、琴子は少しだけ、ほっとした。外国語はどの国の言葉も、どちらかというと得意ではない。

浅黒い肌に彫りの深い顔立ち、長い漆黒の巻き毛のそのひとの年齢はわからなかった。たたずまいは落ち着いているのに、華奢《きやしや》な長い手足や、ふとした表情、顔立ちは少女のように見えることもある。そのひとは大きな革のトランクの雪で濡れたところを自分のコートで軽く拭いながら、そっと床に置いた。その仕草も、トランクが大事だからというよりも、図書館の本への気遣いのように見えた。百点満点だ、と琴子は思う。

「――本、お好きなんですか？」

訪問者は本棚の本に目をやりながら、明るい表情でうなずいた。並ぶたくさんの背表紙を見る黒い瞳はそのままに。楽しげに。

「たぶん、何よりも好きですね」

「何よりも？」

「本さえあれば、何もいらないかも知れません。――たとえば、そこが遠い星の海の彼方で、ひとりきりの宇宙船で旅をしているとしても、傍《かたわ》らに本があれば、寂しくないですから。だって、無数の言葉や誰かの想いが――魂が、形になってそこにあるのと同じですからね。ひとりでも、ひとりきりの旅じゃない」

面白いひとだなあ、と琴子は思った。同時に、心のどこかで、その言葉に肯《うべな》う自分がいた。

ここ図書館にいて、たとえば今日のようにひとりきりになったとき、琴子以外には誰もいないはずの部屋の中で、耳には聞こえないざわめきが――うまく説明するのは難しいのだけれど、声ではない声が――本棚の方から聞こえたように思うことがある。

本は紙の束の形をしているけれど、印刷され綴《と》じられた無数の文字や言葉が、時を経て命を得て、棚に並んでいる、その命や視線を感じることがあったような気がするから。

(もし、宇宙船で星の海を旅していても、本があればひとりじゃない——)

SF小説みたいなたとえだけれど、わかるような気がした。自分が宇宙船のパイロットなら、窓の外は漆黒の宇宙で無音の世界でも、膝の上に一冊の本があれば、孤独ではないだろう。狭い操縦席にひとりきり座っていても、心はそこを離れ、自由に旅をする。本を綴《つづ》った誰かに導かれて思想を深め、知識を得る。もしその本が物語ならば、物語の中に生きるひとびとを心の友として、違う人生を生き、何かを夢見、戦い、笑ったり泣いたりするだろう。星の海を旅しながら、違う世界の空を、見上げるだろう。

(——旅の途中なのかしら?)

まさか宇宙船のパイロットではないだろうけれど。——ああでも、このひとのあの靴。まるで一昔前の翻訳物のSFや、ファンタジー小説に出てくる旅人が履いていそうな革の長いブーツはほどよく古びている。旅慣れたひとの履く靴だと思った。

(日本に滞在中の、どこかの国のひとなのかなあ。それとも、街から街へと遠く旅して行く旅行者。もしかしたら、趣味の旅じゃなく、何かを探して買い付けるとか、はたまた何かを調べたり研究するお仕事のひとなのかも。知的な感じだし、学者さんとか)

いずれにせよ、もし旅の途中なら、どこから来て、どこへ行くところなのだろう。

そのひとは、自然な感じの日本語で、

「雪、いつまで降るんでしょうね」

と話しかけてきた。

琴子は椅子から軽く腰を浮かせて、返事をする。

「天気予報によると、一晩降り続くだろう、という話でした」

「昔から、日本にはよく来るのですが、このあたりは初めてで、いささか不案内で。ちょっと用事があったのですが、明日まで雪ですか。——山の方も降るんでしょうね」

困ったなあ、とあまり困っていないような、軽い口調で呟いた。

「——山の方へ、行かれるのですか？」

旅人はうなずく。

「探さないといけないひとがいて」

「山に？」

「はい。ずっと昔に、消息が途絶えてしまった知人を探しているのです。最後は、この近くの山——森のあたりにいたらしい、とやっと突き止めることができまして。もっと早く来られたら良かったのですが、それだけのことを調べるのに、長い時間がかかりました」

旅人は寂しげな笑みを浮かべる。

そして、琴子に訊いた。

「この町の近くの山に、見知らぬ旅人が来て、ひと知れずひっそりと住み着いていた——そんな噂を聞いたことはありませんか？」

「見知らぬ旅人、ですか？」

「はい」

旅人はうなずく。——彼女のようなひと、という意味だろうかと、琴子は考える。

（見知らぬ旅人が、ひっそりと山に……）

ふと、思い当たる逸話があった。

「知ってます」

と、琴子は声を上げかけて、すぐに、ああ違う、と苦笑して首を横に振った。「祖母からそんなひとと山で会ったことがある、年が離れた友達や家族のように仲良くなって、とても可愛がってもらった、と、話を聞いたことがあります。——でもそれは、ずいぶん前に亡くなった祖母が子どもの頃の、ほんとうに昔のことで、太平洋戦争中の——昔、日本が戦争をしていた時代の、お伽話みたいなお話で……」

そう、お伽話のようなお話なのだ。

琴子は、現実離れした「友人」とふたりで山で暮らしていたというその謎のひとの話を聞くのが好きで、祖母にせがんで何度も話してもらったけれど。だからその話をするときの祖母の、大切な思い出をひとつひとつあたためるようにしながら、静かな笑みを浮かべて語る表情や、優しい声を忘れないのだけれど。

（おとなになったいま思い返すと、あれはもしかしたら、寂しかった子どもの空想というか、おばあちゃんが自分で考えた、童話みたいな気もするのよね）

琴子の亡き祖母は、昔、魔女の友達だった。

森で出会った旅の魔女は、大きなドラゴンを連れていた。子どもの頃、そんな話を聞いた。

ああ、と、旅人が声を上げる。

「それはどうやら、まさに、わたしが探している旅人の話のような気がします。できましたら、お話、聞かせていただけませんか？」

黒曜石のような黒い瞳が、じっと、不思議な熱意をたたえて、琴子を見つめていた。

あたりは時が止まったように、静かだった。降りしきる雪がすべての音を吸い取ったように、しんとした世界の中で、図書館の本棚と本たちの前に立つ丈高い旅人は、寂しげな笑みを浮かべていた。

琴子は小さく肩をすくめ、

「ほんとうに、お伽話みたいな話ですよ」

念を押してから、話し始めた。

他に来るひともいないし、もうひとりの当番の司書は、さっき倉庫に本を取りに行ったまま帰ってこない。雪の日の客人をもてなしがてら、昔話をするのも許されるだろう。

空想や作り話かも知れないお話でも、琴子は祖母から聞いたこの夢のようなお話が、子どもの頃もいまも、大好きだった。


遠い昔、昭和の時代のことだ。

都会の子どもだった祖母、衿子《えりこ》は、親戚を頼って、ひとり、遠い田舎のこの町に来た。いわゆる縁故疎開というものだ。その時代、都会の子どもたちは、空襲から逃れるために、少しでも安全そうな田舎へと、ひとりであるいはまとまって、家族から離され、送られていったのだ。琴子の祖母は、親戚からも、町のひとたちからも可愛がられたけれど、家族と離れてのひとりきりの山里の暮らしは寂しかった。けれど戦時中のこと、寂しいなどという感情は言葉にしてはいけないと思い、悲しくなると、ひとりで山に出かけて、こっそりと泣いていたそうだ。

そんなある日、衿子は迷いこんだ森の奥で、不思議な、外国のおばあさんを見かけ、思わず木の陰から様子を伺った。

春のおだやかな午後のことだった。日の光が入る明るい洞窟のその前で、黒く長いドレスを着た、白髪に青い目のおばあさんが、焚《た》き火で薬缶《やかん》の湯を沸かしていた。おばあさんは、何やら異国の言葉でお喋《しゃべ》りをしては、鳩のような声でくっくっと楽しそうに笑う、その向かいには、小さなトラックほどの大きさのドラゴンがいた。火の勢いが弱まると、長い首を曲げて、口から炎を吐き、火を元気づけてやっていた。金属のような光沢をもつ背中の二枚の大きな羽は、枝葉を伸ばす森の木々にあたらないように、きっちりと折りたたまれていた。

おばあさんは、目の前のドラゴンを恐れる様子もなく、楽しげなお喋りを続ける。そして、ひらりと白いてのひらを閃《ひらめ》かせると、驚くことに、焚き火のそばに、丸いテーブルとティーポットと、紅茶茶碗《ちゃわん》にお皿がふたつ——人間のサイズのものが一揃《ひとそろ》いと、倍ほども大きなものが一揃い——ドラゴンのためのものだろう——最初からそこにあったように現れたのだった。

まるで手品のよう——いや、魔法のように。

衿子は胸をどきどきさせながら、その様子を見ていた。あのひとはきっと、魔法使いのおばあさんなのだ、と。魔法使いはこの世界にほんとうにいたんだ、と。

おばあさんは、鼻歌をうたいながら、またどこからともなくとりだしたガラスの瓶から、何かの葉をすくってポットに入れ、沸かしたてのお湯を注いだ。風に乗ってふわりと、香草のお茶の香りが漂ってきた。乾燥した薄荷《ハッカ》にお湯を注いだ香り。衿子には懐かしいお茶の香りだった。

よく見ればあたりの土にはいろんな香草が葉を伸ばし、花を咲かせている。おばあさんはここで香草を育てているのだろうかと衿子は思った。そうして収穫して、干して、香草のお茶を作っているのだろうか。衿子の家でお母さんがそうしていたように。

見知らぬおばあさんは、もしかしたら魔法使いかも知れないひとは、ドラゴンと午後のお茶の時間を楽しもうとしているところらしかった。——戦時中の日本の、山間の町のそばにある、ひとけのない山の森の奥で。

これは夢だ、自分はいま夢を見ているのに違いないと衿子は思った。

衿子の家は、古くから海外のものを仕入れる仕事をしていた。家には外国語の本がたくさんあった。子ども部屋の本棚には、子煩悩《こぼんのう》な父が衿子と兄のために買い揃えてくれた、外国の絵本も童話の本も、色とりどりに並んでいた。グリムやアンデルセンの童話も、ラングの童話集もあったのだ。

外国の美しい本たちを手に、お姫様や妖精たちや、ドラゴンの世界のお話を聞かせてもらう時間が衿子は好きだった。そして両親や兄と笑ったりお喋りしたりしながら、洋間のテーブルで、香草のお茶をいただく時間が。母が外国の香草が好きで、庭で育て、お茶にして淹れてくれた。庭にはいつも、様々な香草の香りが漂っていた。

戦争が始まって、父は店を畳み、外国語の本はどこへ持って行かれたのか、みんな家から消えてしまった。そして父も兄も兵隊さんになり、遠くの国へ行ってしまった。

そうして、母とお手伝いさんだけを香草の香る家に残して、衿子は山奥に疎開してきたのだ。

幸せだった頃の懐かしい日々から抜け出してきたかのように、目の前には魔法使いとドラゴンが、紅茶茶碗とお皿を手にしていた。山桜の木がそばにあり、花びらを散らしていた。

その情景がとても素敵で、素敵すぎて、衿子は、ただみとれていた。こんな夢みたいなことがあるわけがない、と改めて思った。夢に違いない。

けれどそのとき、衿子の足が枯れた木の枝を踏み、音を立てた。

ドラゴンが大きな首をもたげ、衿子が隠れている木の方をみた。琥珀《こはく》のような澄んだ金色の瞳が、つややかに輝いて、衿子を見つめるのがわかった。

白髪のおばあさんが、まあ、と声を上げた。小さく肩をすくめ、困ったわ、というように笑って、そして日本語でいった。

「見つかっちゃったみたいね。仕方ないわ。――良かったら、お茶でもいかが？　蜂蜜を入れて、甘くしたのとかどうかしら」

あなた、とても疲れているようだから、と、おばあさんは、目尻に皺《しわ》を寄せて、微笑んだ。

人差し指を口元にあてて、付け加えた。

「でも、ここでわたしと会ったことは、できるなら、誰にも話さずにいてくれるかしら」

その日から、衿子はおばあさんと友達になった。さみしいときには森の洞窟に行けば、おばあさんとドラゴンがいて、香草のお茶を入れてくれた。焼きたてのさくさくしたクッキーや甘いパウンドケーキを、どこからともなく出してくれたりした。

そしてそのひとは、衿子の話を聞いてくれた。おばあさんはひとの話を聞くことが好きなようで、うんうんとうなずきながら、衿子の話を聞いてくれた。

生まれ育った都会の街のこと。戦争で家族がばらばらになったこと。家族みんなが死なないか不安でたまらないこと。大好きだった海外の絵本や子どもの本がなくなったのが悲しかったということ。――それから、いま暮らしている、小さな山間の町のこと。みんなに大切にされて、優しくしてもらって、少しずつ、ここが好きになってきている、ということ。まだ寂しくて、泣いてしまうこともあるけれど――。

「そうねえ、あの町はほんとうに気持ちの良いところみたいですものね」

おばあさんはそういってうなずいた。「優しくて心根のよいひとばかり住んでいて」

おばあさんがいうには、自分は町に足を運んだことはないそうだ。けれど、「不思議な力」で、長い間町を見守ってきた。ないしょで。そっと息をひそめるようにして。だからみんながどんな風に暮らしているのか、何を大切にしているか、どんなことで笑ったり、悲しくなったりしているか、なんでもわかるのだといった。だから、わたしもあの町が大好きなのよ、と。

「――不思議な力、って？」

衿子が訊ねると、おばあさんはいたずらっぽく笑った。

「秘密」

それならば、やはりそれは魔法なのだと衿子は思った。

やっぱりこのひとは魔法使いのおばあさんなのだ。なにもない空間からお茶やお菓子やいろんなものを引っ張り出してくるように、いろんなことができるのだ。だからきっと、こんな山奥の洞窟で、ドラゴンと一緒に暮らしたりできるのだ。

おばあさんは、自分がここで暮らしているのは、世界の誰にも内緒のことなのだといった。ほんとうはこんな風に仲良くお話ししたり、お友達になったりもしてはいけないのよ、と。

「だけど、衿子ちゃんには見つかってしまったから、仕方がないわね。それに、お茶の時間は、こんな風に誰かのお話を聞きながらの方が絶対楽しいんですもの」

優しく、少しだけお茶目な表情で、おばあさんはいって、香草のお茶を飲んだ。

それを聞いたドラゴンは――彼も人間の言葉を話すことができた――長い口元の、その先の方を尖らせて、

『いいんですか、それで』

と、低い、風が鳴るような声でいった。

「いいのよ。衿子ちゃんが秘密にしていてくれれば良いだけのことですもの」

と、おばあさんは笑う。「そしてこの子はわたしがそうお願いしたら、きっとわかってくれるわ。——ね、衿子ちゃん。わたしがここにいたこと、あなたと友達になったことを、秘密にできるわよね？　でないと、わたしはもうここにいられなくなってしまうの」

衿子はうなずいた。

「約束します。誰にも話しません」

ありがとう、とおばあさんは微笑み、ドラゴンは、火の粉混じりのため息をついた。

約束できる、と思った。外国のお伽話では、妖精とかそういう、不思議な存在と約束したことは守らなくてはいけないのだ。絵本や童話で読んだから知っている。

だから衿子は約束を守った。誰にもいえない秘密を持っていることは、楽しいことでもあった。子どもの自分がひとりでおばあさんを守っているということが、誇らしくもあった。衿子は無力な子どもで、戦争も、家族がばらばらになることも止められなかったけれど、不思議なおばあさんの秘密を守ることはできるのだ。

春に出会い、季節は移りかわり、夏になって。そんなある夜、ひどい空襲があった。八月のことだ。近くにあった大きな街が焼かれたその巻き添えになったように、山間の小さな町にも焼夷弾の雨が降った。——けれど、夜が明けてみると、衿子の町には何の被害もなかった。

町のひとびとは狐《きつね》につままれたように思った。ただ、町のまわりの山と森はひどく焼けていて、おばあさんが心配になった衿子は必死で山奥の森へ、洞窟へと走った。

おばあさんもドラゴンもいなかった。あたりは真っ黒に焼けて、木々も地面もまだ熱く、燻《くすぶ》っていた。焼夷弾の油の匂いや、木々が焼け焦げた匂いがいっぱいに立ちこめていた。森の木々は無残に折れて倒れ、重なりあったまま黒焦げの小山のようになっていて、そこにもし、おばあさんやドラゴンの亡骸《なきがら》が混じっていたとしても、探せないかも知れない、と衿子は思い、絶望した。けれど、諦《あきら》めたくなかった。諦めなかった。なにしろ、あのおばあさんは、不思議な力を持つ魔法使いなのだ。きっと無事でいる。どこか安全なところに身を隠したのに違いない。きっと帰ってくる。そしてまた笑顔で話しかけて、美味しいお茶を淹れてくれるのだ。

何もかも焼け焦げたその中に、紅茶茶碗の欠片がひとつだけ、薄汚れて落ちていた。

衿子はまだ熱いその欠片を拾い上げた。

その陶器の欠片は、いまも琴子の家にある。おばあちゃんの大切なものと一緒に、箱に入れて、仏壇に飾ってある。

「それっきり、祖母はその不思議なおばあさんやドラゴンと会うことはなかったそうです。何度森に出かけても会えなかった。そのうち戦争が終わって、家族が無事帰ってきたので、祖母もまた都会に帰ったそうです。

でも祖母は子どもの頃に会った不思議なひとのことが忘れられなくて、その後何度もこの町に足を運び、やがて、縁あって思い合うひとができて、ここに根を下ろしたそうです。

祖母はそうして、魔法使いのおばあさんとまた会える日を待ち続けました。遠い日に交わした約束を守り、誰にもそのひとのことはいわないままに。

けれど、長い年月が過ぎ、子どもが生まれ、孫であるわたしが生まれて、自分が老いを感じたとき——諦めたんだそうです。きっと魔法使いもドラゴンもあの夜の空襲で死んでしまったのだ、と。おそらくは亡骸も残さずに、あの森で燃え尽きてしまったのだろう、と。なにしろその夜の空襲は、小さな山里が助かったのが不思議なほどに、あたり一帯を燃やしつくし、たくさんのひとの命を奪ったのですから。それならば、この不思議なお話は、誰かに話さないといけないと思ったんですって。でないと森の中にお茶とお菓子が好きな魔法使いのおばあさんとドラゴンがいたことも、それはとても優しいひとたちだったことも、誰も知らないままになってしまう。それは寂しいことだから、と。

そして祖母は、たったひとりの孫であるわたしに、手渡すように話してくれたんです」

琴子は、自分で語りながら、ほんとうに不思議な、けれど愛すべきお話だと思う。

(やっぱり、このお話は、おばあちゃんの空想なのよね。絵本や童話が好きなひとりぼっちの女の子が、森の中で見た幻——)

紅茶茶碗の欠片には謎が残るけれど、それはきっと、遠い日の祖母がたまたま見つけた、誰かの茶碗の欠片なのだろうと琴子は思っている。

さて、旅人はいまのお話をどう聞いたのだろうと思い、そのひとの方へと視線を上げると、旅のひとは何を思うやら、軽く腕を組んで、思案げに指先を口元にあてていた。

黒い瞳には、何の感情なのだろう、かすかに揺らぐものが見えたような気がした。

「——その森の洞窟の場所を、あなたはご存知ですか？」

できればそこに行ってみたいと思います、とそのひとはさらりという。

「え、あ、はい」

頭の中に、クエスチョンマークが飛び交う。なぜだろう、このひとが探しに来たというその相手は、まさかほんとうに子どもの頃の祖母の友人だった、「魔法使いのおばあさん」だった？

いや、まさか、そんなはずは——。

（なんとなく興味を持っただけかなあ？）

自分の用事のついでに、その洞窟を見に行こうと思ったのかも知れない。

洞窟があったというその場所は、祖母から子どもの頃に聞いて、自分でも何度か探しにいったことがあるからわかっている。

琴子はメモ用紙にさらさらと、森の位置と、洞窟のそばにある目印になりそうな木々について、思い出しながら描いていった。

それを見せながら、説明していると、

「こんにちはー」

「こんにちはっ」

白い雪を頭や肩に乗せた学校帰りの子どもたちが、いきおいよくドアを開けた。何やら冗談を言い合い、互いに叩《たた》き合いながら駆け込んできて、旅人の姿に気づくと、恥ずかしそうに足を止めた。

「元気で良いですね」

旅人はにっこりと笑う。琴子が良かったら、と差し出したメモを受け取り、それでは、と片手を上げて、子どもたちと入れ違いのように、雪の中に出ていこうとした。

「あの」

琴子はその背中を思わず呼び止めた。

怪訝《けげん》そうに振り返るそのひとに、しかし別にいいたいことがあったわけではない。

なので、思いついた言葉を口にした。

「――雪が止んで、春になれば、桜の頃に、できればまたこの町にいらしてください。桜が――山桜がとても綺麗に咲くんです。まるで山にあたたかな灯りを灯すような、この町を見守るような、優しい桜が」

それはぜひ見てみたいですね、と旅人は微笑んでくれた。

小さな町に、雪は静かに舞い落ちる。

風に吹かれ、鳥の羽毛か花びらのように、ふわふわと空を流れて行く。厚い雪雲の間に、わずかな裂け目があり、そこから射す光が、時折雪をきらめかせた。

異国の旅人は、山へと足を運びながら、時に雪降る空を見上げる。懐かしさを感じるのは、「彼女」の故郷は寒い星で、こんな風に天から雪が降ったそうだと聞いて育ったからだった。遠い昔に、隕石がぶつかって、あっけなく焼けて砕けた星は、遠い恒星から降りそそぐわずかな光に照らされた、永遠の夜が続くような美しい星だったという。

故郷の星をなくしてのち、その星のひとびとのうちで生き延びた者達は、巨大な宇宙船の乗員となり、果てしない宇宙をさすらう旅に出た。新しい故郷を探すための旅だったはずが、その旅があまりに長かったため、ひとびとは宇宙船での暮らしに愛着を覚え、銀河を巡る船を故郷とする種族となった。

その存在のまま、銀河連邦の一員となった歴史を持つひとびと――その子孫のひとりが彼女である。旅する船で生まれ、星の海を巡りながら育った彼女は、好奇心旺盛で外向的な性格を一族から受け継ぎ、賢さも器用さも受けついで、なおかつ人一倍賢く器用だったので、銀河連邦の大学の学生となり、のちに連邦に就職した。

銀河連邦の大学は、かなりの難関らしいのだけれど、もともと彼女たちの一族は、学ぶこと覚えること、記述することが苦ではなかった。調べることと分析することも、だ。一族は星にいた頃から、物事を文字にして残す文明を持っていた。歴史も哲学も、いろんな思索も、子どもたちの他愛もないお喋りも町の噂も、すべてが文字となり、貴重なデータとして保存されていた。そのデータは、透けるほどに薄い金属の板に焼きつけられて、幾重にも折りたたまれ、保存された。星を離れるとき、いちばんの財産として真っ先に船に積み込まれたので、ひとびとは宇宙での長い旅の間も、その高度な文明を失わず、途切れさせずにいることができたのだ。

彼女が本好きに育ったのは、文字を愛し、読み取ること、それに長けた文明を持つ者の末裔《まつえい》だったからなのかも知れない。彼女の一族は、先祖代々、無数の文字と言葉とともに――いうならば本とともに宇宙を旅してきた一族なのだから。だから彼女はどんな星のどんな文明でも、そこに「本」（様々な形の）があれば、ああ宝物がある、と思う。宇宙には無数の宝物があるのだな、と、思うのだ。

たくさんの星にたくさんの宝物がある。読み切れないほどの。銀河系の住人たちは、たくさんの言葉を抱いて、それぞれの文明とともに、歴史の彼方、遠い未来へと、時を越える旅をする。

「そうね、本は好きよ」

雪が降る中で、彼女は呟く。

文字を書くということ、それを文章にし、束ねて本にするということは、時に流されいつか消えてしまうだろう想いやささやきを、言葉を形にし、つなぎ止めようとする行為——祈りのようなものだと彼女は思っている。

形にしておけば、どこへも行かないし、忘れられることもない。命も願いも、歴史も文明も、誰かがここにいたということも。

それは死んでゆくさだめにある者達の、その宿命への、ささやかな抵抗なのかも知れない。宇宙の時の流れに逆らい、爪を立て、そこにとどまろうとするような。

いずれ自分自身も、この宇宙から消えてしまうだろう。長く生きる生命体だけれど、それでもいつかは寿命が来る。彼女は宗教を信じず、神を信じることもないので、死ねば意識は存続することもないまま、その身は塵《ちり》になるのだろうと思っている。どこの星系の、どの空間や惑星で最期の時を迎えるか、それくらいの違いしかないだろう。

いつか滅び行くものだとわかっているからこそ、自分もまた、言葉を残そうと思っている。言葉に触《ふ》れ、言葉を愛し、守っていこうと。自分がいつか滅び去るとしても、あとに言葉が――文字が、本が残るのなら、それはどこかで、自分自身が、そしていままで宇宙に生きてきた命たちが、時を越えて生きていくのと同じことのような気がするのだ。

本を愛する異星の旅人。彼女のこの星での仮の名は、リーリヤという。生まれた船でつけられた、本来の名前に似た響きの音に、この星の言語の綴りをあてたものだ。

リーリヤが、宇宙船で一族とともに旅をしていた子どもの頃から、銀河連邦の仕事に憧れていたのは、たくさんの星が見たかったから。たくさんの星へ行き、この宇宙に、たくさんの友達が欲しかったからだった。

そんな話をすると、大学で出会ったひとびとも、連邦の職場の仲間も、子どもの夢そのものだね、微笑ましいね、と笑ったけれど、彼女はいつだって真面目だった。

たぶん自分の中には、故郷の星が失われ、二度と取り戻せないことへの憤《いきどお》りと、そして渇望があるのだろうと思っている。絶対に降り立つことのできない故郷の星に憧れる想いや、星が壊れたとき無残に失われたという多くの命をいまからでは救えないことへの無力感と悲しみがあるのだと思っている。

どんな薬でも癒やしようのない心の傷が、どこかで、新しい文明やこれから育とうとする文明と出会ってみたい、見守りたいと思わせる気持ちに結びついているような気がする。

彼女の役職は、太陽系第三惑星地球に滞在し、この惑星に育つ文明が、銀河連邦の一員となるにふさわしいものかどうか見極めるためのデータを集めることだ。長い時間をかけて観測する、多くの数の異星人のうちのひとりである。人知れず――この星のひとびとには正体を悟られないように気をつけながら、文明に寄り添い、長い年月、見守り続ける。

自分には適職だと、彼女は思っていた。そして、この星を見守り続けるうちに、愛着が募り、どこか保護者のような思いで、育ちゆく文明を見守り、いつかきっと、この星のひとびとを銀河系の中心部、銀河連邦の本拠地へと導こうと、心に決めていたのだった。


風に吹かれ、頬《ほお》にあたる雪はひやりと心地よく冷たい。故郷の星で降った雪を想像しつつ、彼女は、ああいけない、と目を閉じる。

降る雪を見上げるうちに、無意識のうちに虹彩が細く縦に閉じてしまっている。彼女の目には、この星の空は明るすぎるのだ。

「このからだの半分は、地球人なんだけどね」

あたりに誰もいないことをちらりと確認し、密かに胸をなで下ろして、彼女は再び山への道を進む。雪が積もりつつある白い世界、冬の森へと歩みを進める。

寒いのも濡れるのも、彼女自身はさして苦ではないけれど、彼女の半身である、もともとのこのからだの持ち主の記憶が閉口するのを感じていた。その者は、ずっと昔に死んでいるので、感情があるわけではないが、細胞や遺伝子の中に潜む記憶が、雪空の下を濡れながら歩くのを嫌がっていることを感じる。――感じているように思うときがある。

「あの図書館で晴れるまで待てれば良かったんだろうけど、流れで出てきちゃったものね」

ずっとずっと昔。あれはこの惑星でいうと、何百年もの昔のことになるのか。

まだリーリヤが生まれ持った本来の姿で、身を隠して地上をさすらっていた頃のことだ。彼女はまだ、この仕事に就いたばかり、試行錯誤を繰り返しながら、この惑星にどうやって馴染《なじ》もうかと考えていたところだった。

あるとき、冬枯れの荒野で、行き倒れ、いまにも死のうとしていた若い娘を見つけた。長い黒髪を三つ編みにした、まだほんの少女のような、ほっそりした娘だった。

ほんとうならば、銀河連邦の職員たちは、見守っている惑星の民の暮らしや、その文明に過度に接触してはいけない、という決まりがあった。あくまでも彼らは文明の成長に立ち会い、見守る立場の者で、その文明の進む方向を、自らの文明の持つ善悪の概念や好みなどでたわめてはいけないとされていた。進んだ文明を持つ彼らにはたやすい、ひとの生き死にや病、災害を防ごうとすることも、認められてはいなかった。

けれど——銀河系宇宙は広く、途方もない広さで、そこに本拠地から遠くに、ほぼ互いが出会うことはないように振り分けられた銀河連邦の職員たちが、その一種冷徹ともいえる決まりを厳密に守れたかというと、それは時として難しかった。

彼女の場合も、目の前で命が失われてゆくことに耐えられなかった。とっさに、からだが動いてしまった。彼女の一族と、地球人類とでは、体のつくりや身長が似ていたから、という理由もあったかも知れない。

二本の手と二本の足を持ち、複数の器用に動く指を持ち、頭部は高いところにあって、そこに一対の瞳を持ち、呼吸器は鼻と口で。実は内臓の作りはまるで違っていて、生きる上で必要な栄養素もまるで違っていたのだけれど、生命体としては、その見た目のかたちが、極めてよく似ていたのだった。

彼女が横たわる自分のもとへと空から舞い降りたとき、その娘は何を思っただろう。

微笑んで、旅人の方へと弱々しく両手を上げた。まるで、とても懐かしく優しい存在の到来に感謝し、迎えようとするように。

旅人の背には、透明な二対の羽があったので——それはこの惑星の昆虫が持つものに似ていたのだが——もはや視線も定かではなかった娘の目には、旅人は天使に見えたのかも知れなかった。この星で信じられている、神様の使いであり、魂が行くべき場所に導いてくれる存在に。

上げていた細い腕が落ち、娘の意識が混濁してゆくのがわかったので、旅人も、目の前の娘に、手をさしのべた。——自らの細胞を分解し、腕を通して娘のからだに溶け込ませ、死にゆく娘の細胞が滅びてゆくのを食い止めようとしたのだ。旅人の一族には他の生命体に命を分け与えることができる、そういう力があった。身体を構成する要素が違う、異星の者に対してもその力は通用するのだと、知っていた。

ただ、その娘との出会いは、不幸なことに少しばかり遅かった。娘は持ち直すことができないまま、深い息をして、その短かったろう生涯を終えた。呼吸が止まり、酸素が行き渡らなくなって壊れてゆく脳細胞から、彼女は出来るだけの記憶を読み取ろうとした。縁あって出会ったものの助けられなかった、この気の毒な異星の娘がどんな生涯を送ったのか、せめて読み取れるだけ読み取って記憶していたいと思ったのだ。

けれど娘の記憶も感情もすべてが、こぼれ落ちるようにどこかへ消えていった。わかったのは、娘には家族や友人たち、親戚や仲間がいつもそばにいたこと。馬車に乗って、みんなで旅をしていたこと。よく笑ったこと。旅が好きで、うたうことや踊ることが好きだったこと。夕陽が沈む地平線が美しかったこと。寒いのは嫌だったこと。冬も暖かい地方へ行くのが夢だったこと。海を見てみたかったこと。月や星が好きで、吹き渡る風も好きで、いつか空を飛びたかったこと。

なぜ旅をしていたのか、どこからどこへ旅をしていたのかはわからない。娘も知らなかったのかも知れない。どうも遠い先祖の時代から、定住せずに長い旅をしていたらしい。

そもそも娘の記憶にはわからないままにしてあることが多かった。言語化されないままにきらきらと漂っている感情やイメージが無数にあった。考えること、思いをめぐらせることは不得手だったのかも知れない。記憶することも。文字が読めないようだったので、文章を綴ることも、客観的に自らの思考をまとめることもなかったのだろう。

娘にとって、自分の見聞き知っていることや、誰かから聞いた知識から把握でき理解できる「世界」はあまりにも小さく、彼女のまわりには広大な未知の「世界」がはてしなく広がっていた。彼女は「世界」を恐れ、ときに憧れ、知らないどこかへと旅をして、さいはてに辿り着くことを夢見つつ、怯えてもいた。小さな灯りをかかげるように、遠い「世界」を夢見ていた。娘は「世界」を愛していた。

娘が、その生涯の最後のあたりまでは充分に幸せで、のびのびと生きていたのだと、その記憶と感情は読み取れた。けれど娘はあるとき病んだ。旅する家族や一族の重荷になることを嫌って、あえてみなのそばを離れ、ひとりで歩き出し、力つきて行き倒れたらしい。

（空と海、それに暖かいところ――）

娘が憧れた、そこにつれていってあげたい、と彼女は思った。

そして思った。この娘の生涯はもう終わったけれど、自分がこの亡骸を引き継いで、そのからだで人生の旅を続けることはできる。

ちょうど、元のままの姿では、この惑星に滞在するのに不便だと思っていたところだった。

彼女は娘のからだに自分の細胞を行き渡らせた。傷んだ部分を取り除き、代わりに自分の細胞を広げ、融合していった。

「――ごめん、このからだ、もらうからね」

そして彼女は、長い黒髪に黒い瞳の丈高い娘となり、裸足で地上に立った。地球の娘のまなざしで世界を見渡し、肌で風を感じた。

「旅を続けていこうね、わたしと。そして、この星を――世界を知ろう」

もはや娘の意思は存在しないはずなのに、彼女がそう呟くと、身のうちで、楽しげな思いが、小さく弾けたような気がした。

異星の者の死にゆくからだの、その細胞を我が身のそれと置き換え、生涯を受け継ぐ。その星の人類として、生きてゆく。

その特殊な能力については、実は彼女は学生時代の師のひとりから、その経験について聞いたことがあった。そうして自分は、地球人の亡骸を受け継ぎ、その生涯の続きをも受け継いだのだと。その記憶があったから、同じことをするのに迷わなかったのかも知れない。

「花が咲く庭で椅子に腰掛けたまま、幸せそうに息絶えようとしていたお年寄りのからだを譲ってもらったの。そのときそのひとにあの星とそこに生きるひとびとの良いところ美しいところをたくさん教えてもらったわ。それと、体と心に効く香草の育て方と、お茶の淹れ方も。——助けようとすれば、助かったかも知れないのだけれど、そのひとは自分は人生に満足したから、もういいといったの。このからだは脱ぎ捨てていくから、どうぞ使ってくださいなって。わたしの中にいてわたしを助けようとしてくれた親切な『あなた』が誰で、どこから来たのか、わたしにはよくわからないけれど、何か良いことのために使ってくれるのでしょう、って」

老いたそのひとは、自らの作るささやかなお茶や薬でその地に住むひとびとのからだや心を守り、癒していた。そこに「魔法」はなかったけれど彼女は「魔女」、「魔法使い」と呼ばれ、彼女はそれを面白がり、楽しんで生きたようだった。「善き魔法使い」「優しい魔女」と呼ばれた自らの生涯に彼女はとても満足し、残してゆくひとびとの幸福を祈っていた。

師であったひとは、そうして自らが受け継いだという、その地球人の姿で、大学のある惑星を歩き、講義をこなしていた。黒く長い異星の衣装を着た、白髪に青い瞳の姿で、大学ではずいぶん人目を引いたものだった。太陽系第三惑星は、銀河系の辺境、特にその頃はまだ見つかったばかりの、未開の文明が息づく星、と噂されてもいた。

そのひとはリーリヤの種族と遠い血縁関係にある種族で、だから、同じやり方で、他者の肉体に溶け込むことができたのだった。遠いとはいえ、先祖が同じだったこともあって、扱う言語が似ていたし、尊敬の念を持つことも、その思想に共感し、共鳴することも早かった。いわば遠い親戚と出会ったようなものだ。親しみの度合いが深かった。

つまりはリーリヤが、銀河系の果ての太陽系の存在を知らされたのも、その師の講義によるものだったといえる。

大学の講師は銀河連邦の職員を兼ねていることも多く、そのひともまたそうだったように、自分の経験や興味があることについて語り、それを教材として使うことも多かった。

師は、幾度も地球に降り立って、長く文明や文化を見守っていた。つまりは、その後のリーリヤと同じ仕事――地球の文明を見守る仕事についていたのだった。リーリヤはその師と同じ道を選択したともいえる。

そのひとは、学生たちを相手に、数回の講義を終えた後、また地球へと帰っていった。地球人の姿で、地球人風の笑みを浮かべて。

旅のパートナーである有機宇宙船を伴って、軽やかに去って行った。生命ある宇宙船たちは、遠方や危険な場所にひとり赴《おもむ》く連邦の職員のパートナーとして、銀河連邦大学の研究所で作られ、任務に同行する。彼らは移動のための乗り物であり、孤独なときの友人であり、連邦に連絡を取るための通信機でもあった。惑星の上にいるときは、宇宙船の姿はとらず、生き物の姿をとっている。その場所に機械の姿でいるよりは馴染みやすいからだ。空を飛ぶときは本来の宇宙船の姿になった。質量は空間のどこかに保存してあり、必要なときとりだして巨大な宇宙船に戻るのだ。

師の宇宙船は翼を持つ大きな生き物の姿をしていた。偶然なのだけれど、地球の伝説に存在する、ドラゴンなるものと似た姿なのだと、師が——そして宇宙船自身も、嬉しそうに話すのを聞いたことがある。

リーリヤが師と同じ道を選んだことと、降り立つ星を地球に決めたことは、もちろん、自分自身が地球文明、特にその文学に惹《ひ》かれたから、なのだけれど、先にその星に降りたそのひとのあとを追いたかったからでもある。

たとえ同じ星に降りたとしても職員同士は独立して行動し判断する決まりがあるため、連絡をとりあうことはない。だからそんなことはありえないだろうと思いつつ、地球の上で、どこかの街ですれちがえたりすれば楽しいような気がした。

けれどリーリヤが地球で師と再会することはなかった。ある日そのひとは宇宙船とともに消息不明になり、まるで宇宙から存在そのものがかき消されたように、消えてしまったのだ。

いつも静かに笑っていたけれど、師もまた、故郷をなくしたひとだった。師の故郷の惑星はそのひとが若い頃、星の上で繰り広げられた戦争で滅びた。銀河連邦に所属するほど進んだ文明を持つ惑星だったのに、いやそれだからこそというべきなのか、師が連邦の仕事で星を離れている間に、一瞬で文明のすべてが滅びてしまったそうだ。生命のひとつも残さずに。

師はそれきり、帰る場所を失った。

その経験すらも講義に生かした師から、こんな言葉を聴いたことがある。
「その滅びの戦争の時に、自分が故郷の星にいたら良かったのに、と何度も思ったものです。そうすれば、ひとりでもふたりでも、この手で救うことができたかも知れないのに、と。わたしには小さな力がある。先祖から受け継いだ、魔法のような力です。すべての命を救うことは無理でも、この手で救えるだけ、わたしの命が尽きるまで、誰かの命を助けることができたのでは、と——星の滅びを知ったその日から、ずっと思っています」

雪の降る山道を歩きながら、リーリヤは師の言葉を思い出す。師が使うことができた、魔法を——その力について思い出しながら。

師には、何もない空間に、ものを取り出すことができた。違う空間から、取り寄せる能力があるのだといっていた。逆に、目の前にあるものを遠くへ飛ばすことができるのだともいっていた。同じような能力は濃淡はあれど、リーリヤたち船で旅する種族もときおり持って生まれてきていたので、理解しやすかった。ちなみにリーリヤ自身はその能力を持たない。あれば便利なのにな、とよく思っていた。

ただ、その力を使うと、ひどく疲れるのだと、そのこともリーリヤは知っていた。

そして、図書館の娘から聞いた昔話のことを思い出す。結びつけて考える。

「先生の消息が途絶えたのは、ちょうど、太平洋戦争が終わる頃のことだったはず……」

その可能性に気づくと、胸が痛んだ。

ふと、傘が差し掛けられた。——いやそれは傘ではなかった。いつの間にか肩に乗っていた、翼ある猫が、その蝙蝠のような黒い翼を大きく広げ、リーリヤの頭上に広げたのだ。

『これがほんとのこうもり傘、なんちゃって』

妙な冗談をいって、自分でおかしくなったのか、からだを震わせて笑った。

リーリヤは軽く肩をすくめ、そっけなく礼をいった。

この猫に似たものは、リーリヤのパートナー、有機宇宙船だった。内蔵されたコンピュータに性格が与えられているために、彼らはひとりひとりみな性格が違う。この「猫」はいたずらっぽくて、笑うことやふざけることが好きだった。同時に繊細で、リーリヤの精神状態を気遣う能力にも長けていた。

『リーリヤ、その洞窟に行くの？　魔法使いのおばあさんが住んでいたってところに？』

「行くわよ」

『行ってもいいことないと思うけどなあ』

リーリヤは何も答えずに、ただ道を急いだ。

やがて、森の奥の、その場所に辿り着いた。

戦争の時代に焼けたというその場所は、いまはその痕跡も残さず、静かに降る雪に濡れ、冬枯れの草木に埋もれていこうとしていた。静かではあってもそこには死の気配はなく、ただ春を待ち望む緑たちの穏やかな眠りの気配があった。

師がそこでお茶を楽しんでいたのだろう洞窟の、その入り口のあたりの土には、休眠している香草たちの気配がある。師が植えた地球の香草たちの子孫だろうか、とリーリヤは思う。春になれば眠りから覚め、芽吹いて、枝葉を伸ばし、良い香りを漂わせるのだろう。

近くには古い桜の木々も並んでいて、リーリヤは、春にはこの桜が咲き誇るのだろうな、と思った。師もこの桜を愛でただろうか。

そこに、あるものが埋もれていることに気づいたのは、肩の上の「猫」だった。

猫は無言で、黒い前足で、桜の森の根元の、ある場所をさすようにした。

雪に濡れる土の中に、金色の大きな瞳がのぞいていた。力なくまばたいていた。

リーリヤは深く息をした。瞳のそばに跪《ひざまず》くようにして、訊いた。

大学で使われていた共通語のひとつ、師が使っていた言葉で。

『あなたは、先生の宇宙船ね？』

大きくまばたきをして、船は答えた。

『この惑星の人間が、なぜその言葉を使う？』

リーリヤは宇宙船に語りかけた。自分は宇宙船の主《あるじ》を探しているということを。そのひとと同じ道を歩み、こうして地球に降り立っているのだということを。

時を経て、やっと師の消息が途絶えた地を探し当てることができたのだということを。

かつてドラゴンの姿をしていた有機宇宙船は、いまはひしゃげたからだになり、土と木々の下に埋もれていた。少し離れた土からは、かつて翼だったらしき部分がのぞいていたけれど、あり得ない形に曲がり、大きく裂けていた。リーリヤは瞑目《めいもく》する。おそらくはこの宇宙船は、もう空を飛べないだろう。動けない姿のまま、今日まで長い時を、こうして土と木々に埋もれて過ごしていたのだろう。おそらくは、ひとりきりで。

『――先生は？』

訊ねるときに喉が痛み、声がしゃがれた。

『亡くなった。ずっと昔のことだ』

一言、船が答えた。その瞬間、リーリヤの肩に乗っていた「猫」が、爪が長く生えた前足で、自分の肩を強く摑《つか》むのを感じた。

大丈夫だよ、とリーリヤは小さく答え、そっと「猫」の小さな頭をなでた。

船はため息をつき、言葉を付け加えた。

『けれどたぶん、悪い終わり方ではなかったろう、と思っている』

そして船はそのひとの最期について、リーリヤに語ってくれた。

およそ彼女が想像していたとおりの、その出来事を。

太平洋戦争がそろそろ終わるというその頃、ひどい空襲があったというその夏の夜に、リーリヤの師は、自らの持つ力で、山間の小さな町を守ろうとしたのだ。

ずっと見守り続けてきた小さな町を。慕って遊びに来てくれた、愛らしい少女を。

ほんとうは、空襲に遭ったその一帯すべてを守りたかった。誰ひとり死なせたくなかった。けれど、宇宙船の主にはそれができるほどの大きな力は無かった。

その夜、宇宙船の主は笑っていった。

『わたし、ほんとうに魔法使いなら良かったのにね。衿子ちゃんが信じていた、地球の、不思議な力を持つ存在だったら良かったのに。でもわたしはただの異星人の研究者でしかないんだわ。ほんとに残念』

空から降ってくる焼夷弾の青白い炎を、そのひとは自らの能力で受け止めた。小さな町を焼かないように、森へと引きよせて、どこか遠い場所へと飛ばした。そこには誰もいない、命がない、そんなところ——おそらくは、遠い遠い、宇宙の果てのようなところへ。

その繰り返しは果てしないほどに続いた。宇宙船は、そのひとのからだを焼夷弾が焼かないように、大きな翼を広げ、守ろうとした。

やがて長い夜が終わり、静かになって、朝が来た。森の木々は焼き尽くされ、焦げて倒れていた。宇宙船も焼夷弾の油まみれになり、木々の下でいまだ燃え続けていた。

船の主は、船が広げた翼の下で、丸く身を縮めて息絶えていた。特殊な能力を使いすぎたことで命を縮めたのだと宇宙船にはわかった。同時に、傷つき焼け焦げた主の顔に浮かぶ表情はけっして不幸なものではなく、限りなく笑顔に近いものだと、そのことも理解した。

その日から長い間、宇宙船はここに埋もれていたのだという。その翼の下に主の亡骸を抱いて。この地を離れ飛び立つ力は宇宙船にはもうなかったし、主もそれを望まないだろうと思った。やがて亡骸は形をなくしていった。船の上には土が積もり、草木が生え、枝を伸ばしていった。宇宙船とその主は緑の波に呑まれていった。自分と主はこの森の一部、土になるのだなと船は思った。それはどこか、思考が穏やかになる想像だった。

時を経て、無数の四季の繰り返しの間、宇宙船はこの森にあり、変わらずに山間の小さな町の日々を見守ってきたのだという。

『主の身代わりに、とそうしてきたのだけれど、そろそろこの目を閉じてもいいのかな、と考えている』

ドラゴンはゆっくりと、まばたきをする。

傷つき古びたまぶたを閉じる。『誰かが見守っていなくても、小さな町は今日も平和で、明日もあさっても、きっと平和だから。戦争はもう、終わったのだから』

雪降る山道をひとり降りていきながら、リーリヤは眼下の小さな町を見る。森の木々の間に見えるそこには夕闇がうっすらと青い影を落とし始め、家々が灯す光がきらめいていた。雪が降りかかるようすは、愛らしいスノードームの中の情景のように見えた。

ふと桜咲く春の日を想像する。

その頃、船の眠る森の奥の、桜の木々が並ぶあたりは、満開の桜の花に彩られるのだろう。花々は小さな町を見守るように、輝かしく咲き誇り、町に住むひとびとは、山に灯る光のような、その美しさに目を見張るのだろう。

自分たちを守った優しい手のことを知らないままに、遠く桜を愛でるのだろう。

遠い日に、星の彼方の大学で、師と語り合っていたときに、そのひとが呟いた言葉を、リーリヤは覚えている。

『命はどこに行くのかしら？　死んでしまったひとの魂は。たしかにそこに存在していたのに、いなくなってしまった命たちは、無になり、消えてしまうだけなのかしら。広い宇宙のどこにも、その存在がかけらも残らないのかしら。思いも、心も、何もかも。

わたしもいつか、そうなるのかしら』

いま、舞い落ちる雪の中を歩きながら、リーリヤは山の方を――森を振り返る。

「残らないことはないと思いますよ。想いも心も、きっと消えてしまうことはない――」

春になれば、あの場所に桜が咲くのだから。季節が巡り来るごとに。

十二月の夕暮の空に白く雪は舞い落ちる。静かに優しく世界に祝福を与えようとするように。春にはきっと桜の花びらが同じように空に舞うのだろう。光のかけらが降るように。音のない音楽が地上へと降りそそぐように。

春になるごとに優しい異星人のまなざしは蘇《よみがえ》り、穏やかに世界を見つめるだろう。まなざしは光となり花びらとなって地上に降りそそぐだろう。永遠に。春が巡り来るごとに。


そして、〈言葉の翼〉社の編集室で。

物語を聞き終えて、編集者キャサリンは長いため息をつく。隣では副編集長のレイノルドもまた、同じくため息をついていた。

異星のひと、銀河連邦広報担当のリョクハネ氏もまた、長い緑の被毛をそよがせて、深い息をつく。——こちらは、物語を語り終えた後の安堵《あんど》のため息だったかも知れない。

編集室の面々も、それぞれの席で、小さくため息をつくような気配がした。

キャサリンは、ぼんやりと呟く。

「地球上にまだ人類が暮らしていた時代の物語ですよね。日本の、二十世紀のなかばから二十一世紀のはじめの頃の物語——そんなことがあったんですね」

遠い昔の日本の山里で、平和に暮らしていたひとびとは、真実を知らないまま、桜の花に見守られて暮らし続けたのだろう。

ただ幸せに、穏やかに、桜を愛でて暮らしたのだろう。やがて遠い未来、人類が地球を離れなくてはいけなくなった、そのときまでは。きっと。

ひとの願いが魔法を生み出すことがあるのかも知れない。キャサリンはそう思った。

もしかして、神様は存在しないとしても、ひとの願いは魔法になり、奇跡になって、誰かを守るのかも知れない。見えない優しい腕で。

「それで、そのご友人の——リーリヤさんは、いまはどうなさっているんでしょう?」

レイノルドが訊ねる。

地球人類がめでたく銀河連邦に所属することを許されてから、長い年月が経った。

いわば勤めを終えたそのひとは、いまはどこでどうしているのだろう——そこは、キャサリンも知りたいところだ。

リョクハネ氏は、明るい声でいった。

「その後の地球文明についてのレポートをまとめるために、太陽系文化圏を回っています。たまに月にも来ますよ。地球を離れたその後も、地球人の姿で暮らしているので、もしすれ違っても、みなさんは気づかないかも知れませんね」

今度の本も、友人は楽しみにしていると思います、とリョクハネ氏はいった。

実は事前に、この話を編集部でしてもいいかどうか、もしかして活字になるとしても大丈夫か、と訊いてくれていたらしい。考えた末、いいよ、といってくれたとか。

「本になったら、太陽系のどこかの書店で、喜んで手にするんじゃないでしょうか。あのひとはほんとうに、本が好きなんですから」

異星人の目元が優しく、柔らかく緩んだ。

最終章

さやかに
星はきらめき

月面都市、新東京——。

月面にいくつか並ぶ透明や半透明の天蓋《ドーム》を持つ都市の群れ、そのひとつである、長い歴史を持つ都市だ。

母なる星地球に生命が住めなくなり、人類が生きる場所を求めて、宇宙へと逃れた折、彼らはまずは月に降り立ち、その地下の空洞を掘り広げて街を作った。かつて地球にあった国々の首都や、国を代表する街の名前を冠した都市たちが、そうして生まれた。

地球人類は、月を起点として、命と科学技術を、途絶えかけた人類の歴史をつなぎ、発展させて、星の海へと旅立っていった。同時に、ここ月では人工の重力を発生させた新しい都市の歴史が生まれ、地下から空へ、都市は高く伸びて行き、命を守るための天蓋が、各都市の上へと広がった。

いまや月は人類の第二の故郷と呼ばれ、地球へ降りることができない現代に於《お》いては、父祖の地を遠く望み、偲《しの》ぶ場所としても扱われている。

月面都市に点在する複数の都市たちには、地球にあった国々の名残《なごり》の政治組織や、企業の本社の多くがいまも存在している。いわば過去の歴史が月面で続いていて、地球の周りを自転しながら公転し、帰れない故郷を見守り続けている。

崩壊した過去の歴史を内包しながら、はるかな未来に向けて、月面都市は輝き続ける。新しい歴史と文化を育みながら。まばゆく燃える太陽と、それを受けて輝く青い地球の光を、白い月面に反射させせながら、文明と命の光を灯している。


さて、くだんのクリスマスの本は、十一月上旬に無事編集を終え、校了した。

タイトルは、『さやかに星はきらめき』。副題に、「時を越えたクリスマス物語集」と補《おぎな》った。この本は、今日《こんにち》までの長い日々の間に、地球発祥の文化――太陽系の文化の継承者である人類の間に生まれ、語り伝えられてきた伝説や物語のうちクリスマスを舞台としたものを選び、一冊の本としてまとめたものだ。いろんな時代のクリスマスのお話を集めた本のタイトルとして、編集部で数度の話し合いの末、決定したものだった。

さやかに星はきらめき、とは、賛美歌第二一九番の日本語訳の歌詞の、そのタイトルである。古典的なクリスマスソングの一曲で、美しく感動的な旋律の賛美歌だ。イエス・キリストの誕生を喜び、称える歌で、タイトルにある星とは、救い主の誕生を告げるために空に灯った星のことだ。原曲をリスペクトしつつ、「星」という単語に、キャサリンは、そして〈言葉の翼〉社の編集者たちは、様々な意味を投影した。

人類のこれまでの長い歴史は、華やかな素晴らしいものであるといえるけれど、同時に、数え切れないほどの不幸に見舞われ、それを克服しつつ命をつないできた日々の歴史でもある。

「星」とは、長い歴史の間に、失われてきた無数の命たちの輝きであり、未来に希望をつないで寿命を終えた、名もなきひとびとが仰いだ空に見上げた夢と憧れの象徴でもある。そしてまた、「星」とは、言葉の通り、ここ月を始め、太陽系の惑星及び、その衛星である星々、あるいは太陽系外のかつて移民たちが住んでいた星のことであり、はるかに遠い、銀河系宇宙を構成する星々のことでもある。また、母なる星、失われた故郷である青い地球のことでもある。

いつの時代も、「星」は輝く。さやかに、その生命のすべてを燃やして。あるいは恒星の光を受けて、宇宙の闇の中で光を放ち、輝き続ける。いつかその小さな灯火が消える日が来ても、銀河から光が消えることはない。無数の光が、闇の中できっと、願いや命を受け継いで輝き続ける。

永遠に。


四六判のハードカバーの、表紙と表紙カバーには、クリスマスカードをイメージした、細密画風のタッチで描かれた、月と星空、そこに昇る青い地球の絵。宿り木や樅《もみ》の木の枝で編まれ、金の鈴と赤いリボンが飾られた、リースのようなデザインの枠に囲まれている。絵の上には、箔《はく》押ししたレトロな形の飾り文字でタイトルが輝く。いまどき珍しい、パルプ百パーセントの紙で作られたカバー、そして表紙なので、手ざわりが良く、触《ふ》れるとなめらかで、あたたかい。

本文《ほんもん》の紙の色は、ミルクのようなあたたかみのある白。フォントはわずかな滲《にじ》みを感じさせる古風でたおやかなもの。その文字で印刷された文章も、添えられたカットもイラストも、各時代の歴史に注釈を加えるためにいろんな分野の専門家たちに依頼して掲載したコラムも、当然のように完璧で美しい。これまでの過去の人類の思い出を結晶させた本として、そして、これから先の未来まで、時を越えて残る本にふさわしいように、現時点で最高のものを、と、数多くの著者や画家、校正者やデザイナーたちとともに完成させた。

本文用紙はさすがにパルプ百パーセントではなく、いまの時代の本の常で、多く合成樹脂を混ぜてあるのだけれど、その代わり、手ざわりが軽やかで柔らかく、本を手にしても持ち重りがしない。子どもたちや、からだが弱いひと、お年寄りの手にも優しい本に仕上げた。

頁《ページ》をめくるときにたてるかすかな音も、雪が降り積もる音を思わせる、ふわりと優しいものだった。樹脂には紙の香りが染みこませてあって、胸元に抱きしめれば、昔の本と同じだろう感じに懐かしい香りがする。

この本には、ささやかに可愛らしい仕掛けがある。暗い場所に、表紙を上にして置くと、小さなサンタクロースとトナカイの橇《そり》が本の上にふわりと浮かび、光の軌跡を残しながら舞い上がり、鈴の音とともに消えてゆくのだ。

見本ができあがり、印刷会社の担当者の手で〈言葉の翼〉社編集室に届けられたとき、編集室は盛り上がったものだ。これはなんと美しい本だ。今年のクリスマスは、この本を贈り物にするひとも多いに違いない。絶対に間違いない。月面都市の、そして太陽系の、いろんな家庭で、いろんな部屋で、立体映像の小さなサンタクロースは、にこやかな笑顔を浮かべ、彼が手綱をとるトナカイの橇とともに光を放ちながら舞い上がるだろう。

太陽系からはるかに遠い、異星のひとびとの手元にも、いつかこの本は届くだろう、と編集部員たちは夢見た。この美しい本は、喜んでもらえるのだろうか。精一杯心を込めて作り上げたけれど、気に入ってもらえるのだろうか。

あるいはいまから遠い未来、いまこの部屋にいるひとびとがその生を終え、その存在を記憶するひとがいなくなったあとも、この本はまだ宇宙のどこかに残っているだろうか。書店で図書館で、家庭の本棚で、まだ大切に並べられているだろうか。

新しく出会う読み手の手で、そっと頁を開かれる、その日を待って、時を越え、いつまでも待ち続けることができる本であってくれるだろうか。

そして十一月の終わり頃、無事完成した本、『さやかに星はきらめき』は、月面都市の、そして太陽系の、あるいはもっと遠くの、いろんな星やスペースコロニー内の書店に届き、読者の手に迎えられていった。あるいは遠くへ向かう旅人の鞄《かばん》に入れられ、星の海を行く船に乗せられて、読み手とともに、果てしない旅に出たりもした。

本は大好評だった。書店の店頭にある本が——平台に山のように積まれていた本が、さらさらと溶けるように売れてゆく。その様子は各書店から送られてくるデータでもわかったけれど、実際に書店に出かけた編集部員たちの目の前でも本は探しに来たひとびとの手に取られ、胸に抱えられてレジに向かい、次々に買われていった。

自分たちの目が信じられずに、夢でも見ているんじゃないかと視線を交わし合う編集部員たちに、レジカウンターの中の書店員が、古風にVサインをして、すぐにまたレジ対応に戻った。彼女はこの書店の文芸担当の書店員のひとりであり、ゲラを事前に読んでもらった段階で、きっと売れます、わたしたちが売りますから、といいきって大量の注文を入れてくれた人物で——月面都市を中心とする各書店では、その規模の大小に関わらず、たくさんの本が発売とともに店頭に華やかに並べられ、売れていったのだった。

〈言葉の翼〉社は新興の出版社、いっそできたてほやほやの版元《はんもと》といっていいような、歴史の浅い小さな会社であり、本の内容に自信はあっても、売り上げは苦戦することもあり得るとキャサリン始め、みなが考えていた。けれど、あり得ないような売れ行きを見て、発売から一週間も経たないうちに重版を決めた。

これだけの自信作、事前にできうる限りの宣伝や広告の手はつくしていたし、各書店や出版取次、図書館関係者など昔からの本の世界のプロの反応も調べて、それが良好なことも確認していた。その時点で手応えは感じていて、初版の部数は少しだけ冒険もしていたのだけれど、発売された後の反応が予想を超えていた。

〈言葉の翼〉社に寄せられた、読み手からのたくさんの手紙やメッセージや、様々な媒体で観測できた読み尽くせないほどの数の感想の言葉によると、どうも、本を手にしたひとびとが、みな「自分の本」「自分たちの歴史の本」としてこの本を受け止め、「この本いいよ」「絶対読むべきだ」と何の見返りも求めずに、宣伝と普及に努めてくれていたらしかった。

もともと、スタート時点で恵まれた本ではあった。親会社である新聞社が、まだ本ができあがる前の段階、原稿がデータでしかなかった頃から、この本をたいそう気に入ってくれていた。元が新聞社の創業三百周年を記念する刊行物であったこともあり、新聞紙上で複数回にわたって大きく宣伝を打ってくれた。発売されたあとまで、キャンペーンを続けてくれている、その効果は大きい。新聞社と関係のある、月面都市新東京のＴＶ局やラジオ局、ローカル誌もともに盛り上がり、応援するための企画をいくつも立ててくれた。多くの市民たちが、祭に参加するように楽しそうに話題に乗り、ともに本を応援してくれた。

出版社が立ち上がる時期にキャサリンに今回の本の企画を提案した、あの新聞社の偉いひとが、笑顔で、「この本はきっと月の文化を代表する本になるでしょう」と言葉を贈ってくれた。「時を越えて愛される本になります。いまと未来の人類への贈り物を、ありがとうございます」と。

十二月に入ったある日、銀河連邦の職員で、かつて地球の観察を担当していた研究者が、〈言葉の翼〉社を訪ねてきた。

その客人が部屋に足を踏み入れたとき、キャサリンは、どこかとても遠いところから風が吹き込んだような気がした。それはもちろん錯覚で、月面都市の天蓋の中、そこに建つ高層ビルの中に、そんな風が吹くわけもない。けれど少なくともキャサリンの鋭い耳は、駆け抜けてきた風の音を聴いたのだ。

それはきっと、その客人がどういう人物なのか、事前に聞かされていたからだろうと彼女は推測した。ネコビトである彼女が先祖から受け継いだ鋭い感覚が、目前の客人の到来をそんなふうに感じ取ったのだろう。

静かな笑みを浮かべ、軽く会釈してそこに立つ、浅黒い肌の背の高いひとは、一目見ただけでは年齢がわからなかった。黒曜石のような深い色の瞳のせいなのだろうか。高校生か大学生くらいの娘のようにも、もっと落ち着いた年齢の、思慮深いおとなの女性のようにも見える。その目はときに好奇心をうかがわせる光を放ち、ときに底知れない知性を秘めた色に輝いた。

彼女は黒く長い巻き毛を鮮やかな色の花柄のスカーフで軽くまとめ、羽織ったコートの下から、共布《ともぬの》の長いスカートをなびかせるようにして、軽やかな足取りで編集室を訪れた。肩の上には猫とも蝙蝠《こうもり》ともつかない姿の黒い翼を持つ小さな生き物が乗っていて、金色の瞳を輝かせ、興味深げに編集室の中を見回した。

彼女の衣服からなのか、それとも髪からなのか、香草の香りが漂った、と思ったけれど、それもキャサリンの錯覚かも知れなかった。見知らぬ世界の広々とした草原や、荒れ地に吹く風を、水平線がどこまでも続く海に吹く風を――失われた地球の記憶を、このひとはその身にまとっているようだった。

「ああ、いらっしゃいませ、リーリヤさん」

キャサリンは編集長の席から立ち上がり、客を迎えるために用意されたコーナーへと誘う。リーリヤを玄関まで迎えに行っていた若い編集部員が、「お飲み物は何かご希望がありますか」と

訊《たず》ねると、リーリヤは、美しい日本語で、

「ありがとうございます。では、熱いコーヒーを」

と微笑んだ。

見た目は地球人そのもののような彼女は、実はその肉体の多くが異星由来の物質で構成されている、異星のひとであるという。地球人類よりもはるかに長い時を生きてきて、この先も果てしない未来までを生き続けるであろう、長命の種族でもある。

地球という青い星に人類が住んでいた遠い時代、彼女の仕事は地球にあって、その文明を見守ることだった。人類が地球を離れてのちは、ともに宇宙に出て、地球発祥の文明の行方を観察し続けているという。

今回の本ができるにあたり、〈言葉の翼〉社では、中に収めた物語群（その多くが作者不詳でいつのまにやら語られていたものだった）のそれぞれの関係者をできうる限り探して、もし、存在していた場合は、掲載の許可を得て、ささやかな謝礼とともに完成した本を送っている。

山間《やまあい》の町と桜の花の物語の関係者であるリーリヤにも一冊進呈したかったのだけれど（当然彼女の友人である銀河連邦の職員リョクハネ氏にも進呈している。大喜びだった）、彼女は太陽系の中を移動する旅の途中だそうで捕まらず、けれど十二月に月に立ち寄る用があるらしいというので、リョクハネ氏を通して連絡を取ってもらった。もしお時間をいただけるようなら、本を進呈すべく、こちらでどこへでも出向かせてほしいとお願いしたのだが、それなら自分が編集部にうかがっても良いでしょうか、と、すぐに返事が来た。

研究者リーリヤは話に聞いたとおりの大の愛書家、それも太陽系文化圏の本がたいそう好きなのだそうで、今回の本にもそれを作った出版社にも親しみの念が強いようだった。キャサリンたちは感謝とともに、お待ちしています、と答えたのだった。

さて、異星の旅人は、それぞれの席で腰を浮かせ、自分に会釈する編集部員たちに視線と笑みで挨拶を返しながら、ゆったりとソファに腰をおろした。

そして、向かいの席に腰をおろしたキャサリンに、憧れるようなまなざしを向けて、

「友人が以前こちらにうかがったと話を聞いています。とてもうらやましかったんです。いいですね、出版社。わたしには憧れの場所です。ここでみなさんは本を作り上げていらっしゃるんですね。素晴らしい」

「え、いや、わたしどもなぞ、そうたいしたものでは……」

キャサリンは嬉《うれ》しくもつい照れてしまって、手で耳の後ろをかくなどし、隣に腰をおろした副編集長、イヌビトのレイノルドと視線を交わし合った。

緊張しつつ、完成した本を手渡すと、リーリヤはとても嬉しそうに受け取ってくれた。

本の作りが美しいと喜んでくれ、頁を開き、方々を眺め、そして、遠い日に地球で命を落とした優しい異星人の物語が掲載された頁をめくり、静かに読んで、そっと微笑んだ。

目を上げて、いった。

「――ありがとうございます。この美しい本の中にわたしの敬愛する先生がいて、頁を開くたびに、何度でも蘇《よみがえ》り、明るく話しかけてくれるような気がします。実際には彼女は惨《むご》く命を落と

しましたが、ここにこうして、彼女の言葉が残っている限り、滅びないのだと思います。永遠に」

　客人は、出されたコーヒーを美味しいと喜んだ。地球人類の肉体と共存して生きることも長い年月を重ね、いまではほぼ元の持ち主と同じ味覚と、地球人類が口にするのと同じ食物から、栄養を消化吸収する能力を手に入れたのだという。

　そんな彼女が特に気に入ったのはコーヒーで、異星のひとであろうとも活字マニアにして研究者の常として、様々な文献を取り寄せて古今東西のコーヒーに関する知識を得ては、分類し記憶し研究し、いまではちょっとした通なのだと、彼女は笑った。

「宿に預けてありますが、旅の荷物には旅行用のコーヒー道具一式が入っています。そのときどきで気に入った豆も色々と。滞在する街で記念に探したりもしますね」

　地球人類はほんとうにコーヒーが好きなんですね、太陽系のどこに行っても、喫茶店やコーヒーショップがある、とリーリヤは笑う。

「わたしの元の体の持ち主も、コーヒーがたいそう好きだったらしく、このからだが香りや味を喜ぶのを感じるんです。旅先の宿で湯を沸かし、ひとりコーヒーを淹《い》れて楽しんでいると、今は亡きその娘も楽しんでくれているようで、ひとり旅のはずなのに、その娘と一緒に香り高いひとときを過ごしているような気持ちになったりします。――半分は空想なのかも知れないですけどね。年月を経ても、出会いのときに救えなかったことへの無念さと後悔があって、だから感じる錯覚なのかも」

　異星人は寂しげな、けれどとても優しいまなざしで、どこか遠くを見た。

異星の客人は、朗らかで話し好き、コーヒーのおかわりも美味しいと喜んでくれて、気がつくと、あっという間に時間が過ぎた。

彼女の友人であるリョクハネ氏が、銀河連邦の広報担当として、いかにこの本を紹介し、宣伝してくれているか、それがありがたくて、などという話や、この本についての様々な話などをするうちに、リーリヤが、ふと笑いながらいった。

「うちの先生の物語も、わたしが地球人のからだを譲り受けたことも、どちらも、もう遠い昔のお伽話《とぎばなし》みたいなものです。いまは銀河連邦の研究者のルールも絶対の厳守が命じられています。あの頃みたいに、駐在先の星のひとびとと気軽に仲良くなったり、その文明や、みなさんの命の危機に関わるのは難しくなってしまいました」

「そういうものなんでしょうか」

キャサリンはため息をつく。「いっちゃなんですが、人助けみたいなものですし、愛故の行動みたいな気がするんですが」

地球を故郷とする者の末裔《まつえい》であるキャサリンには、リーリヤや彼女が師と仰ぐ古《いにしえ》の亡き研究者の行動は、優しく美しい行いだとしか思えない。

リーリヤは肩をすくめる。

「ここだけの話、わたしもそう思うんですけどね。でも、銀河連邦の職員——異星の文明を見守る責務を負っている研究者としては、現地の文明の自然な進歩に介入しないように保全することが大切だとされていますので。その理念は昔から変わらないんですが、あの時代の銀河連邦は、実は遅れて生まれた異星の文明をどう扱うか決めかねて揉《も》めていた、その何度目かの混乱期だったのです。そんな中、わたしたちに限らず、ルールを破り、異星のひとびとに深い関わりを持った研究者がそこここにいたらしい、と、のちになってわかりました。

幸い、彼らが介入したことで、不幸な変遷を遂げた文明や失われた命はなかったとされています。しかし、それは幸運だっただけだ、無責任だ、なんと勝手なことをしたのだ、と彼らは糾弾されました。ああ、もちろんわたしも多少は。といっても、それが知れた時点ではどれもずいぶん昔のことで、当事者たちはもう生存していなかったり、仕事を離れたりした者も多かったので、結果的にはそこまで大きな問題にはなりませんでした。その代わり、さすがにその後は、そんな野放図《のほうず》なことは許されなくなりました。時を経て、銀河連邦も、一時期よりはずいぶん成熟し、落ち着いてきましたし。いまじゃあ、異星に駐在する職員たちは、きっちり監視され、行動を逐一記録されています。誰かを救うことも、そうして友達になることも、もう無理でしょうね」

どこか寂しげに、リーリヤは笑う。

「時代が良かったというべきか、悪かったというべきなのか。あれは勇気ある、どさくさ紛れの出来事だったといいますか」

「勇気ある、どさくさ紛れ……」

静かな笑みをたたえたまま、リーリヤは、そうです、と、言葉を続けた。

「あの時代、文明の進んだ星々が連なる、安全な銀河系の中心部を離れ、はるばると星の海を越えて、はるか遠く、辺境にある異星にひとり降りたち、生まれたばかりの幼い文明を、誰とも関わりを持たずにそっと見守り続ける——命を賭した、研究成果と名誉以外はほぼ見返りのないような、そんな仕事をあえて選ぶひとびとというのは、どんな過去や、願い、そして使命感を持っていたひとびとだったのか、おわかりになりますか？

わたしや、そしてわたしの先生のように、それぞれの生まれた星を——故郷をなくした者たちが多かったのです。過去に大切なものを、なすすべもなく失い、奪われた者達が、生命や文明の儚《はかな》さへの想い故に、その道を選んだのかも知れない、ということです。それだけの想いがなければ、あえて選ばないような仕事なのかも知れません」

「……」

「彼らは——わたしたちは、過去の自分たちやその文明が運命の前に無力だったことを知っていました。何か大きな存在に助けを乞うても祈りが届かず、救いの手がさしのべられないことの、その絶望と寂しさを知っていた。そんな者達が、異星の生まれたての文明や、その文明を生み出した幼い生命体たちが、危機に見舞われていると気づいたら——そして、自らの手には彼らや彼らの文明を救う力があると気づいたら。この辺境には、自分のしようとしていることに気づき、止めようとする者はいない、と気づいたら——。

神様のいない星で、神様になれると気づけば、ひとはルールを破るのかも知れませんね」

神様のいない星で——。

キャサリンは、その言葉を胸の内で繰り返した。

リーリヤは神様を信じていないらしい、と、以前彼女の友人である、銀河連邦の職員リョクハネ氏に聞いた。

この優しい旅人は、神様のいない星を巡り、神様のいない宇宙に生きているのだろうかと思った。長い長い年月を、ひとりきりで。

キャサリン自身は、神様なるものを、自分が信じているのかいないのか、よくわかっていない。月面都市新東京は、かつての地球の日本国がそうだったというように、宗教に対して、よくいえばおおらかな都市なので、これまではつきつめて考える機会もなかった。

ただ――神様はいない、といいきるのは胸が痛いことのように思えたのは、昨年から、クリスマスをテーマにした物語を集めた本の編集に関わってきたからだろうか。

あれもこれも不思議な話だよね、と編集部で語り合いながら、キャサリンたちは、奇跡と魔法と祈りに彩られた、一冊の本を作り上げたのだ。振り返れば、いくつもの物語といっしょに夢を見ていたような、そんな日々だった。

（子どもの頃は、神様も魔法も奇跡も、みんな信じていたんだよね。サンタクロースのことだって）

月面都市にも、サンタクロースはやって来る。月に人類が住むようになって以来の長い歴史の間、彼が来なかった冬はない。子どもたちがそこにいる限り、空飛ぶ橇はきっと、舞い降りて来るものなのだから。

わずかな隙間もない月面都市の天蓋を抜けて、どうやってサンタの橇が都市の上の空に降り、自分たち子どもが住む家をめぐって、その枕元に贈り物を置いてくれるのか——。

どうにも難しそうだと思いながら、それでもサンタクロースはなんとかするのだろうと月面都市の子どもたちは噂し合い、実際、クリスマスの朝には、それぞれの枕辺《まくらべ》に、ちゃんと贈り物が届いていたものだ。

おとなになったキャサリンは、幼い日の自分に贈り物を届けてくれたのは、サンタクロースではなかったのだろうと気づいている。自分自身がサンタクロースの代理のような気持ちで、幼い姪《めい》に贈り物を届けたりしているいまは知っている。

それでも、サンタクロースは実在しない、といいきるのは、辛いことのような気がした。

そんなキャサリンの思いを察したように、

「ごめんなさい。——わたしは、神様や奇跡や魔法や、そんなお伽話のようなものは信じていないのです」

リーリヤは優しい声で、申し訳なさそうにいった。「この宇宙で、長く生きてきて、それこそ、『神も仏もあるものか』というような悲劇をいくつも見聞きし、知っていますから。——わたしの知りうる限り、銀河系のどの星に於いても、祈りや願いに応え、ひとの命を助けてきたのは、いつも神様ではなく、優しい誰かの——『人類』の手でした」

その手が、テーブルの上に置いた本の表紙を、そっと撫《な》でた。「地球人類の間に伝わるクリスマスの伝説——サンタクロースのようなものかも知れませんね。眠る子どもの枕辺に、そっと贈り物を届けるのは、不思議な存在ではなく、その子を愛する誰かであるというように」

キャサリンは、小さくうなずいた。

わかってはいるのだ。ひとを救うのはひとで、奇跡を起こすのも優しいひとの手なのだと。それは素敵なことなのだということも。

たとえば、この本に収められた、遠い昔の移民星の幼子と猫と犬の物語にしても、神様に助けを求めた女の子を異星の凶暴な獣から守り、救いの手をさしのべたのは、神様ではなく、先住の優しい異星人たちだった。

それは素敵だ。キャサリンだって小さな頃からお気に入りの、大好きな伝説だ。

(だけど——)

たとえば、魔法の船とトランクに隠れていた優しいお化けの物語は、あれはほんとうの話ではないのだろうか。お化けなんかいるはずがない、だから誰かの作り話なのだろうか。

そして、荒廃した地球で、フライドチキンのお店の前に立っていた人形が付喪神《つくもがみ》と化し、廃墟《はいきょ》になった遊園地に残されたロボット少年と出会った、あの物語もまったくの作り話なのか。

もし、この宇宙に不思議なことが——神様も魔法も奇跡も存在しないのだとしたら。

(——そうよ、作り話なのかも知れない。どこかの誰かが考えたお話なのかも。それがいつか伝説になったのかも。そもそも、お化けも付喪神も、いい年のおとなが、存在を信じるのはどうなのよ、って思わなくもないんだけどさ)

だけど——。

「……でも、いないといいきるのは、寂しい気がして」

つい、想いが独り言になって、口から漏れた。

そうだ。寂しいのだ。

世界が、この目に見える現実だけで構成されている、そんな場所だったら寂しいだろうと思う。そんな夢のない世界、ぱさぱさと乾いて、息苦しいような気がする。——いや現実には、ここ月面都市新東京に生きる社会人のひとりとして、編集者キャサリンは、目に見えるものだけを信じて生きているけれど。この本に収められた物語だって、そうだ、ほんとうのお話だと信じて本にしたわけではない。

けれど、心のどこかで想う。心の中の、たぶん子どものままの部分が夢を見る。絵本を開き、おとなの語るお伽話に耳を傾けていた、小さなキャサリンが、心の中で想うのだ。

神様やサンタクロースや、優しいお化けや付喪神が、自分たちが生きるここ月のどこかにいてくれたらいいのにな、と。懐かしい、優しい存在たちが、ひっそりと見守っていてくれたらいいのにな、と。昔、地球に生きるひとびとが夢見ていたように。

この本に描かれた世界の通りに。


キャサリンが小さくため息をつくと、リーリヤは、そういえば、と思い出したように、

「みなさまからすると、きっと遠い昔の出来事になるのでしょうけれど、土星のある衛星の宇宙港のそばの、小さな古い町の喫茶店で、幽霊船を見たことがある、という店長さんに会ったことがありますよ」

「――幽霊船、ですか？」

神妙な表情で、リーリヤはうなずいた。

「宇宙空間を、光を放つ船が走ってゆくのを見たんだそうです。――ずいぶんお年を召した店長さんにコーヒーを淹《い》れていただきながら聞きました。あれは不思議なお話でした。コーヒーもとても美味しかったので、忘れられません」

聞きたいですか、と、異星のひとは笑みを浮かべた。「これがまた、クリスマスがらみの物語だったりするんですよ」

キャサリンも、隣のレイノルドも、前のめり気味になってうなずいた。

リーリヤが語ったそれは、遠い昔に、辺境の植民星に生まれ育った少年の物語だった。地球人類による、外宇宙への植民の流れが止まり、やがて廃れてゆく過程で、取り残され、見捨てられていったひとびとが生まれた歴史がある。その中で、両親を早く亡くし、同じような境遇の子どもたちとともに道を踏み外していった、ひとりの少年の物語だ。

幽霊船

土星の衛星のひとつにある、寂れた宇宙港のそばの小さな町に、両足が機械の義足の老人が経営している喫茶店があった。無表情なロボットの少女がピアノを弾いていて、その肩に乗る、鸚《おう》鵡《む》の形のロボットが、リーリヤに、いらっしゃいませと声をかけた。

店にはコーヒーの良い香りが立ちこめていた。そこで彼女は、静かな笑みを浮かべた店長から、古い、不思議な物語を聞いた。寂れた店には他に客もなく、次の船が来るまでには時間があった。窓辺に観葉植物が垂れ下がる、ほの明るい店内で、コーヒーサイフォンが立てる音を聴きながら、リーリヤはその物語を聞いた。窓の外には、静かに雨が降っていた。

見捨てられた星の住人だった少年は、酷薄な環境の中で両親を亡くし、同じような境遇の子どもたちだけで流れ流れて悪人になり、自分たちを宇宙海賊と嘯《うそぶ》くようになった。そのまま面白おかしく年月を重ねるうち、あるとき、遠くの移民星に食料を届けようとしていた一隻の小さな輸送船を襲い、わずかな荷物しかなかったのに、それを守り抜こうとした乗組員たちをはずみでみんな殺してしまった。そのあとで荷物の中味に気づいたのだ。

その小さな輸送船がどこに向かおうとしていたのか、船のコンピュータが壊れてしまったので、わからなかった。どこから来た誰の船だったのかも、調べようがなかった。

広い宇宙空間のどこかの星で、この船が運ぶ食べ物を待つひとびとがいるのだろうか。船が来ないままに飢え死にしたり、するのだろうか。

彼らは空腹の辛さを知っていた。貧しさと環境の悪さのために、薬やあたたかな衣類や必要なものが手に入らないことの悲哀も知っていた。そんな中で家族が倒れ、欠けてゆくことの辛さも。

その出来事がきっかけで、少年たちはそれまで考えようとしなかったことを考えるようになった。——もうこんな「仕事」はやめよう、と。海賊はもうやめたい、と。

自分たちはかつての親のない、無力な子どもではない。大きく丈夫に育ったし、自己流だけれど宇宙船も操れる。できる仕事は何かあるだろう、きっとあるはずだ、探してみよう、そう決めると、みながおそらくは子どもの頃以来、久しぶりに朗らかになった。

いちばん幼く、末っ子扱いだった少年は、リーダーである年長の少年からコーヒーの淹れ方を習った。リーダーは亡き父親からそれを習ったという。彼はいつかどこかで喫茶店を経営することを夢見ていた。これまで一度も見たことのなかったような穏やかな顔で、リーダーは少年にそういった。

ところがこれまでの悪事の罰があたったように、その後間もなく、少年たちの船は思わぬ事故に遭った。ある惑星のそばで、放置され、無人の廃墟と化していた宇宙ステーションに衝突したのだ。小さな海賊船はあっけなく大破した。

少年ひとり、両足に大きな傷を負いながらも奇跡的に生き残った。たまたま通りかかり、助け出してくれた巨大な輸送船の船長に事情を話すと、涙して同情され、そのままその船で暮らし、傷を癒しながらいろんなことを学び、知る機会を得た。

少年は亡くしてしまった仲間たちの意志を継いで、真っ当に生きることにした。そうすることで、どこかの星の住人たちを、かつて自分たちの手で不幸に突き落としただろうことの、わずかでもその償いになりはしないかと思った。

少年は、輸送船でキャリアを積み、やがて独立して、小さな輸送船を船長として操れるようになった。いま店でピアノを弾いているロボットの少女と鸚鵡は当時からの相棒だ。気がつけば、彼は立派な若者になっていた。海賊船の仲間たちを思い出せば、みんなが子どもに思えるほどに。

しかしあるとき、危険な星域に迷いこんだ。強力な電磁波を放つ小惑星の海と化したそこで、かつての少年は自らの船を操れずに事故に遭い、酷い怪我を負って死にかけた。

船のどこかから酸素が漏れ始めた。着ている宇宙服につないだボンベの酸素が尽きれば、やがて死が訪れるだろう。

出血と傷の痛みで意識が朦朧《もうろう》としてきたとき、放射線で壊れたレーダーを諦めて、汗の滲《にじ》む目で目視していた窓の外に、派手な光を灯して輝く、一隻の船が見えた。

それは忘れるはずもない、彼が少年だった頃に乗っていた船だった。派手な落書きをして、灯りをいくつも飾った、あんな船、他にあるはずもない。親のない彼らの居場所であり、隠れ家でもあった、小さな海賊船。遠い昔に仲間たちとともに大破し、宇宙の藻屑《もくず》となったはずの船が、いまなぜか彼の船のそばにあり、守るように並んで航行してくれている。

あの船がここにあることを、おかしいとは思わなかった。ただ素直に、助けに来てくれたんだ、と思った。よかった、あの日、海賊船は壊れてはいなくて、みんな助かっていたのだと思った。

彼はなんとか動く手で船を操り、海賊船の導く方へと星の海を渡り、危険な星域から逃れたのだった。

みんなにお礼をいわなければ。そもそもなんで今日まで会いに来てくれなかったんだ、と、震える手で通信機を動かし、海賊船に連絡を取ろうとしたとき、大きな豪華客船の姿が遠くに見えた。その船から、事故があったようだが大丈夫か、と通信が入った。

それに答えようとしたとき、気がつくと、懐かしい海賊船の姿は見えなくなっていた。ただ星の海の遠くに、小さな光が、さよならをいうように点滅しながら、消えていった。

彼は、宇宙服のヘルメットの中で静かに泣いた。こぼした涙は小さな丸い粒になった。

そうだ、わかっていた。海賊船はあの日、星の海に消えてしまったのだ。だけど、仲間の危機に、遠い時の彼方から戻ってきてくれたのだろう、と。

彼は——いまは輸送船の船長になったかつての少年は、そのとき、慈善団体の依頼でクリスマスプレゼントを山ほど積んで、遠い惑星に届けに行くところだった。その星は貧しく、環境に恵まれず、事故や病気で親を亡くした子どもたちがたくさんいるのだという。そんな子どもたちのための贈り物を積んだ船だった。

急ぎの航海だった。急ぎたい航海だった。彼は救出してくれた豪華客船の船長と乗組員たちに丁寧に礼をいうと、船と自分にできる限りの速さで応急手当をして、星の海へとまた旅立った。子どもたちがサンタクロースを待つ、星の海へと。

小さな海賊船の気配は、もう消えてしまった。けれど彼は自分の船のそばを行く、見えない船の幻を見る。

漆黒の宇宙に光を灯す海賊船は、輸送船を守るように、安全な航路へと導いてくれる。

彼は、みんなでサンタになったような気持ちで、星の海を渡って行った。

せめて今度の航海だけは、無事に終わらせたいと彼は祈る。傷ついた口の中を噛《か》むと、船のエンジン音に混じって、仲間たちの笑う声が聞こえるような気がした。

『今度の航海だけは、とかいうなよ』

声は陽気に、けれど窘《たしな》めるようにいうのだ。『おまえはこれから先も、ずっと、宇宙《そら》を行くサンタクロースになるのさ。俺たちの分も。ずっと見守っているからさ』

それ以来、彼は宇宙を行くとき、いつもそばに、流れ星のような小さな光がついてきてくれているような気がした。どんな最果ての宇宙でも、危険な星域でも、彼はひとりではなかった。

その後、年をとってうまく船を操れなくなるまで、彼は輸送船の船長を続けた。乗り慣れた船が古くなりすぎて、故障しても修理するための部品が手に入らなくなったので、仕方なく廃船にして、船乗りを辞めた。けれど、まだ宇宙には未練があるのだと、いまは喫茶店の店長である彼は、穏やかな表情でいった。

「古いけれど、手入れの良い船を譲ってくれるという話がありましてね。昔乗っていたのと同じメーカーの船みたいですから、操れないこともなかろうと。まだしばらくはこの老いさらばえた肉体も、古い義足も持つでしょう。受け継いだ船がいよいよだめになる頃までは。

星の海を行けば、いつかまた仲間たちの船に会えるでしょう。そうしたら今度は、お別れにならず、どこかへ、天国か地獄へね、連れて行ってくれるかなと思ったりします」

「ええ、その店長さんが淹れてくれたコーヒーは、ほんとうに美味しかったんです」

編集室のソファで、リーリヤは微笑む。「どうにも忘れられずに、その後また、その星の宇宙港に立ち寄る機会があった折に、お店を訪ねてみました。けれど、喫茶店はもうなくなっていましてね。店長さんもロボットの少女も鸚鵡もいませんでした。町そのものが寂れて、無人の場所になっていたんです。なので、店長さんがその後どうなったのか——宇宙に戻ったのか、それはわかりません。店長さんの名前も船の名前も聞かなかったので、消息もわかりません。ずいぶん昔の話ですので、どのみちもう、存命ではないのだとは思いますが——」

ぬるくなっただろうコーヒーを、リーリヤはそっと口に含んだ。「そもそも、作り話だった、という可能性だってありますよね。ひとりきりあの静かな場所にいれば、物語のひとつやふたつ、思いつくような気もします。久しぶりの客を楽しませようと、とっておきの物語を語ってくれたのかも知れない。——けれど、あの日のコーヒーの香りと、ピアノの音色とともに聞いた物語は、いまもわたしの心の中に生きているのです」

キャサリンは、手をぎゅっと握って、思わずいった。

「いまのお話も、本に入れたかったです」

隣でレイノルドが深くうなずく。

楽しげにリーリヤが笑った。

「この本の二巻を出す折には、ぜひ」

そんな気が早い、とキャサリンは笑った。

こんな凝った本、そうそう作れるものではない。——でも、もしかして、ベストセラーになったら？　リョクハネさんがいっていたように、銀河系のベストセラーになっちゃったら？

キャサリンは、自分もコーヒーを飲みながら、思った。

(いつか未来に、そんな日が来れば良いなあ)

この物語の続きが、本になる日が来れば良い。

でもそれは、自分が作らなくても良いのだ。月面都市の、〈言葉の翼〉社の本でなくて良い。

なんなら、太陽系文化圏の本でなくたって良いのだ。

遠い遠い未来、銀河系の果てまでこの本が届き、本を胸元に抱きしめた誰かが、どこかで、キャサリンたちの想いと願いに触《ふ》れ、こんな本を出したいと夢見てくれる日が来れば良いなあ、と、そんな夢を見た。


気がつくと、窓の外の空は夕暮れていて、異星の客人はああいけない、つい長居を、と、ソファから腰を浮かせた。

編集室を離れた後、友人リョクハネと久しぶりに会う予定なのだそうだ。楽しみです、と笑った。新東京の美味しいものを教えてもらい、月でいちばん大きな図書館に行き、十二月の街の美しさを愛でるのだそうだ。市庁舎の足下に広がる大きな公園で開かれているクリスマスマーケットに行き、その近くにある老舗の大きな書店のショーウインドウに、『さやかに星はきらめき』が飾られている様子を見に行くのだ、といった。

「ああ、あれは凄いですよ、ちょっとびっくりします。わたしも先日営業の担当者から聞いて見に行ったのですが、もう、ほんとうに嬉しくてありがたくて」

大きなビルまるまるひとつが書店なのだけれど、その正面に見上げるような吹き抜けの窓があって、ショーウインドウになっている。いつも話題の本が置かれているそこに、いまはあの本が華やかに飾られているのだった。

クリスマス時期の、クリスマスがテーマの本だ。そばに光を灯すツリーやリースが飾られ、子どもたちの好きそうなおもちゃや絵本とともに、本は誇らしげな姿で並べられていた。

店内にはまた別にコーナーができていて、歴史の本や、月や地球の写真集などとともに並べられているのはいうまでもない。遠い日、地球上にあった書店でそうだったというように、書店員たちの、心を込めた手書きのＰＯＰが添えられているのもありがたいことだった。

時代が変わり、いまキャサリンたちは月にいて、父祖の地である青い星を離れているけれど、本と本を作る現場、売るお店、そして店を訪れ、本をその手に迎えるひとびとの気持ちはきっと、昔もいまも変わらない。

「ありがとうございます。コーヒー、とても美味しかったです」

リーリヤはコーヒーを出した若い編集部員に、丁寧に礼をいった。胸元を押さえて、言葉を続けた。わたしのからだの元の持ち主も、美味しかった、といっているようです、と。

「彼女から細胞を受け継ぎ、大切にそのコピーを繰り返しながら時を過ごしてきたからなのでしょうか、もう存在しないはずの彼女の心やまなざしが、いつもそばにあるような気がします。その記憶を共有して、長い年月をともに生きているような。——不思議なものですね。生命が失われても、記憶はどこかに残るものなのかも知れない。心も、そして感情も。からだの中に、そして宇宙に。見えない本の頁がそこここに開いているように」

魔法を信じないわたしの、これが魔法なのかも知れません。——優しい異星人は、そういって微笑んだ。

「わたしは不思議を信じませんけれど、ひとの祈りや願いが宇宙のさだめを変えるなら、それは魔法と呼んでもいいものだと思っています。命は儚く、生まれては消えてゆくものですが、祈りと願いは、その儚く無力な命が持つ、偉大なる力だと。ひとりひとりの夢は生きているうちに叶《かな》わずとも、いつか時を越えて、どんな困難にも打ち勝ち、過去の世界に倒れた誰かの祈りと願いを叶えてゆく、そんな奇跡の力を、いわば魔法の力を、銀河系に生きる命は持っているのだと。

宇宙の星の輝きと輝きの間を埋めるのは、漆黒の闇と死と哀しみの記憶ではなく、いまを生きるたくさんの命たちの夢や未来への祈り——そして希望、遠い誰かに投げかける、無限の慈《いつく》しみのような気がするのです」

リーリヤは大切そうに、本を抱える。「そう考えると、わたしたちは、たくさんの優しい不思議や、お伽話に守られて生きているような気持ちになりませんか？」

（そういうリーリヤさんこそが、お伽話の登場人物みたいだけどなあ）

時を越えて生きる、優しい旅の魔法使いのようだ。キャサリンはそう思いながら、レイノルドとともに、客人を玄関まで見送った。またどこかで彼女の話を聞けたらいいなと思いながら。

ちょっと待って。本にするのも素敵かも。なんてふとひらめきつつ。

編集室に帰ってくると、ちょうど居合わせて話を聞いていたトリビトの校正者、アネモネがいて、キャサリンに話しかけてきた。

「さっきのひとね、リーリヤさん。そばに女の子が一緒にいたの、気づいてた？」

「えっ？」

キャサリンとレイノルドは目を合わせる。

キャサリンは少しだけこわばった声と表情で、

「――誰も、いなかったと思うけど」

「わたしには『見えた』わ」

背に虹色の翼を持つ、天使のような姿の校正者は、澄んだ声で、そう答えた。

「じゃああれはやっぱり普通の女の子じゃなかったのね。わたしには普通に見えたから迷ったの。まるであのひとの双子の妹みたいに似た雰囲気の女の子で、リーリヤさんの隣で、楽しそうにお話を聞いてたわ。でもお話が長かったのかな、途中からちょっと飽きてたみたい。帰るときは嬉しそうに、踊るみたいな足取りで、リーリヤさんより先に、部屋を飛び出してた」

「……」

不思議なものを見る瞳を持つ娘は、サングラスごしのその金色の瞳で、どこか遠くを見つめ、優しい表情で笑った。

「リーリヤさんは、どんなに遠くまで行くときも、宇宙の果てまで旅していくときも、ひとりではないのね」

窓の外に、雪が降り始めた。

月面都市の天蓋の中に降る雪は、もちろん人工雪で、いつ降るかはあらかじめ、天気予報で知らされている。それがわかっていても、この時期の雪を見ると、心躍った。

光り輝く月面都市に、雪が舞い落ちる。きっと今夜のクリスマスマーケットは特に華やかだろう。リーリヤもリョクハネも、降る雪の中で輝く広場に見とれ、月面都市のひとびとともに、光の中をそぞろ歩くのだろう。楽しげなひとやロボットによって、そこここで奏でられる音楽やわきあがる歌声の中、ホットワインやチョコレート、ソーセージや焼き菓子の匂いの風に吹かれながら。

リーリヤのそばには、よく似た少女もいるのかも知れない。キャサリンや、多くのひとびとの目にはその姿は見えないけれど。美しい景色と美味しげな物で溢れる屋台に目を輝かせながら。ときに自《みずか》らも歌い、くるくると踊ったりもして。真冬の雪と光の中で。けれど寒さに凍えることもなく。ただ幸せそうに。

窓の外に降る雪と、輝く街の灯りを、編集室のひとびとはそれぞれの想いを抱いて、見つめていた。

アネモネがうたうようにいった。

「ひとの願いや祈りや、心はね、けっして儚いものではないのよ。みんなが思ってるみたいにはね。だってそれはみな、魔法の卵なんだもの」

美しい瞳に、街の輝きを映しながら。

キャサリンは思う。

(わたしたちは、赦《ゆる》されているのかしら。過去に負ったすべての罪を赦されて、幸せになりなさい、いつかより善《よ》き者になりなさい、と——)

幸せな幼子のように。

あたたかな毛布にくるまれて眠っているように。

きっと大丈夫、と見えない優しい手で背中を撫でてもらいながら。

さあ、時の彼方へ、未来へと旅してゆきなさい、と。


銀河系の中を太陽系は巡り、地球も月も太陽に導かれ、はてしなく、自転と公転を繰り返しながら、星の海を旅して行く。

たくさんの命を乗せて。

揺り籠に眠る幼子のように、人類は、月とともに旅をする。

たくさんの夢を見る。

たくさんの夜を渡り、くりかえし、朝を迎える。


(宇宙には、優しいお伽話が満ちている)

都市に灯る光を見つめ、静かに降る雪を見つめながら、キャサリンは思う。

（わたしたちは、夢を見る。祈り、願い続ける）
祈りと願いは、物語になる。
人類は、無数の物語とともに、星の海を旅してゆく。
時を越え、はるかな未来まで。
さやかに光る星の輝きを、旅の道しるべにして。

〈おわり〉

あとがき

あれはいまから少しばかり昔、わたしが中学生の頃。たしかお正月の特番の、日本の未来を予想する、なんてテーマのテレビ番組だったと思うのですが、その中で、太陽の光を室内に届けるシステムの開発が進んでいると紹介されていました。

屋根の上などの高い場所で集めた光を、グラスファイバーを使って建物の奥深くまで届ける仕組みで、それさえあれば、窓のない部屋でも、どんな地下にでも、太陽の光を届けることができるようになるのだとか。

「たとえば長く入院しているひとのところへも、日の光を届けることができるのです」

そんなナレーションが流れたのを記憶しています。暗い部屋の中で、日の光を浴びて咲く、花の姿も映ったかも。

ほんの数分の映像だったと思うのですが、ひどく心を揺り動かされたのを覚えています。

そうか、人間は、太陽の光を運ぶことを考え、そのための装置を開発し、いつかその手で暗闇に光を灯すことができるのだ——と。

今回、この物語でふれようとしたことがきっかけで、その研究が数十年後のいま、どうなったのか、検索エンジンで調べてみました。

その仕組み――太陽光採光システムは、省エネに繫《つな》がること、環境に優しい技術であることなどから、特に東日本大震災以降に普及が進み、いまでは日常に溶け込む技術になっていました。各地の商業施設や駅、研究施設、工場や地下道の照明、一般家庭の照明としても使われている、と、簡単に調べただけでも、その普及の具合が把握できるほどでした。

それと知らず意識していなかったけれど、もしかしたら、わたしが歩いたあの地下道にも、行ったことのある駅にも商業施設にも、太陽の光が灯っていたのかも、と考えると、何か、身近に魔法が存在していたと知るような、静かな感動がありました。

ひとは暗闇に灯りを灯そうとする存在であり、灯りはときに誰にも意識されず、知られないままに、たくさんのひとびとを照らし、その暮らしを守る。誰が灯りを灯したのか、声高に語られることはないとしても、灯りはただ、世界を照らすのだな、と思いました。

照明に限らず、ひとはそれぞれたくさんの、世界を照らすための技術――灯りをその手の中に持っていて、それぞれの場所で灯りを（あるときはささやかに小さく、あるときは華やかに大きく）灯しているのだと思います。

ひとはみな、それぞれの手に光を灯して、人類の歴史の道を、歩いているのだと思うのです。長い旅の途中に、天災があり、戦争が続くことがあるとしても、いつか旅の果てに、明るい場所に辿《たど》り着くのだと信じています。

『さやかに星はきらめき』は、光を手に旅するひとびとのお話です。それから、ずっと以前、ある司書さんと交わした約束――「いつかきっと、図書館が登場するお話を書きます」を、ついに実現させたお話でもあります。

ずいぶんお待たせしてしまったので、その分、ちょっと規模の大きな図書館にしてみました。喜んでいただけたらいいのですが。

わたしは小学中学と、転校してばかりの子ども時代を過ごし、その日々に慣れなくて、いつも学校図書館がいちばんの友達でした。図書館の本があったから、学校に行きたいと思えました。その日々への感謝も込めて、月面都市に図書館を建てたところもあります。昔のわたし――子ども時代のわたしが、かっこいい、と喜んでくれたような気がします。

昔のわたしといえば、この物語が生まれ、描かれることになったきっかけについて、改めて感謝を込めて記《しる》しておきたいことがあります。あれは何年前の夜だったか。二〇二一年くらい？ いまはXと名前が変わったTwitterで、深夜にふと、『昔のSFみたいなお話を書きたいな』と呟《つぶや》いたことがありました。特に誰に聞かせたいと思ったわけでもない、独り言です。

少女時代の思い出を――本屋さんの奥の、文庫の棚の一角の、薄青い背表紙の本を、ときに古本屋さんものぞきつつ、一冊ずつ買い集め、大切に読んだハヤカワSF文庫への愛を語りました。表紙の絵とタイトルがいつも素敵で、飽きずに眺めたサンリオSF文庫のことも呟いたでしょうか。レイ・ブラッドベリのことも書いた記憶があるので、創元SF文庫のことにもふれたかも。

夜空を見上げては、宇宙の広さ、途方もなさに怯《おび》え、一方で最果てを想像し憧れた、そんな想いについてもたしか呟きました。

わたしは、いわゆるSFブームの中で、その空気を吸って成長した子どものひとりでした。本好きの子は当たり前のように星新一《ほししんいち》や光瀬龍《みつせりゅう》、眉村卓《まゆむらたく》を読んでいたような、そんな時代に少女期を過ごしました。少女漫画もテレビアニメも、のちに名作とされたSF作品が多く描かれ、放映されていた時代です。あの頃愛した幾多の物語のようなお話を、わたしも書きたいなあ、と、あの夜、呟きました。

別にいま書いている原稿がつまらないとか嫌々書いているとか、そういう訳ではなく、最初の本が出たのが一九九三年、つまりは二〇二三年で早三十年、ずっと忙しかったので——休みなく仕事が続いていることに、贅沢な話ではありますが、疲れていたのかも知れません。

ふと、ひとりの活字マニアだった自分が好きだった物語を、あの本屋さんの文庫の棚に並んでいた、薄青い背表紙の本のようなお話を、書いてみたいなあ、と思ったのでした。

実をいうと、本気で書きたいと願えば、書かせてくれる出版社はあるだろうと思いました。でも実際問題として、いまの忙しい日々の、どこにその作品を書くための時間を空けるか、と考えると——半ば趣味で描くような原稿にあてる時間はないと思いました。書きたいと呟きながら、諦めていたのです。

が。ここで奇跡が起きました。SFマガジンの当時の編集長、塩澤快浩《しおざわよしひろ》さんが、「SFマガジンで書いてみませんか?」と、突然、リプライをくださったのでした。

SFを書きたい、というわたしの呟きを読んだ、物語やSFを愛する優しいひとびとが、幾重《いくえ》にも拡散を重ね、夜中の独り言はいつか、波紋が遠く遠くまで届くように、SFマガジン編集長の元まで届いていたのでした。

かくしてわたしは、いわば本邦《ほんぽう》SFの総本山のような雑誌にお招きを預かったのでした。あの夜の私が、年を経たシンデレラだったとしたら、魔法の杖《つえ》を振ってくださったのは、わたしの言葉を拡散してくださったみなさまです。ほんとうに、ありがとうございました。

ええ、二つ返事で、ご依頼をお受けしましたとも。——あれ、手元の仕事で手一杯、新しく原稿を書く時間はなかったはずでは、といま思ったあなた。そうです、そうなんです。時間はなかったんです。そこから手元の仕事の交通整理をし、各版元の担当さんたちに頭を下げて、執筆時間を捻出しました。あの夜にご依頼いただいてから、連載のスタートまでタイムラグがあったのは、そういう訳でした。

連載が始まってからは、ほんとうに楽しくて。十代の夏休み、自分だけのための物語を綴《つづ》ったときのような、思うまま、かっこよさや浪漫や、憧れを物語にしてゆくような——そして、昔読んだSFのように、宇宙の広さや永遠の時間や、人類の来し方と未来を想うような、そんな物語を描くことができました。

この物語が完成するまでの間に、ご縁があり、お世話になったみなさま、ありがとうございました。特に、お声がけいただいた後、ずっと伴走してくださった、早川書房編集部の塩澤快浩さん、雑誌連載時からフォローしていただいていた、三井《みつい》珠嬉《たまき》さんに心からお礼を申し上げます。お二人のおかげで書き上げることができました。また、同じく連載時から、愛ある校正の鉛筆を入れてくださっていた内山暁子《うちやまあきこ》さんも、ありがとうございました。そして、この物語を推し続けてくださった、早川書房、営業課とプロモーション課のみなさまもありがとうございました。

美しい表紙と挿絵をいただいた、しまざきジョゼさん、物語に光と彩りを与えてくださって、ありがとうございました。装幀《そうてい》の岡本歌織《おかもとかおり》さん、今回もさすがでした。本を紹介するための漫画を描いてくれた、古い友人、漫画家のマルモトイヅミさんも、ありがとうございました。

最後になりましたが、いつも応援していただいている、あるいは今回が初めての出会いの読者のみなさま、この本を手にしてくださって、ありがとうございました。読み手の方々に本を大切に手渡してくださるお仕事の、書店員のみなさま、司書のみなさま、ありがとうございます。みなさまに、深く深く、感謝しています。

二〇二三年十月十一日

猫という生き物がいかに愛情深いものか、教えてくれた代々の猫たちも、ありがとう。

村山早紀

本書はＳＦマガジン二〇二二年二月号から二〇二三年六月号に連載された作品を加筆修正し、書籍化したものです。

さやかに星《ほし》はきらめき

二〇二三年十一月二十日 印刷
二〇二三年十一月二十五日 発行

著者 村《むら》山《やま》早《さ》紀《き》

発行者 早川 浩
発行所 株式会社 早川書房
郵便番号 一〇一 - 〇〇四六
東京都千代田区神田多町二ノ二
電話 〇三 - 三二五二 - 三一一一
振替 〇〇一六〇 - 三 - 四七七九九
https://www.hayakawa-online.co.jp
定価はカバーに表示してあります

印刷・精文堂印刷株式会社　製本・大口製本印刷株式会社

ISBN978-4-15-210285-0 C0093

乱丁・落丁本は小社制作部宛お送り下さい。
送料小社負担にてお取りかえいたします。